Caroline B. Cooney
Code Orange

Caroline B. Cooney

CODE ORANGE

Roman

Aus dem Amerikanischen
von Michael Kohlhammer

GULLIVER
von BELTZ & Gelberg

Ebenfalls lieferbar:
»Code Orange« – im Unterricht
in der Reihe *Lesen – Verstehen – Lernen*
ISBN 978-3-407-62866-4
Beltz Medien-Service, Postfach 10 05 65, 69445 Weinheim
Kostenloser Download: www.beltz.de/lehrer

MIX
Papier aus verantwortungsvollen Quellen
FSC® C089473

www.beltz.de

Die Originalausgabe erschien erstmals 2005 unter demselben Titel bei
Laurel-Leaf, an imprint of Random House Children´s books, a division
of Random House, Inc., New York

Aus dem Amerikanischen von Michael Kohlhammer
Neue Rechtschreibung
Einbandgestaltung: Cornelia Niere, München, unter
Verwendung der Motive von gettyimages/Juan Silva (Junge)
und plainpicture/Arcangel (Gasmaske)
Satz: Lina-Marie Oberdorfer
Gesamtherstellung: Beltz Bad Langensalza GmbH, Bad Langensalza
Printed in Germany
ISBN 978-3-407-74324-4
2 3 4 5   17 16 15 14

Als Mr Lynch am Freitag in die Klasse kam, ging er erst mal durch die Reihen, um sich zu vergewissern, ob auch alle den richtigen Termin eingetragen hatten. Zum Glück hatte er auf der anderen Seite damit begonnen, deshalb konnte Mitty Blake schnell seinem besten Freund zuflüstern: »Richtiger Termin für *was?*«

»Erste Notizen für die große Hausarbeit«, flüsterte Derek zurück. »Daran arbeiten wir doch schon seit vier Wochen.«

Mitty hatte noch nicht mal ein Thema gewählt.

Aber Mr Lynch war ein erfahrener Lehrer. Er hatte schon viele Mittys kennengelernt. Also hatte er eben nicht nur einen Abgabetermin für die Arbeit selbst festgelegt, nämlich den 18. Februar, sondern auch einen für entsprechende Vorarbeiten. Bis Montag, 2. Februar, musste jeder Schüler des Bioleistungskurses Folgendes vorlegen können: ein erstes Rohkonzept, zehn ganze Seiten mit vorläufigen Notizen, vier Bücher zum Thema sowie eine ausführliche Bücherliste.

»Bücher?«, fragte Mitty, mehr als verblüfft. Er war sich ziemlich sicher, dass davon vorher nie die Rede gewesen war. »Mr Lynch, heute benutzt doch kein Mensch mehr Bücher. Die sind doch völlig sinnlos geworden, besonders für die Wissenschaft. Fakten ändern sich heutzutage viel zu schnell.«

»Bücher«, wiederholte Mr Lynch knapp. »Ich kenne euch – ihr wollt doch nur hundert Prozent eurer Recherchen übers Internet machen.«

Mitty hatte nie auch nur null Prozent überhaupt Recherchen gemacht. Aber wenn es denn schon sein musste, dann natürlich online. Das hatte er zumindest so geplant – soweit Mitty überhaupt der Typ war, der was plante. Also sagte er: »Mr Lynch, jedes neue Buch, das auf den Markt kommt, war schon in dem Moment veraltet, in dem es gedruckt wurde. Außerdem läuft heute die ganze Forschungsarbeit der Top-Leute im Labor.«

»Im Labor haben wir letzten Herbst gearbeitet, Mitty«, antwortete Mr Lynch. »Ich kann mich nicht erinnern, dass du mit großer Begeisterung bei der Sache warst. Du bist nur deshalb heute noch im Leistungskurs, weil dir die anderen in deinem Team gewaltig unter die Arme gegriffen haben. Ein richtiger Wissenschaftler, Mitty, muss sich erst einmal durch das ganze veröffentlichte Forschungsmaterial seiner Kollegen durcharbeiten. Ein echter Wissenschaftler muss die Hintergründe, die Geschichte seines Fachs kennen. Und das heißt mit einem Wort: Bücher.«

Na gut, Mitty wäre schon bereit gewesen, die Hintergründe und die Geschichte seines Lieblingsthemas durchzuforsten:

Rockmusik. Nirvana oder Pearl Jam vielleicht. Aber Hintergründe und Geschichte von Krankheiten?

Das nämlich war das deprimierende Thema der Arbeit: ansteckende Krankheiten.

»Jeder von euch«, hatte Mr Lynch vor ewigen Zeiten, sodass Mitty sich kaum noch daran erinnern konnte, gesagt, »sucht sich eine ansteckende Krankheit aus, egal ob von Pflanze, Tier oder Mensch. Ihr werdet euch intensiv mit der Geschichte dieser Krankheit beschäftigen, mit den damaligen Behandlungsmöglichkeiten oder damit, warum es keine gab. War die Krankheit in der Geschichte New Yorks von Bedeutung? Im achtzehnten Jahrhundert zum Beispiel sind hier bei der Gelbfieber-Epidemie täglich dreihundert Menschen pro Häuserblock gestorben – auch so etwas gehört zu eurer Aufgabe. Außerdem: genaue Beschreibung und Verlauf der Krankheit, heutige Behandlungsmöglichkeiten, Stand der Forschung auf diesem Gebiet. Und falls eure Krankheit irgendwie mit Bioterrorismus zu tun haben könnte, gehört natürlich auch das zum Thema.«

Bei dem spannenden Hinweis auf Bioterrorismus war sogar Mitty kurz wach geworden.

Derek wollte natürlich mal wieder eine Ausnahme von der Regel: »Können wir auch nur die Sache mit dem Bioterrorismus erforschen? Mein Thema ist Anthrax, genauer gesagt Ottilie Lundgren, die vierundneunzig Jahre alte Frau, die 2001 an Anthrax gestorben ist, als sie ihre Post öffnete. Beim FBI läuft ihr Fall unter der Nummer 184. Bücher kann ich da nicht verwenden, es ist noch keines erschienen. Alle meine Recherchen können nur übers Internet laufen.« Beim

Sprechen begeisterte sich Derek immer mehr für sein Thema. »Ich kann das Rätsel lösen. Ich glaube, dass alles, was ich dafür brauche, online zu finden ist, jedes kleine Beweisstück. Und damit werde ich den Täter überführen.«

»Da wäre ich sehr stolz auf dich«, antwortete Mr Lynch ohne jeden Spott, »und natürlich kannst du dich besonders intensiv mit dem Fall Ottilie Lundgren befassen, aber damit wird deine Arbeit ziemlich umfangreich. Denn all die anderen Sachen bezüglich Anthrax musst du trotzdem abliefern. Plus die vier Bücher. Und, liebe Schüler, vergesst eines nicht: Auch ich kenne mich mit Amazon.com aus. Auch ich kann da Bücher mit interessanten Titeln raussuchen und ungelesen in meine Bücherliste aufnehmen. Auch ich kann die ersten drei Kapitel überfliegen und irgendwas für meine Notizen rausschreiben. Kurzum: Ich werde schnell rauskriegen, ob ihr das besagte Buch wirklich gelesen oder geschummelt habt.«

Mr Lynch gehörte zu den wenigen Lehrern, die offen zugaben, dass auch hier in St. Raphael's, New Yorks Privatschule für besonders gute Schüler oder solche aus reichen Familien (Mitty gehörte in die zweite Gruppe), geschummelt wurde. Andere Lehrer umgingen das Thema lieber wie heißen Brei – oder Anthrax-verseuchte Post.

Die richtig coolen afrikanischen Krankheiten wie Ebola und Lassafieber waren natürlich sofort von den übereifrigen Schülern für sich ausgewählt worden. Zwei andere wollten auch Anthrax als Thema, versprachen aber Derek, von der ganzen Sache mit Ottilie Lundgren die Finger zu lassen. Nach und nach hatten sich immer mehr Schüler für ein

Thema begeistert, viele schienen mit echtem Interesse bei der Sache zu sein. Ein Mädchen bekam die Erlaubnis für das Thema »Impfung – kann sie Autismus hervorrufen?«. Mitty bekam schon beim Gedanken an das Thema Autismus. Ein anderes Mädchen hatte sich doch wirklich für eine Pflanzenkrankheit entschieden und sich richtig in das Thema »Getreidepest« vertieft. Und Olivia, das Mädchen, das Mitty wirklich ganz große Klasse fand, hatte Typhus gewählt. Sie war mit ihrer Arbeit schon so weit vorangekommen, dass sie die Bibliothek in der medizinischen Fakultät der Columbia-Universität benutzte, weil alle anderen Büchereien zu wenige Fachbücher darüber hatten. Was Mitty anging, so kannte er keine Bücherei in New York City von innen.

Als Mr Lynch endlich mit seiner großen Rede fertig war, ließ sich Mitty tief in seinen Stuhl gleiten. Er hatte die Technik perfektioniert, wie man während des Unterrichts unbemerkt Musik über iPod hören konnte. Das war völlig problemlos, wenn man Klamotten mit langen Ärmeln anhatte. Mitty klemmte dann den iPod unter sein Armband, zog das Kabel durch den Ärmel nach oben und verdeckte den kleinen Kopfhörer am Ohr hinter seiner Hand. So saß er dann, den Kopf mit seiner Hand abgestützt, in seiner Bank. Und während er Musik hörte, blickte er die Lehrer unverwandt an. Nicht wenige von ihnen waren ganz begeistert von dem Interesse, das Mitty ganz offensichtlich an ihrem Unterricht hatte.

Wenn sich Mitty wirklich für etwas interessierte, dann war das Musik. Seine Karriereplanung war klar: Rockkonzert-Kritiker, ein Traumjob, der beste, den es gab. Und um sich auf diese Karriere vorzubereiten, musste er alles hören und wissen, was nur irgendwie mit Rockmusik zu tun hatte. Wer hat da noch genug Zeit für die große Hausarbeit? Von Büchern ganz zu schweigen.

Mr Lynch griff nach Mittys Hausaufgabenheft.

Jeden Herbst bekamen die Schüler von St. Raphael's ein Hausaufgabenheft. Und es gab sogar Schüler, die alles gewissenhaft darin eintrugen. Mitty gehörte nicht zu ihnen. Da er nie einen Eintrag machte, landete sein Heft meist schon im September im Mülleimer. Er war selbst überrascht, dass er in diesem Jahr noch eins in seinem Rucksack hatte. Eigentlich benutzte er den Rucksack hauptsächlich dafür, irgendwelche Snacks mitzuschleppen. Was für ein Schrott sich nach und nach am Boden des Rucksacks ansammelte, checkte er nie. Jetzt aber konnte er stolz sein Heft vorzeigen, und auf der Februarseite befand sich sogar der richtige Eintrag mit Mr Lynchs Hausaufgabe.

»Und kein einziger anderer Lehrer der ganzen Schule hat dir auch nur eine Aufgabe für Februar aufgegeben?«, fragte Mr Lynch und gab ihm das Heft zurück.

Mitty war davon überzeugt, dass es das Cleverste war, auf solch gefährliche Fragen erst gar nicht zu antworten. So lächelte er Mr Lynch nur freundlich an.

»Schüler mit schlechten Vornoten«, sagte Mr Lynch und blickte dabei Mitty fest in die Augen, »die ihre zehn Seiten mit Notizen am Montag nicht parat haben, werden vom Leistungskurs in den normalen Biologieunterricht zurückgesetzt.«

Was die Biologie anging, so empfand Mitty das keineswegs als Bedrohung, ihm war es herzlich egal, was er lernte oder ob überhaupt. Das Problem aber war Folgendes: Er wäre dann nicht mehr in einer Klasse mit Olivia Clark.

Mit ihren Leistungen war Olivia zweifellos der Star aller Schüler. Stand eine Prüfung bevor, plante sie exakt, wie sie sich Tag für Tag darauf vorbereiten würde. Und daran hielt sie sich unbeirrt und wich nie auch nur einen Millimeter von dieser Planung ab. Sie war allen anderen um Lichtjahre voraus. Von Anfang an hatte Olivia ihn mit dieser Biologiearbeit genervt, schließlich sei das ein Leistungskurs, also müsse auch die Arbeit eine besondere Leistung sein.

Eigentlich gehörte Mitty nicht in irgendetwas, was das Etikett »Leistung« trug. Er war nur in dieser Klasse, weil seine Eltern bei der Schule gewaltig Druck gemacht hatten. Ihre Karriereplanung für den Sohn führte von hervorragenden Schulleistungen über ein Ehrfurcht gebietendes Abschlusszeugnis schnurstracks zum Medizinstudium. In ihren Augen hatten seine schulischen Flops eher etwas mit Aufmerksamkeitsdefizit-Syndrom, Faulheit, Hormonen und schlechten Lehrern zu tun. Nichts davon stimmte. Mitty hatte ganz einfach andere Pläne.

Als die Schule vorbei war, spurtete Mitty nach draußen. Wie jeden Freitag warteten seine Eltern schon mit dem Auto auf ihn, der Motor schnurrte im Leerlauf, und sein Vater konnte es kaum erwarten, endlich Gas geben zu können. Mitty schwang sich auf den Rücksitz, knallte die Tür zu – und vergaß auf der Stelle alles, was mit Hausaufgaben zu tun hatte.

Jedes Wochenende verbrachten die Blakes in ihrem Haus

auf dem Land. (Und wer in New York City lebte, für den war »auf dem Land« alles, was mehr als dreißig Kilometer von Manhattan entfernt war.)

Und gerade dieses Wochenende war mal wieder fantastisch. Auch deshalb dauerte es wirklich bis zum Sonntag, 1. Februar, nachmittags um vier Uhr, bis Mitty wieder seine Hausaufgaben einfielen. Und das auch nur, weil er an Olivia denken musste. Die saß mit Sicherheit gerade zwischen Stößen von Büchern an ihrem Schreibtisch, ihre schmalen Finger jagten über die Tastatur ihres Laptops, und ihre langen dunklen Haare fielen ihr über die Schultern.

Mitty stöhnte. Er sollte auch was schreiben. Wie aber sollte er an einem Sonntagnachmittag an Bücher kommen?

Connecticut hatte seine Vorteile. Da waren sein Riesenzimmer mit den vielen Schränken, ein Keller voll mit Sportausrüstung und ein Medienraum mit DVDs ohne Ende. Mitty hatte seinen Basketballkorb an der Garagenwand, Fahrräder, einen eigenen Bach zum Angeln und sogar ein Quad. Trotzdem: In einer Situation wie dieser hatte Connecticut nur Nachteile.

In New York musste Mitty nur das Haus verlassen und alles war ganz einfach da: jeder nur denkbare Laden zum Shoppen oder Essen. Und in seiner Lieblingsshoppingmeile konnte er problemlos all die Sonnenbrillen, Armbanduhren oder Baseballmützen nachkaufen, die er im Laufe der Woche verloren hatte. Das Tollste aber war, wie viele Läden rund um die Uhr offen hatten. Mitty und sein Vater machten sich oft einen Spaß daraus, das zu überprüfen. Morgens um drei gingen sie einkaufen: Hotdogs, Sushi oder Zahnbürsten.

Wenn er in der Stadt gewesen wäre, hätte er nur über die Straße den Häuserblock runter zur Buchhandlung Barnes & Noble gehen müssen. In der Medizin- oder Naturwissenschaftsabteilung hätte er dann Titel für die Bücherliste rausgesucht und genügend Sätze zusammengezimmert, um Mr Lynch glücklich zu machen. Dann wäre er mit der Rolltreppe ins Café im obersten Stockwerk gefahren, hätte irgendetwas Süßes gekauft und die Leute beim Zeitunglesen beobachtet. Was weitaus mehr Spaß machte, als selber zu lesen.

Aber Mitty war nicht in New York.

Hier auf dem Land gab es keine Buchhandlung in der Nähe, da musste man schon ein Stück mit dem Auto fahren, aber das konnte Mitty noch nicht. Klar, er hätte seine Eltern bitten können, ihn hinzufahren, aber dann hätte er zugeben müssen, dass er seine Arbeit in sechzehn Stunden abgeben musste. Und sie würden einfach nicht verstehen, dass sechzehn Stunden doch eine Menge Zeit dafür war. Wenn man davon acht Stunden Schlaf abzog – okay, vielleicht besser zehn Stunden, war ja immerhin Wochenende –, blieben immer noch acht oder zumindest sechs Stunden. Und jeder Schwachkopf kann pro Stunde ein bis zwei Seiten Notizen zusammenschustern – *könnte,* wenn er denn die Bücher dafür *hätte.*

Wenn seine Eltern doch nur dieses eine Wochenende in New York geblieben wären! Na gut, dann hätte Mitty immer noch nicht mit seiner Arbeit angefangen, sondern entweder mit Derek oder mit Olivia rumgehangen. Zu dritt ging nicht, dafür waren die Interessen zu verschieden. In New York wäre Mitty mal wieder völlig von seiner Stadt im Winter begeistert gewesen, alles Gute auf der Welt gab es hier jetzt: die besten Konzerte der besten Bands, den besten Basketball und das beste Eishockey, den größten Weihnachtsbaum und die hellsten Lichter. Mit Derek wäre er zum Madison Square Garden gegangen, mit Olivia … na ja, eigentlich waren Olivia und er noch nie allein unterwegs gewesen. Er mochte sie so unheimlich gerne, dass es ihm lieber war, wenn immer eine Menge Leute in der Nähe waren, um ihn davon abzulenken.

Aber wenn er zusammen mit ihr im Leistungskurs bleiben wollte, dann sollte er jetzt mal besser in die Gänge kommen.

Was bei Mitty nicht hieß, dass er gleich einen Blitzstart hinlegte.

Erst mal legte er eine CD seiner derzeitigen Lieblingsband auf. Widespread Panic. Letztes Jahr hatte er sie live im Beacon Theatre erlebt. Die Wohnung der Blakes lag in der Nähe des Lincoln Centers, so hatten es seine Eltern nicht weit zu Konzerten, Oper und Ballett. Das Gute daran war, dass es von hier ebenfalls nicht weit zu richtiger Musik war, und die gab's im Beacon. Der einzige Nachteil war, dass es zu nah war, um die U-Bahn zu nehmen. Mitty liebte die U-Bahn.

Wann immer Mitty Geld übrig hatte, gab er es den U-Bahn-Künstlern. Er liebte diese Leute. Er liebte den ätzend schlechten Saxofonspieler und das rührend hoffnungsvolle Streichquartett. Er liebte die Gospelsänger und die Trompeter, die Schauspieler und die Typen, die sich silbrig anmalten und wie Denkmale dastanden. Immer warf Mitty Münzen in ihre Tassen oder Mützen. Und immer, wenn er einem Musiker in der U-Bahn zuhörte, freute er sich schon auf die Zeit, wenn er sich nur noch für Musik interessieren konnte, ohne noch Gedanken an die Schule zu verschwenden.

Bücher, fiel Mitty da ein, und irgendwas, das irgendwie mit Büchern zu tun hatte, ging in seinem Hinterkopf herum. Mitty drehte die Musik leiser, um sich mehr auf diesen Gedanken konzentrieren zu können.

Mittys Mutter war Innenarchitektin, die sich auf ein ganz besonderes Gebiet spezialisiert hatte: Bibliotheken für Leute, die nicht lasen. Für diese Kundschaft schuf Kathleen Blake anheimelnd wirkende und reich aussehende Räume im englischen Stil mit einer Menge Leder, alten Stichen, dunklem Samt und Büchern mit Goldschnitt. Auf der Suche nach in Leder gebundenen Werken toter englischer Schriftsteller durchkämmte sie ganz New York, New Jersey und die Neuengland-Staaten. Der Inhalt der Bücher war nicht so wichtig, es würde sie ja doch niemand lesen. Aber sie mussten richtig edel aussehen. Erst letzte Woche hatte sie die Bibliothek eines sehr alten – und schließlich dahingeschiedenen – Arztes in Wallingford aufgekauft. Zwei Fahrten mit dem Lieferwagen waren nötig gewesen, um die hunderte von Büchern nach New York zu schaffen.

Mitty hatte beim Auspacken geholfen. Mitty las nicht, wenn er es vermeiden konnte, aber wenn man die Buchstaben so direkt vor der Nase hat, kann man ja gar nicht anders, als doch etwas genauer hinzuschauen. War es in einigen Büchern des Arztes nicht um ansteckende Krankheiten gegangen?

Mitty schnappte sich seinen Rucksack mit dem Laptop, ging die Treppe runter und quer durch die Eingangshalle in das Bücherzimmer seiner Mutter. Kein schlechter Platz für

Leute, die Bücher mögen, also nicht gerade Mittys Lieblingszimmer. Schon aus einiger Entfernung entdeckte er die Titel *Prinzipien ansteckender Krankheiten, Beschreibung der wichtigsten Infektionskrankheiten, Infektionskrankheiten: Behandlung und Eindämmung* und *Kurze Geschichte der Immunologie.*

Die Bücher waren dick und staubig. Mitty nahm *Prinzipien ansteckender Krankheiten* in die Hand, der Ledereinband war weich und golden, wie geschmolzene Butter. Er betrachtete die Titelseite, dann fiel ihm ein, dass Mr Lynch ja bibliografische Angaben haben wollte, und blätterte um zur Seite mit dem Impressum. Das Buch war 1899 in Boston gedruckt worden.

Was hatten die Leute 1899 schon über Biologie gewusst? Nichts. Jedes Wort in diesem Buch war sinnlos geworden. Vom Standpunkt der Wissenschaft aus betrachtet war 1899 doch ein Witz. Lieber sofort zu Barnes & Noble joggen, sobald sie zurück in der Stadt waren. Er würde gleich alles aufkaufen, was dort über ansteckende Krankheiten im Regal stand, dann eine Nachtschicht einlegen, und bei Morgendämmerung wären Mr Lynchs Anforderungen in trockenen Tüchern.

Oder eben auch nicht. Mal sehen.

Die zehn Seiten für Mr Lynch begannen ihm langsam so egal zu werden, wie ihm das ganze Schuljahr schon egal gewesen war. Aber wenn er den Leistungskurs in Bio schmiss, würde sein Vater ausflippen und seine Mutter würde mit Gegenständen werfen. Vielleicht bekäme er sogar einen Anruf seiner großen Schwester von der Uni. (»Weißt du eigentlich, wie *weh* du Mom damit tust?«)

Aber da war auch Olivias Bemerkung vor ein paar Wochen, die ihm nicht aus dem Kopf ging. Ihr hatte er gestanden, dass er völlig verlernt hatte, in der Schule überhaupt noch etwas mitzukriegen. Manchmal war der Schultag vorbei, und er konnte sich kein bisschen daran erinnern, woran er den ganzen Tag gedacht hatte. Oder ob er *überhaupt* an etwas gedacht hatte.

Olivia hatte ganz ernst und ohne einen Witz machen zu wollen, bemerkt: »Vielleicht ist es ja eine frühe Form von Alzheimer.«

Nun erwartete Mitty nicht, wegen seiner herausragenden Intelligenz geliebt zu werden, aber er wollte auch nicht wegen eindeutigen Mangels daran aufs Abstellgleis geschoben werden. Deshalb legte er *Prinzipien ansteckender Krankheiten* doch nicht zur Seite.

Also saß er im Schneidersitz auf dem Holzfußboden und blätterte das Buch durch. (Vor dem Lesen erst mal ein bisschen herumzublättern schien das Ganze irgendwie erträglicher zu machen.)

Such dir erst mal eine Krankheit aus, erinnerte er sich selbst.

Er hörte den gedämpften Ton des Fernsehers und wusste, dass seine Eltern sich zusammen eine Sendung anschauten. Da ihr Fernsehgeschmack grundverschieden war, musste sich immer einer der beiden aufopfern. Mitty wäre im Moment jedes Programm, sogar Eiskunstlauf, lieber gewesen, als in einem Buch etwas über eine ansteckende Krankheit zu lesen. Ohne überhaupt zu wissen, welche Krankheit denn nun sein Thema sein würde. Und das alles mithilfe eines Buches, das völlig veraltet war. Und als er gerade ernsthaft überlegte, ob er nicht doch besser zu seinen Eltern zum Fernsehen gehen sollte, fühlte er eine dickere Stelle in dem Buch. Nicht unbedingt eine Beule oder einen Hubbel, eher eine Unebenheit. Mitty blätterte um und erwartete einen gefalteten Plan oder etwas Ähnliches.

Es war ein Umschlag.

Der Umschlag war rechteckig, hatte aber ein ungewöhnliches Format, etwa fünfzehn Zentimeter breit und fünf Zentimeter hoch. Er war senfgelb, wahrscheinlich war die Farbe im Dunkeln zwischen den Seiten nicht vergilbt. Der Umschlag war auf einer Seite beschriftet. Mit Tinte hatte jemand geschrieben: *Schorf-VM-Epidemie, Boston, 1902.*

Der Umschlag war nicht zugeklebt, schien es nie gewesen zu sein. Dafür war er mit einer dünnen Schnur umwickelt, die an einem festen Knopf aus Karton befestigt war. Mitty löste die Schnur und schaute vorsichtig in den Umschlag, aber die Öffnung war zu schmal, und er konnte nicht genau erkennen, was sich da am Boden befand. Also drehte er den Umschlag in seiner Hand um und klopfte vorsichtig auf den Rand. Der Inhalt rutschte heraus und fiel in seine Handfläche.

Das Zeug war wirklich Schorf.

Als er mit Rollerblade und Skateboard angefangen hatte (und die Bürgersteige von New York City waren ideal dafür), war er oft gestürzt und hatte sich dauernd Knie und Ellbogen aufgeschlagen. Seine Mutter hatte ihn immer angefleht, doch Pads zu tragen oder, viel besser, solche gefährlichen Aktivitäten ganz zu unterlassen, aber natürlich hatte er nie darauf gehört. Und Pflaster zu benutzen war unter seiner Würde.

Erst wenn seine Wunden anfingen zu verschorfen, nahm er sie überhaupt erst richtig wahr. Und Schorf erzeugte den unwiderstehlichen Drang, daran zu kratzen und rumzupulen. Als Mitty acht Jahre alt gewesen war, hatte er den ganzen Tag an Schorf herumgekratzt, also war der Schorf vor dem Verheilen runtergegangen und neuer Schorf hatte sich gebildet.

Mitty verrieb eine dunkle Kruste alten Blutes zwischen seinen Fingern. Es krümelte, Mitty musste niesen. Beim Niesen verkrampften sich seine Finger um die verbliebenen Schorfstückchen. Als er die Hand wieder öffnete, war außer vielen Krümeln nur noch ein größeres Stück Schorf übrig. Es war dunkler als die anderen, fast schwarz. Er schüttete die Krümel wieder in den Umschlag, klopfte sich gründlich die Hände ab und nahm das Stück Schorf vorsichtig zwischen Daumen und Zeigefinger seiner rechten Hand. Seine Nase juckte. Mitty rieb sich die Nase kräftig mit dem Handrücken, um nicht noch mal niesen zu müssen.

Die Seiten des Buches begannen sich von selbst umzublättern. Das erinnerte Mitty daran, dass er die Seiten, zwischen denen der Umschlag versteckt gewesen war, noch nicht gelesen hatte.

Er roch an dem Stück Schorf. Es schien einen eigenen, kaum wahrnehmbaren Geruch zu haben, aber wahrscheinlich war das nur der Geruch des Alters.

Das war schon ein bisschen schräg, seinen Schorf aufzuheben. Und sogar Mitty, der eher stolz darauf war, manchmal ein bisschen schräg zu sein, hatte nie Schorf aufgehoben. Aber vielleicht ging es hier gar nicht um jemanden, der selbst verletzt gewesen war, wahrscheinlich hatte der Arzt, dem dieses Fachbuch gehört hatte, den Schorf von jemand anderem aufbewahrt. Schon ziemlich ätzend.

Aber das war nun wirklich rätselhaft: Bei welcher ansteckenden Krankheit bluteten die Patienten? Von was für einer Wunde konnte dieser Schorf sein?

Mitty hatte nie von VM gehört, aber wenn dadurch eine Epidemie ausgelöst wurde, war es nur logisch, dass es sich um eine ansteckende Krankheit handelte. Mittys Laune besserte sich schlagartig. Egal, ob VM nun besonders bekannt war, egal, ob es da eine lange geschichtliche Tradition gab oder irgendein ganz aktuelles Geschehen, egal auch, ob die Krankheit je in New York City aufgetreten war oder für Bioterroristen interessant sein könnte: Hier hatte er sein Thema!

Und ein über hundert Jahre altes Stück Schorf war natürliches ein prima Demonstrationsobjekt. Obwohl der bessere Name dafür wohl *wissenschaftliches Beweisstück* war, immerhin war er in einem Bioleistungskurs und nicht mehr in der Grundschule. Klar, das war nur ein kleiner, mumifizierter Körperteil – soweit man bei Schorf von einem Körperteil sprechen kann. Aber egal – keiner seiner Mitschüler würde in der Lage sein, etwas Vergleichbares zu präsentieren.

Aber erst mal musste er rauskriegen, was VM überhaupt bedeutete.

Ihm fielen überhaupt keine anderen Abkürzungen für Krankheiten ein. Gut, von Tbc hatte er gehört, das war Tuberkulose, aber war das eine ansteckende Krankheit? Hoffentlich gehörte VM nicht zu den Geschlechtskrankheiten. Die waren ansteckend, so weit wusste er Bescheid, aber er wollte nun wirklich nicht in die Geschichte von St. Raphael's als der Typ eingehen, der wochenlang nichts anderes als Geschlechtskrankheiten im Kopf hatte. Und wogegen war er geimpft worden? Kinderlähmung fiel ihm ein, Tetanus und Diphtherie. Und Masern.

Aber hatten die Abkürzungen? Nicht, dass er wüsste. Endlich kam Mitty auf die Idee, doch einfach mal hinten im Buch im Wörterverzeichnis nachzuschauen. Unter dem Buchstaben V gab es nur wenige Einträge. VM kam nur einmal vor: *variola major.* Und – Jubel! – fett gedruckt: Das bedeutete ein ganzes Kapitel. Volltreffer!

»Mitty!«, schrie sein Vater.

»Bin hier!«, rief Mitty genauso laut zurück.

»Deine Mutter will, dass wir jetzt fahren!«, schrie sein Vater.

Dahinter steckte eine Botschaft: Sein Vater wollte jetzt *nicht* fahren. Und wenn Mitty auch noch keine Lust hätte, so die Botschaft, dann solle er sich doch bitte damit an seine Mutter wenden, nicht an ihn. Oh, oh, dachte Mitty, da würde er auf der Rückfahrt aber mit beiden ganz vorsichtig umgehen müssen.

Von Roxbury nach New York City waren es ungefähr neunzig Meilen, und da Dave Blake insgeheim eigentlich lieber Nascar-Pilot geworden wäre, würden sie schnell wieder in der Stadt sein – zumindest früh genug, bevor Barnes & Noble zumachte. Und Mitty konnte sich weitere Bücher besorgen. Noch nie hatte er eine Nacht durchgearbeitet, denn sein Lerneifer erlahmte gewöhnlich nach spätestens zehn Minuten. Aber die Idee einer durchgemachten Nacht gefiel ihm irgendwie. Olivia arbeitete öfter mal die ganze Nacht durch, und das sogar, wenn sie schon tage- und wochenlang vorher ohne Pause geschuftet hatte. Jetzt könnte er ihr mal voller Stolz zeigen, dass diesmal er die ganze Nacht gearbeitet hatte.

Er ließ den Schorf in den Umschlag mit den Krümeln fallen, legte den Umschlag wieder in das Buch, wickelte den Faden allerdings nicht wieder darum und warf das Buch in seinen Rucksack. Und da es vielleicht doch sein konnte, dass er bei Barnes & Noble nichts Passendes fand, packte er auch die anderen drei alten Bücher ein. Natürlich waren sie alle zusammen wertlos, aber Mr Lynch hatte nur von vier Büchern gesprochen; dass sie von großem Wert sein sollten, hatte er nicht erwähnt.

Mitty und sein Vater warteten geduldig im Auto, während Mittys Mutter durchs Haus fegte und sich um Sachen kümmerte, die niemanden sonst interessierten, wie zum Beispiel eine angefangene Milchtüte. Schließlich war auch sie im Wagen und Mittys Vater konnte loslegen. Mitty hatte eigentlich vorgehabt, das Kapitel über VM zu lesen, aber er schlief sofort ein.

Variola major ist ein Virus.

Es stimmt nicht ganz, wenn man sagt, ein Virus sei ein Lebewesen. Ein Virus hat keine Organe, um Nahrungsmittel oder Sauerstoff aufzunehmen. Er hat keine Individualität, kein Gehirn. Er hat nur ein Lebensziel: die Zellen anderer Wesen zu erobern. Mitty hatte kleine Schorfteilchen an seinen Fingerspitzen. Er hatte sie sich über seine Backe gestrichen und sie gegen seine Nase gerieben. Er hatte sie eingeatmet.

Jeder Virus, auch wenn er kein richtiges Lebewesen ist, hat doch so etwas wie eine Lebensdauer. Die Lebensdauer einiger Viren ist bekannt, bei anderen ist sie unbekannt.

In diesem Fall war die Lebensdauer von Mitchell John Blake unbekannt.

»Na, schön geschlafen, mein Liebling?«, fragte seine Mutter und langte mit ihrer Hand über die Rückenlehne nach hinten, um das Haar ihres Sohnes zu rubbeln.

Mitty streckte sich wohlig und behaglich. Er konnte sich zu jeder Tageszeit an jedem Ort hinlegen und auf der Stelle zehn Stunden fest schlafen. Gerne auch zwölf. Dabei konnten Leute auf ihm sitzen und fernsehen, sich wegen irgendwas lauthals streiten oder gründlich aufwischen, weil der Hund daneben auf den Teppich gekotzt hatte. Mitty bekam davon rein gar nichts mit.

Mittys Vater drückte dem Parkgaragenwächter die Wagenschlüssel in die Hand und Mitty griff sich seinen Rucksack. Warum war der nur so schwer? Was hatte er denn da alles reingepackt – Reifenfelgen aus Stahl? War aber auch eine blöde Idee von ihm, den ganzen schönen Rucksack voller nutzloser alter Schwarten –

Stopp, da war noch was. Er hatte gar nicht darauf geachtet,

als er die Bücher in seinen Rucksack geworfen hatte. Denn unten am Boden, die aufgeschlagenen Seiten völlig zerknittert, lag seine Schulausgabe von *Beowulf*. Und jetzt fiel es Mitty wieder ein: Morgen war eine Klassenarbeit über *Beowulf* angesagt. Das hatte er völlig vergessen – wie konnte ihm das nur passieren, er hatte doch alles so toll vorausgeplant? Und es wäre massig Zeit gewesen, vorher in eine Buchhandlung zu gehen, sich wichtige Sätze rauszuschreiben …

Klar, er hatte *Beowulf* natürlich noch gar nicht gelesen. Irgendwie dämmerte ihm, dass sie in der Klasse darüber gesprochen hatten – zumindest die anderen hatten darüber gesprochen, von ihm war da wenig zu erwarten. Er konnte sich nur erinnern, dass das Ganze fast unlesbar war wegen der verstaubten, veralteten Sprache. War angeblich Englisch, hätte aber auch Griechisch sein können.

»Mitty?«, weckte ihn seine Mutter zärtlich aus seinen Gedanken. Er hatte völlig vergessen, dass er immer noch im Auto saß.

Seine Eltern liebten riesige Segeltuchtaschen und stopften sie für ihre Fahrten zwischen Stadt und Land immer zum Platzen voll mit Lebensmitteln, schmutziger Wäsche und Extrapullovern. Mitty hatte nie etwas dagegen, seine Muskeln mal so richtig einzusetzen und auch schwerste Lasten zu tragen. Also warf er sich zwei Segeltuchtaschen über die Schultern, nahm zwei andere in die linke und rechte Hand und bekam es auch irgendwie noch hin, seinen Rucksack mitzuschleppen.

Die Zufahrt zur Tiefgarage war steil. Mitty liebte steil. Er mochte es, wenn es bergauf ging und sich dabei seine Beinmuskeln so richtig anspannten. Er ging durch den kleinen Vorgarten ihres Apartmenthauses und sagte Hallo zu Carlos, dem Portier vom Dienst. In ihrem Haus waren Portiers und Leute am Empfang rund um die Uhr beschäftigt, sieben Tage in der Woche. Tagsüber und an den Abenden war auch der Lieferanteneingang besetzt, hier wurden Sachen von der Reinigung gebracht oder Essen vom Lieferservice und auch die Möbelpacker benutzten diesen Eingang.

Portiers hatten eine Menge Aufgaben: bei Kinderwagen und Einkaufstaschen behilflich sein, Gepäck schleppen, älteren Leuten beim Aussteigen aus dem Auto helfen, Rollstühle zusammenklappen, Auskünfte geben über Straßen und U-Bahn-Verbindungen und, vor allem, sich Gesichter merken. Niemand konnte hier so einfach reinspazieren. Wenn Besucher kamen, gingen die erst mal zum Empfang und erzählten, wer sie waren und zu wem sie wollten. Dann riefen die vom Empfang über Haustelefon in der betreffenden Wohnung an und sagten: »Derek ist da.« Man antwortete: »Bitte schicken Sie ihn hoch«, und dann marschierte Derek los und nahm einen der Aufzüge. Da die Angestellten sich aber Gesichter genau einprägten, würde Derek sein Sprüchlein bald nicht mehr runtersagen müssen, sondern dann einfach mit einer Handbewegung vorbeigewinkt werden.

Sein Vater ging zum Briefkasten und sortierte die eingegangene Post, während Mittys Mutter einen kleinen Plausch mit Eve vom Empfang hielt. Wie immer ging es darum, was denn alles im Haus so passiert war, seit die Blakes letzten Freitag aufs Land gefahren waren, und wie immer war nichts passiert. Schließlich waren die drei im Aufzug und auf dem Weg nach oben in den achten Stock.

Ihr Flur war völlig unpersönlich. Keiner der Bewohner war auf die Idee gekommen, Türen oder Wände zu bemalen oder zu dekorieren, Kränze aufzuhängen oder Fußmatten auszulegen. Der Geschmack der Leute blieb unsichtbar. Und trotzdem machte das Gebäude nie einen muffigen oder unbenutzten Eindruck wie zum Beispiel ihr Haus auf dem Land nach einer Woche. Man spürte immer, dass hier Menschen lebten: Im Flur konnte man Parfum, Hund oder Abendessen riechen und den gedämpften Ton des Fernsehers oder heftiger Diskussionen hören. Sobald man aber die Tür zu seiner Wohnung geschlossen hatte, war man ganz in seiner eigenen Welt, kein Ton, keine Regung von Nachbarn war mehr wahrzunehmen. Man war ganz für sich – aber doch nicht allein.

Mitty liebte dieses Gebäude.

»Mitty, Liebling, hilf mir doch beim Auspacken«, bat ihn seine Mutter.

Nie im Leben würde Mitty verstehen, warum sie Lebensmittel zwischen Stadt und Land hin- und hertransportierte. Und gerade jetzt, mitten in der Zwickmühle zwischen *Beowulf* und Infektionskrankheiten, hatte er eigentlich keinen Nerv, sich mit übrig gebliebenem Kopfsalat zu beschäftigen. Aber als er ihr gerade erklären wollte, dass er keine Zeit hätte, lächelte sie ihn so liebevoll an, dass er nur zurücklächeln konnte. »Geht in Ordnung«, antwortete er fröhlich – und verlor weitere kostbare zehn Minuten. Danach musste er erst einmal ein bisschen aus dem Fenster gucken. Obwohl sie nur im achten Stock wohnten, war ihr Blick die Amsterdam

Avenue hoch zum Broadway einfach spitze. Beide Straßen waren verstopft mit Lastwagen, Bussen, Lieferwagen und Taxis. Sobald die Ampeln umschalteten, sah man, dass sogar an einem eiskalten Februarabend wie diesem Fußgänger unterwegs waren: mit ihren Babys, warm verpackt unter Decken und Plastikhauben in Kinderwagen, mit ihren Hunden und Einkaufswägelchen, mit ihren Aktentaschen und ihren Tüten und Tüten und Tüten voller Fressalien. Voller Bewunderung beobachtete Mitty, wie ein Typ vom Pizzabringdienst mit seinem Fahrrad knapp dem Tode entrann, als er, gegen den Verkehr radelnd, einen Turm Pizzas in der freien Hand jonglierte.

Die Bewohner von New York City waren deshalb so stark, weil sie all das mit eigener Kraft trugen, was Leute aus den Vororten einfach auf den Rücksitz ihres Wagens warfen. Sie waren so stark, weil sie dauernd im Training waren: Ihr Leben war voller endlos langer Bürgersteige, Treppen und Umwege, immer mussten sie spurten, um ein Taxi zu ergattern oder gerade noch die U-Bahn zu erreichen, immer hasteten sie schwer bepackt durch Menschenmengen, weil sie die Sachen eben nicht einfach ins nächste Auto legen konnten.

Mittys Familie benutzte ihr Auto eigentlich nur für die wöchentlichen Fahrten aufs Land. In der Stadt musste der Wagen erst mal aus der Tiefgarage geholt werden, dann wurde es richtig stressig, weil man es mit dem Verkehr von New York City aufnehmen musste, besonders ätzend wurde es aber, wenn man, schließlich an seinem Ziel angelangt, einen Parkplatz suchte. Wenn man überhaupt einen fand, war der dann oft so weit von der Stelle entfernt, wohin man eigentlich wollte, dass man besser gleich mit dem Taxi, der U-Bahn oder sogar zu Fuß gekommen wäre.

Sein Vater schloss die Tür zu seinem Arbeitszimmer hinter sich, wahrscheinlich um eingegangene Anrufe zu beantworten oder irgendeinen Lieferservice anzurufen. (Mittys Vater liebte das, da gab es nichts, wovor er zurückschreckte, wahrscheinlich würde er noch nicht mal rüber zu Barnes & Noble gehen, sondern sich die Bücher einfach liefern lassen.) Seine Mutter war ins Elternschlafzimmer gegangen, wahrscheinlich würde sie gleich unter die Dusche gehen. (Die Häufigkeit ihrer Gänge unter die Dusche war ähnlich geheimnisvoll wie die Häufigkeit von Mittys Nickerchen.) Mitty fischte die Karte vom Videoverleih aus dem kleinen Stapel der Kunden-, Mitglieds- und Jahreskarten der Familie (Metropolitan Museum, Stadtbücherei, Naturkundemuseum), verließ die Wohnung, entschied sich für die Treppen, jagte die acht Stockwerke hinunter, als sei er auf der Flucht vor irgendetwas, joggte um die Ecke – und hatte Glück.

Sie hatten den Film.

»Hör zu, Kumpel«, sagte der Typ vom Videoverleih, als er *Beowulf* entdeckte. »Du brauchst das für die Schule, richtig?«

»Klar«, antwortete Mitty. Warum sonst würde er sich den Film wohl antun?

»Kumpel, so wirst du deine Klassenarbeit verhauen«, sagte der Videotyp. »Ein Monster, das Grendel heißt, kommt in dem Film schon vor. Aber sonst ist alles ganz anders. Glaub mir, du musst das Buch lesen.«

Mitty war voller Bewunderung: »Sag bloß, du hast es gelesen?«

»Ist 'ne Ewigkeit her.«

»Und – Klassenarbeit lief gut?«

»Ich bin in 'ner Videothek gelandet. Was glaubst du also?«

Mitty lachte, bis er wieder zu Hause ankam. Und er lachte auch noch, als sein Handy klingelte. »Hast du schon die Mathehausaufgaben gemacht?«, fragte Derek.

Natürlich hatte er noch keine Mathehausaufgaben gemacht.

Wochenenden dienten der Erholung der Schüler, das wusste doch jeder.

Dabei war Mitty in Mathematik gar nicht mal schlecht. Was wiederum zu folgendem Problem führte: Sollte er erst mal seine Hausaufgaben in Mathe machen und so in diesem Fach seine Note halten? Oder war es besser, Arbeit in *Beowulf* oder in seine Bioaufgabe zu investieren, um in diesen Fächern nicht völlig abzustürzen? Natürlich mit dem Ergebnis, die bisher gute Mathenote zu versauen.

Mitty entschied, dass es in einem Dilemma wie diesem erst mal die beste Lösung war, sich den Film reinzuziehen.

Nachdem er schon nach wenigen Minuten des *Beowulf*-Films eingeschlafen war, erwachte Mitty erst am nächsten Morgen. Er sagte sich, dass ein erholsamer Schlaf und ein kräftiges Frühstück allemal gesünder seien, als sich spätabends mit irgendwelchen Hausaufgaben herumgequält zu haben.

Er schaute kurz bei seinen Eltern rein, die gewöhnlich nie vor zwölf oder eins ins Bett gingen und deshalb selten vor neun aufstanden. Seit er sich erinnern konnte, hatte Mitty den frühen Morgen allein verbracht. Er war immer ein bisschen überrascht und gerührt, wenn er seine Eltern so schlafen sah. Er konnte nie lange hingucken, ohne einen Stich im Herzen zu fühlen, so als ob diese schlafenden Wesen ihn in einer Weise brauchten, die er nie wirklich ganz verstehen würde.

Leise verließ Mitty die Wohnung, verschloss die Tür hinter sich, nahm den Fahrstuhl und ging durch die Hintertür hinaus. Durch die Straßenschluchten zwischen den Hochhäusern der West Side pfiff ein eiskalter Wind. Selbst Mitty, der die Kälte mochte, legte die Arme um seinen Oberkörper, um sich vor dem beißenden Frost zu schützen. Er kam an unzähligen Cafés, Bäckereien, Eckläden, Frühstückslokalen und Imbissen vorbei und überlegte sehr sorgfältig. Schließlich ging es hier um eine schwierige Entscheidung: Was sollte er frühstücken? Was war heute angesagt – die herzhafte Variante (zum Beispiel Bagel), und wenn ja, in welcher Geschmacksrichtung? Oder die fluffige süße Option (Croissant, Blätterteiggebäck)? Oder Spiegeleier mit Speck?

Schließlich entschied er sich für zwei cremegefüllte Doughnuts, die er auf dem Weg die neun Häuserblocks runter zur Schule mit Genuss aß. Und als er in der Schule ankam – bingo! –, hatte er wieder Glück: Vertretung in Englisch, keine *Beowulf*-Arbeit heute. Stattdessen wurde die Klasse in die Schulbücherei geschickt.

Dort besetzte Mitty einen Computer und ging auf Google. Er wollte mehr über *variola major* rauskriegen, schließlich war das jetzt sein Thema. Trotzdem gab er einfach nur *Virus* ein, was zu über zweieinhalb Millionen Treffern führte: aktuelle Virusinformationen, Tipps bei Problemen und Hinweise auf Firewalls. Klar, hier ging es um Computerviren, aber warum nicht? War doch auch interessant.

Als es Mitty schließlich zu langweilig wurde, gab er *variola major* ein und wurde zur CDC-Homepage umgeleitet, also zur Seite des *Center for Disease Control and Prevention* in Atlanta, Georgia. Das hatte ihnen schon Mr Lynch gesagt: »Die CDC-Seite ist für euch alle die beste Quelle für zuverlässige Information – außer für Melanie mit ihrer Pflanzenkrankheit natürlich.«

Mitty scrollte durch die CDC-Infos. Aha, bei *variola major* handelte es sich also um die Pocken, eine Krankheit, von der Mitty irgendwann schon mal gehört hatte. Musste was mit dem Mittelalter zu tun haben, wie die Blattern. Aber heute bekam laut CDC niemand mehr die Pocken. Die Krankheit war schon vor Jahrzehnten endgültig besiegt worden. Das CDC schrieb: »Die Überwachung einer Krankheit, die es derzeit nirgendwo auf der Welt mehr gibt, ist eine große Herausforderung.«

Was, bitte, hieß das denn? Überwachung einer Krankheit, die es nicht mehr gab? Das klang ja gewaltig nach Enthüllungsjournalismus: »Und womit verdienen Sie Ihr Geld?« – »Oh, ich bekomme einen Haufen Steuergelder dafür, eine Krankheit im Auge zu behalten, die es nicht mehr gibt.«

Anschließend checkte Mitty, was es draußen in der Welt der Pocken so alles an Neuigkeiten gab. Natürlich landete er kaum Treffer, kein Wunder angesichts der Tatsache, dass die Krankheit ausgestorben war. Er stieß auf einen Fall von Affenpocken in Wisconsin. Leute hatten einen Präriehund als Haustier gekauft, aber der war vorher mit einer gambischen Riesenratte aus Afrika zusammen gewesen. Und diese Ratte hatte es schwer mit Affenpocken erwischt, sie hatte den Präriehund damit angesteckt und der wiederum Herrchen oder Frauchen. Mitty dachte nur im Stillen, dass sich niemand, der so bescheuert war, sich einen Präriehund als Haustier zuzulegen, wundern sollte, wenn er krank wurde.

Zu seinem größten Vergnügen fand er schließlich heraus, dass nahezu jedes Tier seine höchstpersönlichen Pocken bekommen konnte: Es gab Stinktierpocken, Schweinepocken und Kamelpocken. Papageipocken, Delfinpocken und Krokodilpocken. Und, unglaublich, sogar Mückenpocken. Mitty war sich ziemlich sicher, dass Pocken was mit Flecken auf der Haut zu tun hatten. Wie, um Himmels willen, sollte man sie auf Mücken entdecken? Da musste man schon ein verdammt gutes Mikroskop benutzen. Aber in dem Artikel wurde weiter unten ausführlich erklärt, dass Insekten gar keine Haut haben. Und sie also auch gar keinen Ausschlag bekommen können. Dafür werden sie wahnsinnig.

Spontan entschied sich Mitty für eine neue Karriere: Er würde den Wahnsinn von Insekten erforschen! Schien ein weites Feld zu sein und die Konkurrenz war wahrscheinlich nicht zu groß. Was wiederum daran liegen könnte, dass es relativ wenige zahlungskräftige Patienten gab.

Als Mitty die Schulcafeteria betrat, war er, beflügelt von Gedanken an Mückenwahnsinn, allerbester Laune. Er setzte sich mit Derek und Olivia an einen Tisch. Er und Derek beglückwünschten sich gegenseitig zur Englischvertretung. Olivia würde die gleiche Vertretung am Nachmittag bekommen, Englisch war ihre letzte Stunde an diesem Tag.

»Wollt ihr mir etwa erzählen, dass keiner von euch beiden *Beowulf* gelesen hat?«, fragte Olivia mit einem Hauch von Kritik in ihrer Stimme. »Das ist doch nun wirklich keine sehr lange Geschichte.« Damit wollte sie wohl andeuten, dass jeder, also wirklich jeder, sogar Mitty und Derek, die Fähigkeit hätte, *Beowulf* zu lesen.

Mitty reagierte mit Vergnügen, ihm gefiel dieses niedliche Sorgenfältchen auf ihrer Stirn. Derek war eher genervt, diese arrogante Überheblichkeitsfalte auf ihrer Stirn ging ihm auf den Geist.

Mitty wollte erst gar keine lästige Diskussion übers Lesen aufkommen lassen und erkundigte sich schnell bei Olivia: »Wie kommst du mit Typhus voran?«

Olivia lächelte ihn sofort an, das war eine ihrer besten Eigenschaften: Anders als Mittys Mutter oder Schwester verbiss sie sich nie in unangenehme Themen und hackte darauf herum.

»Ich finde unheimlich viel spannendes Material über die Geschichte von Typhus«, antwortete sie, wobei ihre Augen vor lauter Forscherglück strahlten. »Ich hoffe nur, dass Mr Lynch mir erlaubt, mich ganz auf die Geschichte zu konzentrieren und heutige Entwicklungen und Behandlungsmöglichkeiten außen vor zu lassen. Hört zu, ich bin da zum Beispiel auf eine Frau namens Mary Mallon gestoßen, sie hat siebenundvierzig Menschen mit Typhus angesteckt. Das war hier in New York, zu Beginn des zwanzigsten Jahrhunderts. Sie war Köchin, und die Leute, für die sie kochte, bekamen alle Typhus, weil sie ihr Essen zubereitet hatte. Später wurde sie in ganz Amerika bekannt, die Leute nannten sie Typhus-Mary.

Als die Behörden sie schließlich ausfindig gemacht hatten, denn sie selbst war nicht krank, sie war nur die Überträgerin der Krankheit, weigerte sie sich zu akzeptieren, dass sie ein Problem darstellte, und sie weigerte sich auch, ihren Beruf als Köchin aufzugeben. Also lochte man sie ein, in einem Gefängnis auf einer Insel im East River. Hör zu, Mitty, was ich unbedingt machen möchte: mal zu dieser Insel rausfahren. Sie ist heute ein Vogelschutzgebiet. Hast du Lust mitzukommen?«

Natürlich konnte Mitty sich nichts Spannenderes vorstellen als einen Trip zu einem Vogelschutzgebiet in der Bronx bei Temperaturen unter null. Boote durften wahrscheinlich noch nicht mal im Juli an einer Vogelschutzinsel anlegen, wenn man jetzt überhaupt jemanden mit einem Boot finden würde, der bereit wäre, durch die Eisschollen hindurchzunavigieren. Außerdem konnten sich Olivia und Mitty kaum als hochklassige Vogelexperten ausgeben, um eine Sondererlaubnis zu ergattern. Und nicht zuletzt: Typhus-Mary hatte wahrscheinlich keinerlei Spuren auf der Insel hinterlassen. Aber egal. »Ich bin dabei«, sagte Mitty. »Wie heißt die Insel?«

»North Brother«, sagte Olivia ganz aufgeregt. Mitty hatte den Namen noch nie gehört. Allerdings gab es überraschend viele Inseln und Inselchen rund um Manhattan, bekannt waren aber eigentlich nur Liberty Island, Ellis Island und vielleicht Riker Island.

»Ich hab leider noch nicht rausgekriegt, wie wir da hinkommen«, sagte Olivia etwas bedrückt.

»Ich habe da volles Vertrauen in dich«, antwortete Mitty. Und das war die Wahrheit. Olivia und er hatten im Vorjahr in zwei Fächern nebeneinandergesessen und er hatte sie kaum zur Kenntnis genommen. In diesem Jahr hatten sie nur ein Fach gemeinsam, aber er nahm sie unheimlich zur Kenntnis und dachte jeden Tag an sie, manchmal jede Stunde. Mitty hatte bei der Sache ziemlich gemischte Gefühle. Er hatte sich noch nie mit ihr verabredet, weil er sowieso schon die Hälfte seiner Zeit an sie dachte. Sollte er die andere Hälfte auch noch opfern?

Derek mochte keine Themen, bei denen er ausgeschlossen war. Also sagte er: »Und ich werde in der Zwischenzeit die Motive des Mörders von Ottilie Lundgren rauskriegen.«

Olivia wendete sich mit kritisch gerunzelter Stirn an ihn: »Es wurde veröffentlicht, dass der oder die Personen, die das Anthrax verschickten, es nicht auf bestimmte Opfer abgesehen hatten. Diese Leute kamen zufällig zu Tode.«

»Es waren zufällige *Morde*«, korrigierte Derek sie. »Ich muss die Motive des Typen rauskriegen, anders finde ich ihn nicht. Schau, normale Menschen sind keine Killer. Normale Menschen ermorden niemanden, und erst recht steuern sie keine Flugzeuge in bewohnte Gebäude oder schnallen sich Bomben um die Brust, um sich und die anderen in der nächsten Pizzeria in die Luft zu jagen. Man muss schon voller Hass sein oder eine gehörige Gehirnwäsche hinter sich haben, um zum Beispiel in die Türme des World Trade Center zu fliegen, wie Mohammed Atta das getan hat. Andererseits: Atta war vielleicht verrückt, aber er hatte Mumm. Ein Pülverchen in einen Umschlag zu schütten und ihn abzuschicken – dazu braucht man keinen Mumm. Es ist eher eine feige Tat, also suche ich nach einem Schwächling.«

Mitty konnte sich verschwommen daran erinnern, dass auch er vor gar nicht so langer Zeit Staub in einen Umschlag geschüttet hatte.

»Habt ihr gewusst, dass Ottilie Lundgren gerne Krimis las?«, fragte Derek. »Wie hat die sich wohl gefühlt, als sie mit ihren vierundneunzig Jahren im Krankenhaus lag und plötzlich feststellen musste, dass sie in einem echten Krimi mitspielt – und zwar als das Opfer?«

Mitty trank den letzten Schluck aus seinem Kakao und bereitete sich innerlich darauf vor, dass er in etwa einer Minute vor versammelter Mannschaft aus dem Bioleistungskurs fliegen würde. »Ich verstehe immer noch nicht, wie du den Kerl im Internet finden willst, Derek.«

»Hör zu, Google behauptet, vier Milliarden Websites anzubieten. In mindestens eine davon muss sich der Mörder einloggen. Denn was soll das Ganze denn, wenn er sich nirgends seiner Tat rühmen kann? Was soll es, wenn er damit nicht angeben kann?«

»Du bist davon überzeugt, dass es ein einzelner Täter war, keine Verschwörung?«, fragte Mitty.

Derek nickte. »Ein einzelner böser Mensch.«

In New York machte die Benutzung des Wörtchens »böse« alle Menschen genauso nervös wie das Wort »Terrorist«. Jeder kannte diese Worte und ihre Bedeutung und niemand benutzte sie gerne. Die Einwohner New Yorks erwarteten hundertprozentigen Schutz gegen das Böse und den Terrorismus, aber kein New Yorker gab gerne zu, dass es beides tatsächlich gab. Wer gesehen hatte, wie die Türme eingestürzt waren, und wer die Stimmen der Leute aus dem

Flugzeug gehört hatte, wie sie ihr letztes Telefongespräch mit den Menschen, die sie liebten, führten, der wusste, was das war: das Böse.

New York war eine große Stadt. Irgendwann hatte Mitty bestimmt schon einmal, natürlich ohne es zu wissen, die Spur des Bösen gekreuzt. Das machte den Anthrax-Mörder so furchterregend: Er war immer noch irgendwo da draußen, er lebte immer noch so wie vorher, arbeitete mit denselben alten Kollegen zusammen wie vorher – und brütete das Böse aus.

»Ich glaube, dass es das Böse gibt«, sagte Olivia. »Unsere Wohnung war unten am Battery Park, und meine Mutter stand damals am Fenster und sah, wie die Türme zusammenkrachten. Und ich war hier oben in der Schule. Als wir alle nach Hause geschickt wurden, musste ich mit zu Zorah gehen und mir das Ganze im Fernsehen anschauen. Erst um zwanzig Uhr sechsundvierzig hörte ich dann, dass meinen Eltern nichts passiert war.« Jeder New Yorker wusste solche Dinge auf die Minute genau. »Als die Sperrung der Straßen downtown wieder aufgehoben wurde, hätten wir natürlich in unsere alte Wohnung zurückgekonnt. Aber meine Mutter war mit den Nerven ziemlich fertig, also sind wir hier in die Nähe gezogen.« Derek, der in der East Side lebte und jeden Morgen mit dem Bus quer durch Manhattan zur Schule kam, interessierte sich herzlich wenig für die Wohnsituation von Olivia, ob vorher oder nachher. »Hast du dich schon für ein Thema entschieden?«, fragte er Mitty. Derek fand Mittys Schulversagen eher lustig. Er betrachtete Mittys Flops mit dem gleichen Interesse, wie er einen guten Comic betrachten würde.

Inhalt

- New York, 2004
- Recherchen Jahresarbeit Biologie → Medizinbuch 102 Jahre Briefumschlag "VM-Epedemie, 1902, Boston"
- getrocknete Blutepedemie → Staub → Einatmen
- denkt er hat sich angesteckt → träumt davon, denkt davon
...

»Pocken«, sagte Mitty mit einer so festen Stimme, als ob er schon eine Menge darüber wüsste.

»Das ist eine echte Massenvernichtungswaffe«, sagte Derek zustimmend.

Die drei warfen die Überreste ihres Mittagessens in den Müll und gingen in die Bioklasse.

Wie üblich drängte Olivia vorwärts an ihren gewohnten Platz in der ersten Reihe, von wo aus sie ihren Blick unverwandt auf Mr Lynch heften würde. Mitty ließ sich in einen Stuhl weit hinten sinken und betrachtete ihr Haar und ihre Schultern. Klar, Olivia hatte sicherlich noch weitaus lohnendere Körperteile, aber Mitty mochte ihr Haar sehr.

Mr Lynch betrachtete die Schüler des Bioleistungskurses mit der für ihn so charakteristischen Mischung aus Sympathie und Abneigung. »Viele haben sich bei mir beschwert, dass die Zeit für die vorbereitenden Arbeiten einfach nicht ausreicht. Deshalb verlängere ich die Frist um zwei Tage.«

Hervorragend, dachte Mitty nur.

Achtundvierzig Stunden Schonfrist – massig Zeit. In achtundvierzig Stunden konnte er die Regierung eines kleineren Landes stürzen. Überhaupt kein Problem, die zehn Seiten mit den Notizen und die ausführliche Bücherliste bis dahin fertig zu haben, vor allem, weil er die Bücher ja schon zu Hause hatte. Das machte zweieinhalb Seiten pro Buch und das war's dann.

»Mittwoch dann, aber ausnahmslos«, sagte Mr Lynch, »und es werden keinerlei Ausreden akzeptiert.« Dann zeigte er der Klasse ein Video, in dem es – wer hätte das gedacht? – um ansteckende Krankheiten ging. Mitty döste im Halbdunkel des Klassenzimmers vor sich hin. Bei der Hälfte des Films wachte er auf, gerade rechtzeitig, um ein Nies-Experiment im Labor verfolgen zu können.

Es wurde gezeigt, wie Tröpfchen, vergrößert und zur besseren Sichtbarkeit eingefärbt, aus der Nase der Versuchsperson in die Welt hinausgesprayt wurden. In Zeitlupe platschten diese Tröpfchen in die Gesichter der Umstehenden, verfehlten ihr Ziel manchmal und segelt über deren Schultern mitten ins Gesicht von Leuten dahinter, klebten sich an Türgriffe, machten es sich auf Küchenarbeitsflächen gemütlich oder landeten auf Messern und Gabeln.

Tröpfcheninfektion war etwas, woran New Yorker besser gar nicht erst dachten. Denn jede Fahrt mit der U-Bahn, jeder Bummel durchs Kaufhaus, jeder Zeitungskauf am Kiosk und jeder Spaziergang durch den Central Park brachte einen in Niesweite von nicht wenigen der anderen acht Millionen New Yorker.

Mitty erinnerte sich dunkel, wie er vor Kurzem selbst kräftig geniest hatte – im Bücherzimmer seiner Mutter.

Da Olivia am Montag Ballettstunden hatte, konnte Mitty nach der Schule nicht mit ihr zusammen sein. Zum Trost stellte er sie sich eine Zeit lang in ihrem Trikot vor, zwang sich aber dann, in die Buchhandlung zu gehen. Er war ganz schön überrascht, hier zwei ziemlich aktuelle Bücher über diese sehr tote Krankheit zu finden: *Superpox. Tödliche Viren aus den Geheimlabors* (klasse Titel, Mitty würde das ganz klar zuerst lesen) und *Pocken: Der Kampf für die Ausrottung einer weltweiten Plage* (sah eher akademisch aus – also so wenig wie möglich lesen).

Auf dem Nachhauseweg setzte sich Mitty mit seinen Eltern in Verbindung. Gewöhnlich schickten sie sich mehrmals am Tag eine SMS oder riefen sich an, als ob ihr Leben erst dann einen Sinn hätte, wenn sie sich gegenseitig darüber informiert hatten. Sein Vater hatte am Abend noch einen geschäftlichen Termin, nicht ungewöhnlich bei ihm, da er morgens ja erst ziemlich spät anfing. Seine Mutter war mit Kunden zum Abendessen verabredet. Mitty versprach, etwas Gesundes zu essen, und nach einem geschmacklich astreinen Hamburger mit Pommes ging er in sein Schlafzimmer, das ungefähr so groß war wie einer seiner Schränke draußen in Connecticut. Die obere Etage seines Bettes benutzte er zum Schlafen, unten hatte er all seine CDs, DVDs, T-Shirts, Sportsachen, seinen Laptop und richtig gute Programmhefte zur Erinnerung an Konzerte im Madison Square Garden. Sein Drucker und ungefähr zehn Paar Turnschuhe passten prima unters Bett.

Zur Erledigung von Hausaufgaben war kein Platz vorgesehen.

Er saß auf dem Fußboden, Laptop, wie es sich gehört, auf dem Schoß, und nutzte Onlinelexika, medizinische Websites wie die des CDC oder des NIH (*National Institute of Health*, wo sich hunderte von Wissenschaftlern mit Infektionskrankheiten beschäftigten), des *Livermore National Laboratory* (ähnlich dem NIH) und natürlich seine eigene kleine Infektionskrankheitenbibliothek mit den sechs Büchern. Er las so schnell wie möglich, prägte sich die Quellen aber gut ein. Mr Lynch hatte Notizen gefordert, aber Mitty entschied, das zu umgehen. Warum eine Arbeit zweimal machen? Er würde gleich ein Rohkonzept schreiben. (Im Endeffekt würde dies dann das abschließende Konzept sein, Mitty überarbeitete nie etwas.)

Umgeben von einer Unmenge von Computerausdrucken und mit seinen aufgeschlagenen Büchern in Reichweite begann er zu schreiben:

Einst beherrschten die Pocken die ganze Welt. Allein in Europa starben jedes Jahr 400.000 Menschen daran. Die Krankheit war extrem ansteckend.

Die Pocken begannen mit kleinen braunen Hautflecken, genannt **maculae.** Bald bildete sich aus den Flecken ein kleiner Höcker, die **papula.** Drei oder vier Tage später wurde daraus eine Pustel, ein hartes kleines Knötchen unter der Haut. Bald war der ganze Körper des Kranken damit bedeckt, am dichtesten aber im Gesicht und an Händen und Füßen. Manchmal vereinigten sich diese Bläschen miteinander, sodass gar keine Haut mehr dazwischen war. Wieder einige Tage später platzten die Pusteln auf, bluteten und verschorften dann. Das dauerte pro Pustel etwa sechs Tage, der Körper des Kranken war ungefähr drei Wochen damit beschäftigt, bis alle Pusteln eingetrocknet waren. Dann fiel der Schorf ab und an der Stelle, wo er vorher war, entstand ein Loch: die Pocke. Man muss sich das als eine Art Delle in der Haut vorstellen. Wer die Krankheit überlebte, aber hunderte solcher Pockennarben im Gesicht hatte, sah danach so abschreckend hässlich aus, dass man sich für den Rest seines Lebens ohne Maske am liebsten nicht mehr unter Menschen gewagt hätte.

Einen Großteil dieser Informationen hatte Mitty aus seinen alten Büchern, denn die Ärzte, die sie geschrieben hatten, hatten Pocken noch selbst gesehen. Mediziner von heute hatten sie weder gesehen noch würden sie je die Möglichkeit dazu haben.

Mitty schrieb weiter:

> Der Virus wurde über Tröpfchen im Husten oder Atem übertragen oder verbreitete sich über Handkontakt mit den Erkrankten.
>
> Zu Beginn ihrer Infektion fühlten sich die Patienten überhaupt nicht krank und bekamen auch keinen Hautausschlag. Zwölf oder vierzehn Tage vergingen. Und noch immer merkte der Erkrankte nicht, dass irgendetwas mit ihm nicht in Ordnung war. Und innerhalb dieser zwölf oder vierzehn Tage konnte der Patient auch noch niemanden anstecken.

Es war jetzt neun Uhr. Auf Mitty wartete immer noch *Beowulf*. Er entschied, erst einmal die Beschreibung der Symptome abzuschließen, bevor er etwas anderes machte.

> Sobald sich der Patient krank fühlte, fühlte er sich sehr schnell sehr krank. Sofort bekam er hohes Fieber, Frösteln, Rigor, unerträgliche Kopfschmerzen, schreckliche Rückenschmerzen und Schmerzen in Armen und Beinen. Dazu kam ein heftiger Husten. Vom Hautausschlag ganz zu schweigen.

Mitty wusste nicht, was »Rigor« bedeutete. Er überlegte kurz, ob er im Computer nachschauen sollte, aber er war gerade so schön in Schwung, dass es ein Jammer gewesen wäre, hier zu unterbrechen, nur um herauszufinden, was er da eigentlich schrieb.

> Sehr bald war der Patient so krank, dass er im Koma lag oder im Delirium. Er war jetzt so geschwächt, dass er auch Probleme mit dem Herzen hatte. Hinzu kamen Bronchitis und Lungenentzündung. Und das waren die Probleme, an denen er dann auch wirklich starb.

Eine von Mittys alten Quellen hatte die Leiden der Pockenkranken genau aufgeschlüsselt: Neunzig Prozent hatten heftige Kopfschmerzen, vierundachtzig Prozent schweren Schüttelfrost, vierundfünfzig Prozent starke Rückenschmerzen. Fast alle litten unter Übelkeit. Ihre Zungen waren pelzig weiß, ihr Atem stank. Wenn die Pusteln aufbrachen, wurde dicker gelber Eiter abgesondert. Alle Patienten litten unter unerträglichem Juckreiz.

Wirklich gut, dass es das nicht mehr gibt, dachte Mitty.

Prima, das mit den Symptomen war also in trockenen Tüchern. Um gleich weiterzumachen, nahm Mitty *Superpox. Tödliche Viren aus den Geheimlabors* in die eine und *Beowulf* in die andere Hand und verglich ihr Gewicht. Ganz klar, das Gedicht war leichter.

Beowulf lag mit den zerknitterten Seiten nach oben offen da.

Gefräßig und gnadenlos
riss er dreißig Männer von ihren
Ruheplätzen
und stürmte in fliegender Eile in seine Höhle;
trunken und entflammt noch vom Raubzug,
taumelte er heimwärts mit den gemetzelten Leibern.

Wie entspannend.

Er nahm die *Tödlichen Viren aus den Geheimlabors* in die Hand und begann darin zu blättern.

> Die Pusteln begannen sich gegenseitig zu berühren und verwandelten sich schließlich in eine zusammenhängende Schicht, die seinen Körper bedeckte, mit einer gepflasterten Straße vergleichbar. Die Haut wurde von den darunterliegenden Schichten weggerissen und aus den Pusteln in seinem Gesicht wurde eine einzige, mit Flüssigkeit gefüllte Masse. Und schließlich löste sich seine Gesichtshaut von den darunterliegenden Schichten und wurde zu einer Art Sack, der um die Gewebe seines Kopfes herumhing.

Im Vergleich zu Pocken schienen die guten alten englischen Monster eher zahm zu sein. Mitty las weiter. Ein anderer Erkrankter litt an Blutpocken. Dabei veränderte sich die Struktur der Hautoberfläche überhaupt nicht, sondern blieb völlig glatt, aber innerlich explodieren die Organe des Patienten. Diese Abart der Krankheit hieß Schwarze Pocken, weil die Betroffenen geschwärzt wie nach einem Feuer aussahen. Wer daran erkrankte, starb unweigerlich.

»Von den Schwarzen Pocken«, so der Autor des Buches, »sind besonders häufig Jugendliche betroffen.«

Mitty runzelte kritisch die Stirn. Wie glaubwürdig war eigentlich ein Autor, der im Jahre 2002, so das Erscheinungsjahr von *Superpox* laut Impressum, immer noch glaubte, dass es Pocken gab?

Also betätigte sich Mitty zum ersten Mal in seinem Leben als Lektor: Mit seinem Kuli strich er *sind* durch und schrieb stattdessen *waren.*

Mehr als vierundzwanzig Stunden waren vergangen.

Für Mitty Blake war das bedeutungslos. Aber ein Virus nutzt jede einzelne Sekunde, um sich wieder und wieder zu verdoppeln.

Variola major dringt in eine Zelle ein, indem er mit der Zellhaut, der Membrane, verschmilzt. Befindet er sich erst einmal im Zellkörper, dem Zytoplasma, bewirkt *variola,* dass die Zelle ihre angestammten Funktionen aufgibt. Ab jetzt widmet sie sich nur noch einer Aufgabe: *variola* zu produzieren. Innerhalb von acht Stunden ist die feindliche Übernahme abgeschlossen. Die Wirtszellen erschaffen nun zehntausende von exakten Kopien des Virus.

Und jede davon ist ansteckend.

Am Dienstag, dem 3. Februar, wurde ein mit weißem Pulver gefüllter Umschlag im Senatsgebäude der Vereinigten Staaten abgeliefert.

Derek hoffte inständig, dass der Anthrax-Mörder wieder zuschlagen wollte, und hielt es kaum aus, dass man ihn angesichts solcher Neuigkeiten nicht vom Unterricht befreien wollte. Aber dann stellte sich heraus, dass das Pulver Ricin war. Klar, Ricin war ein lebensgefährliches Gift, aber nicht ansteckend. Also – nur keine Panik. Und die gab es ganz bestimmt nicht unter den Schülern, die sich vor Unterrichtsbeginn in der Eingangshalle trafen. Die wichtigsten Themen hier waren Sport oder Fernsehshows.

Solche Sachen interessierten Olivia – natürlich – nicht. »Nach der Schule fahre ich hoch zur Medizinbibliothek der Columbia-Universität, um am Typhus-Thema dranzubleiben. Hast du nicht vielleicht Lust mitzukommen, Mitty? Die Geschichte der Pocken ist wirklich hochinteressant, weißt du, vor allem ihre Ausrottung durch Donald Henderson.«

»Moment, was weißt denn du über Pocken?«, forschte Derek nach.

»Hab ich natürlich nachgeschlagen«, sagte Olivia, »sofort als ich Mittys Thema kannte.«

»Ist immer noch *sein* Thema«, stellte Derek klar. »Aber egal – wie kommst du überhaupt in die Bibliothek rein? Du hast doch gar keinen Studentenausweis.«

»Ich schnapp mir einfach den Ausweis meines Vaters. Ich halt ihn hoch, sie denken, ich bin eine Medizinstudentin, und lassen mich rein. Ist ganz einfach, hab ich in diesem Monat schon zweimal gemacht.«

»Dein Vater hat einen Bart«, sagte Mitty.

»Die gucken nie auf die Fotos. Und wenn, kann ich immer noch meinen Daumen drüberhalten.«

Das war eine ganz neue, unbekannte Olivia. Mitty selbst liebte es, Sicherheitssysteme zu umgehen. Seine Eltern verboten ihm das strikt auf Flughäfen, also beschränkte er sich auf die Gebäude, in denen die Eingangshalle öffentlich, die Fahrstühle aber privat waren. Wenn er erwischt wurde, versuchte er immer, besonders jung und naiv auszusehen, darin war Mitty ein absoluter Meister. Außerdem: Das Schlimmste, was ihm passieren konnte, war, dass ihm die Sicherheitsbeamten sagten, er solle doch gefälligst verschwinden. »Okay, du kommst also mit der Karte deines Vaters rein«, sagte Mitty zu Olivia, »wie aber komme *ich* rein?«

»Mit derselben Karte. Im Vorraum ist immer so viel Betrieb, dass die den Überblick gar nicht haben können. Also gehe ich durch, bücke mich dann, um meine Schuhe zuzubinden oder so, und schiebe dir dabei die Karte zu. Alles kein Problem.«

»Und was ist, wenn sie uns erwischen?«, fragte Mitty hoffnungsvoll. Das wäre eindeutig viel spannender, als Bücher zu wälzen.

»Die erwischen uns nie. Wir sind angezogen wie Medizinstudenten, das heißt etwas vergammelt, also fallen wir gar nicht auf. Angestellte in Büchereien haben sowieso immer nur ein Auge auf Leute, die wertvolle alte Bücher oder Karten stehlen wollen, aber so was gibt es in medizinischen Fachbibliotheken nicht. Und wir werden dort sowieso die Einzigen sein, die Bücher lesen. Alle anderen werden Onlinezeitschriften benutzen.«

»Und warum benutzen wir keine Onlinezeitschriften?«

»Weil wir dort hingehen, um historische Studien zu betreiben«, sagte Olivia geduldig, »und die sind, wie der Name schon sagt, eben nicht sehr aktuell.«

Derek konnte es überhaupt nicht ertragen, wenn Olivia so redete. Er machte kehrt und ließ die beiden allein.

Mitty hatte seinen Spaß daran.

Und es wurde noch besser: In Englisch hatten sie doch wirklich wieder die Vertretung. Mitty fand das so toll, dass er auf der Stelle schwor, sich heute Abend echt in *Beowulf* zu vertiefen. Im Endeffekt hatte er sogar einen Vorteil gegenüber den guten Schülern: Die hatten das Gedicht brav vor einiger Zeit gelesen und einiges vergessen, aber für Mitty war alles ganz aktuell und er würde eine Spitzennote bekommen.

Der Vertretungslehrer sagte ihnen, sie könnten arbeiten, woran sie wollten. Eigentlich hatte er sogar gesagt, sie könnten tun, was sie wollten, keine ungefährliche Formulierung, aber dies war eine ziemlich ruhige Klasse und so passierte gar nichts.

Mitty entschied, dass es vielleicht gar nicht so dumm wäre, wenn er heute noch einmal einen Blick in eines seiner Pockenbücher werfen würde. Natürlich hatte er mal wieder nicht richtig aufgepasst, welche Bücher er für die Schule einpackte. Also hatte er keins von den neueren Büchern dabei, nur *Kurze Geschichte der Immunologie,* erschienen 1909. Na gut, würde er also seiner Arbeit noch ein paar nutzlose Informationen hinzufügen.

Auf Seite 134 las Mitty:

> Es ist so gut wie sicher, dass Pocken, wie andere ansteckende Krankheitsbilder auch, von lebenden Mikroorganismen verursacht werden. Genauere Untersuchungen der Pusteln haben allerdings keine Ergebnisse erbracht, die den Schluss zulassen würden, dass die Ursachen der Krankheit bakterieller Natur sein könnten.

Cool, dachte Mitty. Die hatten 1909 noch keinen Schimmer, was ein Virus ist. Wann hatten sie das denn eigentlich geschnallt?

Das brachte ihn dazu, über Mikroskope nachzudenken und vor allem darüber, wann es wohl die ersten Hochleistungsmikroskope gegeben hat. Dabei fiel ihm ein, dass er online vielleicht ein Foto eines Pockenvirus finden könnte, um das mit in seine Arbeit aufzunehmen.

Von so viel geistiger Hochleistung total erschöpft, machte Mitty seinen iPod an und lauschte dem guten alten *Ain't Life Grand*-Album. Richtig, dachte er und sang es stumm mit: »Everybody turns hero tonight.«

»Eine gute Möglichkeit, eure Noten zu verbessern«, schlug Mr Lynch dem Bioleistungskurs vor, »wäre ein Interview mit einem Spezialisten für euer Thema.«

Ein Interview bedeutete Arbeit. Mitty wollte weniger, nicht mehr Arbeit. Außerdem ging er am Nachmittag mit Olivia in die Unibibliothek. Mehr konnte man von einem Menschen nun wirklich nicht verlangen.

»Aber ein Interview macht die Arbeit doch noch viel länger«, sagte Eve, ihr Thema war Gelbfieber. »Wir haben damit doch nun wirklich schon unheimlich viel zu tun.«

»Ich möchte euch nur beibringen, gründlich zu sein«, antwortete Mr Lynch. »Meine große Hoffnung ist, dass ich beim Lesen eurer Arbeit wenigstens einen finde, der wirklich gründlich gewesen ist.«

»Wahrscheinlich Mitty«, platzte Derek heraus, und die ganze Klasse brüllte vor Lachen.

Nach Schulschluss fuhren Mitchell John Blake und Olivia Clark zusammen mit der U-Bahn uptown. Es war noch keine Hauptverkehrszeit und der Zug war ziemlich leer. Sie fanden sogar Sitzplätze nebeneinander, und Mitty hielt Olivias Hand, die sie so tief in einen Fausthandschuh aus dicker

Wolle vergraben hatte, dass er sich gar nicht so sicher war, ob sie überhaupt da drin war. Aber ungefähr an der Hundertfünfundzwanzigsten Straße zog sie ihren Handschuh aus und sie verschränkten ihre Finger ineinander.

An der Hundertachtundsechzigsten stiegen sie aus und Mitty blickte sich neugierig um. Hier oben in der Gegend des New Yorker Presbyterian-Krankenhauses war er vorher noch nie gewesen. Trotz des eisig kalten Wetters waren die Bürgersteige voller kleiner Imbissstände. Jeder Patient, der mal kurz aus dem Krankenhaus rausdurfte, jeder Besucher, Krankenhausangestellte, Student und Arzt schien nach etwas Essbarem anzustehen. Und die Auswahl war riesig: Bagels und Falafel, Hotdogs und Muffins, Milchkaffee und heiße Brezeln. Mitty wäre zu gerne ein bisschen rumgebummelt, um ein paar Sachen zu kaufen, aber Olivia marschierte zielstrebig Richtung Bibliothek.

Und natürlich hatte Olivia recht: Es war wirklich total easy, in das Gebäude reinzukommen, und sie machten sich gleich auf den Weg in den Lesesaal. Mitty konnte sich was Schöneres vorstellen als Trillionen von Büchern, die er ganz bestimmt nicht lesen wollte, aber Olivia war ganz in ihrem Element. Alle Arbeitsplätze schienen nur für eine Person eingerichtet zu sein, und Mitty sagte, dass sie sich dann eben einfach zusammen auf einen Stuhl setzen würden. Als er schließlich doch einen Platz für zwei Personen gefunden hatte, war Olivia aber verschwunden, wahrscheinlich um Unterlagen über Typhus-Mary anzuhäufen.

Mitty seufzte, suchte sich ein Infoterminal, gab *Pocken* ein und notierte sich schnell eine Buchnummer nach der anderen. Er war verblüfft, ein 2003 erschienenes *Handbuch für medizinische Hilfskräfte* unter *Pocken* zu finden. Warum stand in einem solchen Buch etwas über Pocken? Ein durchschnittlicher Rettungswagenfahrer musste doch nichts über Pocken wissen. Ein *überdurchschnittlicher* Rettungswagenfahrer musste nichts darüber wissen. Und sogar Rettungswagenfahrer im *Sudan* mussten nichts darüber wissen.

Sofort machte er sich auf die Suche nach dem Buch. Was nicht so einfach war, weil er bei dem in seinen Augen komplizierten Ordnungssystem der Bücher erst mal den Überblick bekommen musste.

Bei Pocken, so las er schließlich in dem Buch, gibt es »keine bekannten Behandlungsmöglichkeiten«.

Mitty konnte nicht anders, er stellte sich das so vor: Die Mannschaft des Rettungswagens kommt angerast, sieht den üblen Hautausschlag, holt das Notfallhandbuch raus, schlägt hinten im Fachwörterverzeichnis unter *Pocken* nach. Um dann festzustellen: *Vergiss es. Du bist schon so gut wie tot.*

Dann ging er auf der Suche nach seinen anderen Büchern von Regal zu Regal. Ab und zu konnte er Olivia entdecken.

Bald hatte er noch mehr nutzlose Informationen gesammelt.

Präsident Abraham Lincoln litt im November 1863 an einer leichten Form von Pocken und wurde bald wieder gesund.

Mozart hatte im Alter von neun Jahren die Pocken, wobei seine Augen mehr als eine Woche völlig zugeschwollen waren.

Kurz vor der Landung der Pilgerväter am Plymouth Rock hatten sich die Indianerstämme in Massachusetts bei europäischen Händlern mit Pocken angesteckt. Neun Zehntel von ihnen starben zwischen 1616 und 1619, und als die Pilger 1620 ankamen, waren nur noch zehn Prozent der Ureinwohner zur Stelle, um Hallo zu sagen.

Nach der Erfindung der Impfung Anfang des achtzehnten Jahrhunderts waren besonders Cotton Mather und Benjamin Franklin die treibenden Kräfte, um den Amerikanern gut zuzureden, sich doch impfen zu lassen.

Während der Epidemie von 1918 starben in Russland und Polen 400.000 Menschen an den Pocken.

Und plötzlich fand Mitty auch seine Epidemie: Sie hatte 1902 in Boston stattgefunden, genau so wie es auf dem Etikett des Umschlags stand. Tausendvierundzwanzig Erkrankungen an *variola major* waren damals registriert worden, hundertneunzig Menschen waren gestorben.

Aber wie konnte es noch 1902 oder 1918 zu Epidemien kommen? Die Impfung war doch schon längst erfunden worden. Kein Mensch hätte mehr Angst davor haben müssen. Vielleicht waren sie einfach nicht in der Stimmung gewesen, sich impfen zu lassen. Hatten's vergessen. Waren gerade im Stress. Mochten keine Spritzen.

Mitty stellte sich vor, wie da so ein paar arme Kerle in Boston in ihren Krankenbetten lagen und auf das schreckliche Ende warteten: »Verdammt! Ich wusste doch, dass es ein böser Fehler war, mich nicht impfen zu lassen.«

Die Adresse des Pockenkrankenhauses von Boston war 112 Southampton Street. Wenn Mitty jetzt in Boston gewesen wäre, wäre er auf der Stelle dorthin gedackelt und hätte ein Foto geschossen, nur um von all diesen Büchern hier abzuhauen.

Olivia tauchte mit einem Stapel Bücher auf, unter dem der Tisch zusammenzubrechen drohte. Vier davon waren für ihn – na prima. Schon leicht angesäuert, las er, was sie für ihn rausgesucht hatte: *Die Auslöschung der Pocken.* Er stöpselte seinen Laptop ein und begann zu schreiben:

> Im Jahre 1965 beauftragte die Weltgesundheitsorganisation WHO den Amerikaner Donald Henderson mit der Aufgabe, die Pocken endgültig auszurotten. Die Russen hatten den Antrag gestellt und US-Präsident Lyndon B. Johnson sorgte für die Finanzierung. Johnson teilte Henderson und seinem Team mit, sie hätten zehn Jahre Zeit, um ihren Job zu erledigen. Es würde das erste Mal in der Geschichte der Menschheit sein, dass die Welt ein für alle Mal von einer Krankheit befreit werden würde. Da die Pockenviren ausschließlich im Körper von Menschen lebensfähig sind, musste sich das Team auch nicht darum kümmern, Ratten oder Mücken zu kontrollieren oder für sauberes Wasser zu sorgen und Ähnliches. Henderson selbst hatte eine geniale Idee: Sobald irgendwo Fälle von Pocken auftraten, raste er mit seinen Leuten dorthin und begann sofort, alle Menschen dort zu impfen. So immunisierten sie jeden einzelnen Menschen in einem riesigen Kreis um die Erkrankten herum, sodass es im Umkreis von vielen Kilometern keinen Menschen mehr gab, der nicht gegen die Pocken geimpft war. Henderson nannte das »Ring-Immunisierung«. Und niemand durfte diesen Ring

verlassen, bis die Ansteckungszeit vorbei war. So bauten sie eine Art Mauer, von der der Virus abprallte, wenn er rauswollte. In Indien gingen Hendersons zehntausend Mitarbeiter sogar so weit, jedes einzelne Haus im ganzen Land einmal pro Monat aufzusuchen und zu checken, ob jemand an Pocken erkrankt war. Wirklich wahr: Sie klopften an die Tür von 120 Millionen Häusern.

Schon 1974 gab es auf der Welt praktisch keine Pocken mehr, die Idee mit der Ring-Immunisierung hatte prima funktioniert. Nur in Bangladesch tauchten noch hin und wieder einzelne Fälle auf. Das ließ sich Hendersons Team nicht gefallen und impfte in Bangladesch alles, was zwei Beine hatte. Und im November 1975 war es so weit: Die Pocken waren besiegt. Seitdem hatte es nur noch ein oder zwei Fälle gegeben, aber da legte die WHO so richtig los und impfte jeweils nicht weniger als 50.000 Menschen im Umkreis. Und das war's dann – seit Oktober 1977 sind die Pocken, die schlimmste Geißel der Menschheit, für immer von der Erde verschwunden.

Mitty war ganz stolz, dass es ihm gelungen war, *Geißel der Menschheit* in seinem Bericht unterzubringen, denn das war eine beliebte Formulierung unter Pockenkennern.

Oktober 1977 war das also. Verdammt lang her. Seine Mutter war damals auf der höheren Schule, sein Vater auf der Uni. Die Siebzigerjahre – einiges von der Musik damals hatte allerdings überlebt, Mitty hörte sogar ab und zu mal rein.

Die Geschichte der Pocken hatte also einen Helden produziert, Donald Henderson, und zu einer Heldentat geführt

– die Ausrottung der Pocken. Mitty liebte Helden, aber jetzt reichte es ihm wirklich, keine Zeile wollte er mehr lesen oder schreiben, vor allem nicht über diese ätzende Krankheit.

Gerade als Mitty dachte, dass nun auch Olivia fertig wäre, tauchte sie in ihre Büchertasche und fischte ein eigenes Buch heraus. Es war eher ein Heft als ein Buch, so wie sie damals in den ersten Klassen der Grundschule üblich waren. »*Mein erstes Buch von den Viren*«, erklärte sie, »ich habe es damals selbst geschrieben. Und ich hab dich beobachtet, als Mr Lynch alles über Viren erklärt hat. Du hast iPod gehört, mir kannst du nichts vormachen. Hier findest du alle Basisinformationen, die du brauchst.«

Mitty konnte nicht mehr vor Lachen.

Olivia wurde rot. »Okay, tut mir leid. Das ist wohl meine typische aufdringliche Art, die Derek so auf den Geist geht.«

»Ich liebe deine aufdringliche Art«, sagte Mitty und lachte immer noch. »Aber sag mal ehrlich: Wer sonst in St. Raphael's – wer sonst in ganz New York City – wer sonst in der ganzen weiten Welt bringt es fertig, *Mein erstes Buch von den Viren* zu schreiben?« Er nahm das Heft zur Hand. Auf der zweiten Seite hatte sie fein säuberlich in großen Kinderbuchstaben ihren Namen geschrieben. *Bunny Clark.* »Dein Spitzname war *Bunny*?«, fragte er ungläubig. »Du – Olivia? Du warst ganz Öhrchen-floppig, kuschelig und hoppelig?«

Schnell schnappte sich Olivia das Heft wieder. Sie klappte es sofort zu und schleuderte es in ihre Tasche. »Ich habe vergessen, dass ich meinen Namen da reingeschrieben habe. Vergiss das Wort! Sofort! Sag es nie wieder. Denk noch nicht mal dran.«

Mitty nickte zustimmend. »Vergessen und nicht denken sind meine Spezialität.« Aber natürlich würde er das nie vergessen. Von Bunny zu Olivia – da hatte jemand einen weiten Weg zurückgelegt. Sie hatte sich wirklich verändert. Vielleicht war der trickreiche Weg zu menschlicher Reife einfach der, seinen Spitznamen abzulegen. Vielleicht sollte er Mitty in die Mülltonne werfen und einfach Mitchell werden ...

Allerdings war er als Mitty immer ein ganz guter Schüler gewesen. Erst dieses Jahr war ein echter Flop. Aber floppen machte nun mal einfach mehr Spaß als lernen.

Olivia hatte sich inzwischen erholt. »Hast du was geschrieben?«, fragte sie und deutete mit ihrem Kinn in Richtung Laptop.

»Ein bisschen.«

»Mitty, wenn du für diese Arbeit keine gute Note bekommst, dann sinkst du unter den erlaubten Durchschnitt. Dann steckt man dich wieder in die normale Biostunde.«

»Wär doch keine nationale Katastrophe«, meinte Mitty.

»Aber für mich wäre es eine.«

Die Arbeitsplätze um sie herum waren leer.

Das ganze Stockwerk war leer.

Mitty zog Olivia auf seinen Schoß.

Es war nun achtundvierzig Stunden her, seit Mitty die kleinen Teilchen des Pockenschorfs eingeatmet hatte. Und Mitty war, wie die Opfer im Pockenhospital in Boston 1902, nicht geimpft.

K. 4

Am Abend wollten Mittys Eltern ins Fitness-Studio gehen. Es machte ihnen Spaß, sich mal so richtig körperlich zu verausgaben. Mitty war normalerweise immer gerne dabei, denn zum einen liebte er Gewichtheben, aber mindestens genauso das gute Essen im Restaurant, das es anschließend gab. Zumindest er und sein Vater aßen gut, seine Mutter bestellte sich immer irgendetwas Ungenießbares wie nicht angemachten grünen Salat.

»Geht heut nicht«, sagte er seinen Eltern. »Ich habe Hausaufgaben.«

Mitty würde lernen? Seine Eltern schwebten förmlich aus der Wohnung.

Klar, immer wenn Mitty sagte: »Ich habe Hausaufgaben«, dann meinte er damit genau das. Er meinte nicht: »Und jetzt werde ich sie machen.« Denn üblicherweise setzte er sich dann vor den Fernseher und seine Bücher und Hefte vergammelten in seinem Rucksack.

Aber heute Abend war er richtig scharf darauf, seine Bioarbeit fertig zu machen. Er kannte dieses Gefühl so gar nicht. Das war fast so wie ein trockener Mund bei großem Durst. Innerlich war er ganz hibbelig und unruhig – er musste was tun!

Außerdem sah der Boden seines Schlafzimmers inzwischen wie ein Schuttplatz voller Seiten mit Pockeninfos und Büchern aus. Er konnte das Zeug nicht mehr sehen. Nachdem er sich kurz noch einmal alles in Erinnerung zurückgerufen hatte, was er während seiner Haftzeit in der Bibliothek gelesen hatte, stürzte er sich in die nächste Aufgabe von Mr Lynch:

> Dass die Pocken heute, lange nach ihrer Ausrottung, immer noch ein Thema sind, liegt daran, dass wegen der hohen Ansteckungsgefahr dieser Krankheit überall auf der Welt die Schutzimpfung erfunden worden ist.
>
> In England gab es 1796 einen Mann namens Edward Jenner. Damals wusste man schon, dass, wer einmal Pocken hatte und sie überlebte, sie nie wieder bekam. Jenner aber fiel auf, dass es eine Gruppe von Leuten gab, die die Krankheit nie bekam. Und zwar waren das Mädchen, die Kühe hüteten. Die hießen nicht Cowgirls, sondern Milchmädchen. Die bekamen Kuhpocken, aber das schützte sie offensichtlich vor allen anderen Pockenkrankheiten. Jenner beschloss, ein Experiment zu wagen. Niemand würde ihm das heute mehr erlauben. Zum einen gab es da dieses Milchmädchen, das eine offene Kuhpockenwunde an seiner Hand hatte, aus der Kuhpockeneiter floss. Dann

war da dieser kleine Junge, James Phipps, von dem ich noch nicht rausgekriegt habe, ob seine Mutter und sein Vater mit der Sache überhaupt einverstanden waren. Aber egal, Jenner ritzte eine richtige Wunde in den Arm des kleinen Jungen, schmierte ordentlich Kuhpockeneiter rein und sah zu, wie der Junge krank wurde. Keiner machte sich richtig Sorgen, denn an Kuhpocken starb man nicht, man wollte eben nur möglichst keine haben.

Wochen vergehen. Wenn Kuhpocken den Jungen wirklich gegen die richtigen Pocken schützen würden, dann ist das jetzt passiert. Oder eben nicht. Jenner schlitzt dem armen Kerl wieder den Arm auf und schmiert ihm diesmal das echte Pockenzeug rein. Nun heißt es abwarten. So ein Experiment nannte man damals eine Herausforderung. Heute würde man das einen Anlass für eine satte Schadensersatzklage nennen.

Der Junge bekommt wirklich keine Pocken. Und weil Pocken die ansteckendste Krankheit der Welt ist und Jenner rausbekommen hat, wie man sie aufhalten kann, ist das natürlich eine Riesensache. Nun muss man allerdings noch alle Leute davon überzeugen, sich den Arm aufritzen zu lassen wie dieser Junge. Aber die Leute glauben nicht dran, dass es funktioniert, und haben Schiss und denken, vielleicht hat Gott was dagegen, wenn wir unseren Körper so verändern, also machen sie nicht mit. Oder manche Länder bekommen die Neuigkeit mit der Impfung ein oder zwei Jahrhunderte lang gar nicht mit oder haben nicht das Geld dafür oder was weiß ich. So vergehen viele Jahrzehnte, und obwohl die Prozedur vereinfacht worden ist, werden immer noch nicht alle geimpft. Sogar heute noch gibt es Menschen, die gegen die Impfung ihrer Kinder sind, weil sie der Ansicht sind, dass der Körper, mit dem wir geboren wurden, nicht verändert werden dürfe. Selbst wenn es um das eigene Kind geht.

Das lateinische Wort **Vakzination** für Impfung kommt übrigens genau von dieser Geschichte mit den Kühen. Die Wissenschaftler benutzten damals Latein als Fachsprache, und vaccus ist das lateinische Wort für Kuh.

Mitty las durch, was er da geschrieben hatte, und war bis auf eine Sache zufrieden: Irgendwie war er plötzlich in die Gegenwartsform gerutscht. Also ging er alles Absatz für Absatz noch einmal durch und änderte alles in die Vergangenheit.

Aber jetzt war es höchste Zeit für ein bisschen Fernsehen: am besten irgendwas, was ihn so richtig fesselte und ihn nicht mehr an diese verfluchte Krankheit denken ließ. Das Gen für Ordnung fehlte bei Mitty ganz offensichtlich, das hatte die Vergangenheit klar bewiesen. Deshalb verstand er sich plötzlich selbst nicht mehr, als er, bevor er noch zur Fernbedienung gegriffen hatte, fein säuberlich seine Bücher zuklappte und einräumte.

Dabei war auch das Buch über die Schrecken der Pocken, und Mitty merkte zum ersten Mal, dass diese alten Bücher bebildert waren. Damals konnten Fotografien nur auf der einen Seite eines speziellen Papiers abgedruckt werden, sodass alle Fotos hinten im Buch waren. In *Prinzipien* war ein körniges Schwarz-Weiß-Foto einer offenen Kuhpockenwunde auf der Hand eines Milchmädchens. Die Wunde sah aus wie ein offenes Geschwür von etwa drei Zentimeter Durchmesser. Bei dem Anblick konnte es einem schlecht werden. Mitty konnte den Gestank von Eiter und faulendem Fleisch praktisch riechen. Das sah nicht so aus, als ob es je heilen würde. Und es sah nicht so aus, als ob davon nur eine Narbe übrig bliebe, es sah eher nach einem Krater aus.

Das also waren die *Kuhpocken*? Die langweiligen? Die, die einen nicht umbrachten?

In *Infektionskrankheiten* waren vier Fotos von an Pocken Erkrankten, ihre Körper waren so zerstört, dass die Patienten wie von schwarzen Murmeln übersäte eingeschrumpelte Puppen aussahen. Sogar ihre Augenlider, das Innere ihres Mundes, die Fußsohlen und die Handflächen waren mit nässenden schwarzen Kügelchen überzogen. Ein Kopf war so aufgedunsen, dass Mitty ihn nur daran erkannte, weil er auf den Schultern saß. Eine Hand bestand aus kleinen, mit schwarzen Pusteln übersäten Stöckchen, die Finger waren ganz weit auseinandergespreizt, als ob eine gegenseitige Berührung zu unerträglichen Schmerzen führen würde.

Mitty konnte Filme voller Blut und Gewalt sehen, ohne dass ihm dabei anders wurde. Aber diese Lebewesen, die mal Menschen gewesen waren – er wollte sich die Schmerzen, die sie erlitten hatten, gar nicht erst vorstellen.

Er ging ins Internet, um sich Farbfotos anzuschauen. Alle Aufnahmen schienen aus Afrika oder Südostasien zu stammen, wo sich die Pocken am längsten gehalten hatten. Jetzt sah Mitty die ersten Fotos von Menschen, die die Krankheit überlebt hatten. Die Entstellung ihrer Gesichter war schrecklich. Es sah aus, als seien ihre Gesichter explodiert und dann neu zusammengesetzt worden.

Warum hießen die Pocken auf Englisch eigentlich »Kleine Pocken«? Gab es etwa eine Krankheit mit größeren, noch schlimmeren Pocken?

Im Internet fand Mitty dazu nichts, dafür aber in einem seiner alten Bücher. Die Syphilis nannte man auch »Große Pocken«. Er hatte einen kurzen Anfall wissenschaftlicher Neugierde und war kurz davor, sich intensiver mit Syphilis zu beschäftigen und herauszufinden, wie *diese* Pocken wohl aussahen. Aber dann fing er sich doch wieder und ging raus, um sich ein paar Hotdogs zu kaufen.

Zu »Gray's Papaya« waren es nur wenige Schritte die Straße runter. Gray's war ein ganz besonderer Laden, er hatte sich auf schräge Fruchtdrinks und Hotdogs spezialisiert. Letztere gab es nur im Doppelpack. Mitty stellte sich mit seinem ersten Paar an die Straßenecke und schaute, was so auf der Straße los war. Er sah Löschfahrzeuge und Leute, die Hunde ausführten, ein kleines Kind, das einen richtigen Wutanfall hatte, weil seine Mutter ihm nicht dies oder das kaufen wollte, ein verdreckter alter Typ fischte sich eine weggeworfene Zeitung aus dem Papierkorb, und eine Frau, die aussah, als wäre sie mindestens einmal im Monat auf der Titelseite irgendeiner Klatschzeitschrift, stöckelte auf unglaublich hohen Absätzen vorbei.

Mitty stellte sich plötzlich vor, dass alle diese Leute Pocken bekommen würden.

Es dauerte ein bisschen, bis er sich an seinen zweiten Hotdog machte. Sein Hals schien irgendwie enger geworden zu sein. Eigentlich hatte er vorgehabt, noch einen Pack Hotdogs für später vor dem Fernseher zu kaufen, aber in seinem Magen rumorte es gewaltig.

Langsam ging er nach Hause.

Die Kassette von *Beowulf* war immer noch im Abspielgerät. Er musste zurückspulen, weil er das letzte Mal total verschlafen hatte, und entschied, parallel zum Film seine Schulausgabe des Buches zu lesen.

Er blätterte *Beowulf* durch und blieb an einer Stelle hängen, wo es um Grendel ging, das Monster, das *Beowulf* töten muss.

> Es heftete sich an meine Fersen, wieder und wieder,
> übelster Unrat,
> lauernd und schleichend,
> doch ich schlug zurück, setzte mich kraftvoll zur Wehr
> mit des Schwertes Macht.
> Niemand sollte sich weiden an meinem Fleisch,
> keine Ungeheuer der Häme frönen
> bei ihrem Festschmaus an des Meeres Grund.

Und wieder lief der Film unbeachtet, denn Mitty las wirklich weiter.

Die wahnsinnigen Monster und heldenmütigen Prinzen in *Beowulf* und die fremdartigen Rhythmen und Wörter des Gedichtes hatten es geschafft, sogar Mitty zu packen.

Aber das wahre Monster in Mittys Leben war nicht Grendel.

Mittwochmorgen, 4. Februar.

Mitty hatte in dieser Nacht nicht gut geschlafen. Das war ihm noch nie passiert. Kein Wunder, dass Arzneimittelfirmen mit Schlafmitteln das große Geld machten. Wer will schon mehr als eine Nacht seines Lebens ohne Schlaf auskommen?

Zum Frühstück bestellte er sich in einem Diner frisch gepressten O-Saft. Den ganzen Weg zur Schule rannte er, damit sich der Saft im Körper verteilen und ihn richtig wach machen konnte.

Die erste Person, die er im Foyer der Schule traf, war Olivia. Er hatte kaum Zeit genug, ein Lächeln auf sein Gesicht zu zaubern, als sie ihm schon ein neues Buch vor die Nase hielt. Sie war so stolz auf ihr Geschenk, als wären es Eintrittskarten für die Eishockey-Playoffs. Das Cover des dicken Taschenbuchs zeigte eine Zeichnung, wie Soldaten aus dem Unabhängigkeitskrieg vor einem Skelett in Uniform flüchteten. Sogar Mitty erkannte Gevatter Tod. Der Titel lautete *Pox Americana – Die große Pockenepidemie 1775–82.*

»Guck doch nicht so entsetzt«, sagte Olivia. »Ich habe kleine Post-its auf die interessanten Seiten geklebt. Den Rest kannst du vergessen.« Sie schenkte ihm dieses wunderbare Lächeln, das im Allgemeinen dazu führte, dass er sein ganzes Leben neu überdachte, und verschwand Richtung erste Stunde.

»Wie hältst du sie nur aus?«, nölte Derek. »Sie besorgt Bücher für dich und klebt sie voller Zettelchen. Was soll das? Denk mal ernsthaft drüber nach, Mitty. Was kommt als Nächstes? Hochzeit?«

Mitty lachte nur. »Und wie steht's mit Anthrax?«, fragte er, als er die erste Seite mit Olivias Post-it aufschlug. Sie hatte einen Satz hervorgehoben: »*Variola* verbraucht seinen Wirt wie Feuer Brennstoff.« Wie nett. Deine Haut wirft außen Blasen, während du drinnen vor Hitze zu Tode gekocht wirst. Trotz des Orangensaftes fühlte sich Mittys Mund trocken und rau an. Während er Derek zuhörte, trank er von dem Wasserhahn im Foyer. Vielleicht sollte er jetzt auch immer eine Wasserflasche mit sich herumschleppen wie einige schräge Vögel hier.

In Englisch war Mrs Abrams wieder da, also schrieben sie die *Beowulf*-Arbeit. Normalerweise war Mitty bei Englisch-Klassenarbeiten immer einer der Ersten, der fertig war, weil er so wenig zu sagen hatte. Diesmal war er früh fertig, weil er so viel zu sagen hatte. Die Sätze flossen ihm aus der Feder, als hätte er die Fragen schon letzte Nacht gekannt und ganze Abhandlungen über Monster geschrieben, statt zu schlafen.

Als er abgab, war er verblüfft, im Austausch einen Büchereiausweis in die Hand gedrückt zu bekommen. Mrs Abrams schaute Schüler gewöhnlich völlig ausdruckslos an. »Hilft dir bei deiner Jahresarbeit«, erklärte sie knapp.

Mitty hatte sich vorher nie klargemacht, dass Mr Lynch und Mrs Abrams zusammenarbeiteten. Wie beängstigend.

Und als er dann tatsächlich in die Schulbücherei ging, wer kam da gleich mit *ihrem* Empfehlungsbuch anmarschiert? Die Leiterin der Bücherei mit *Die Geißel – die alte und zukünftige Bedrohung durch Pocken* von Jonathan B. Tucker.

Und so fing das Buch an:

> In einem Hochsicherheitsgebäude in Atlanta sitzt der gefährlichste Gefangene der Welt in strenger Einzelhaft und wartet auf seine Hinrichtung. Gesucht wegen Folter und Mord an Millionen von Menschen, war er nach einer weltweiten Rasterfahndung nach über einem Jahrzehnt endlich dingfest gemacht worden … Der gefährlichste Gefangene der Welt ist der Pockenvirus, gefangen gehalten wird er in zwei mit Vorhängeschlössern versehenen Kühlschränken in einem speziell gesicherten Raum im *U.S. Center for Desease Control and Prevention* in Atlanta. Gut 450 Exemplare des Virus sind in ordentlich beschrifteten, etwa ein Zentimeter hohen Glasfläschchen auf metallenen Regalen aufgereiht, tiefgefroren in flüssigen Sauerstoff getaucht. Wer den Lagerort der Pocken betreten möchte, benötigt zwei unterschiedliche Schlüssel, die im Besitz von zwei verschiedenen Personen sind; bewaffnete Wachtposten, Fernsehkameras rundum und elektronische Alarmanlagen garantieren eine ständige Überwachung

> rund um die Uhr. Ein weiteres Set solcher Pockenviren liegt in einem vergleichbaren Sicherheitsgebäude in einem russischen Laboratorium in Sibirien.

Und trotz alldem sprach der Autor in seinem Titel von einer zukünftigen Bedrohung durch Pocken? Was für eine Zukunft? Eine Bioterrorismus-Zukunft?

Hatte der Kerl denn wirklich neunzehn verrückte Al-Qaida-Mörder vor Augen, die (nachdem sie am Betreten eines Flugzeugs gehindert worden sind) die Kühlschränke des CDC stürmen (ohne Schlüssel, vorbei an bewaffneten Wächtern und unbemerkt von Alarmanlagen), dann ihre Händchen in flüssigen Sauerstoff stecken und triumphierend mit ihren kleinen Fläschchen voller Viren das Weite suchen?

Wer genau wäre bereit, einen solchen Job zu übernehmen? Ein Flugzeug zu entführen und in Sekunden zu sterben ist eine Sache – die Frage »Darf ich bitte an Pocken krepieren?« eine ganz andere.

Und ihr cleverer Kopf im Hintergrund, der das alles organisierte, könnte vielleicht versuchen, seine Freiwilligen davon zu überzeugen, dass Pocken nicht viel anders waren als Windpocken – ein lästiger Ausschlag, klar, aber kein Grund zur Sorge. Aber selbst der dümmste Freiwillige würde sich bald die Frage stellen, wie ein bisschen Ausschlag und ein wenig Fieber zusammen eine Massenvernichtungswaffe ergeben sollen.

Mrs Abrams saß in Mittys Nähe.

Plötzlich fiel ihm ein Absatz aus einem seiner alten Bücher ein. Darin hatte ein berühmter alter Engländer namens Macaulay beschrieben, wie es damals gewesen war, mit Pocken zu leben. *Die Pocken,* so Macaulay, *waren in England immer präsent. Die Friedhöfe bei den Kirchen waren voller Pockentoter. Wer die Krankheit noch nicht gehabt hatte, wurde von der ständigen Angst gequält, sie bald zu bekommen. Wer sie überlebt hatte, war für immer gezeichnet. Mütter erschauerten beim Anblick ihrer süßen Babys. Und das heiß geliebte Gesicht der angebeteten Freundin wurde für den entsetzten Liebenden zu einem Bild reinsten Horrors.*

Eine Art virologischer Nebel schien zwischen Mitty und Mrs Abrams zu schweben. Pusteln begannen plötzlich ihr gesamtes Gesicht zu überziehen und in ihr schien der Virus zu brodeln.

»Mitty«, sagte sie aus weiter Ferne durch den dichten Nebel, »für welches Thema hast du dich denn nun entschieden?«

»Pocken«, antwortete er mit belegter Stimme.

»Mitty, wach auf. Ich bin deine *Englisch*lehrerin. Dein Biologiethema geht mich nichts an. Für welches Thema hast du dich bei der Jahresarbeit in Englisch entschieden?«

Mitty dachte lieber nicht darüber nach, dass er sich um noch eine Arbeit kümmern musste. Er spazierte in die Biostunde und gab Mr Lynch seine Arbeit über Pocken.

»Du hast das wirklich selbst geschrieben?«, fragte Mr Lynch argwöhnisch. »Du bist wirklich fertig? Und du gibst sogar früher ab?« Sogar Musterschülerinnen wie Olivia gaben nie etwas früher ab. Früher – das war merkwürdig. Oder Betrug.

»Ich bin nicht zu hundert Prozent fertig«, sagte Mitty. »Ich bin nur fast ganz fertig.«

»Die Aufgabe«, sagte Mr Lynch, »bestand auch darin, zehn Seiten mit Notizen abzugeben. Ich wollte eindeutig auch Notizen.«

Wenn Mitty jetzt behauptete, er hätte sie zu Hause, müsste er sie nachträglich noch machen. Wenn er behauptete, er hätte sie in seinem Laptop, müsste er sie ausdrucken. So versuchte Mitty gleichzeitig, sehr unschuldig auszusehen, aber auch sehr verwirrt darüber, dass jemand wirklich so merkwürdig viel Wert auf Notizen legen konnte.

Mr Lynch schaute mit weit hochgezogenen Augenbrauen, dem klassischen Anzeichen von Lehrerskepsis, auf Mittys Arbeit. Kopieren war in der Schule ein großes Problem, es war ja so einfach, sich irgendwo etwas runterzuladen. Es gab Websites für Lehrer, mit denen sie abchecken konnten, ob ein Text eines Schülers aus dem Internet kopiert worden war, aber es gab einfach zu viel Material, um wirklich alles ausfindig machen zu können.

Mitty war beliebt. Niemand wollte, dass er ein Betrüger war, und niemand wollte, dass er als Betrüger erwischt wurde. Seine Mitschüler schauten still auf ihre Arbeitstische, Mr Lynch seufzte. Da kam er eben nicht drum herum, sich gerade jetzt mit dem Thema *Betrug* herumschlagen zu müssen.

Mitty wusste, dass er alles in seinen eigenen Worten gesagt hatte und dass jeder Leser das auch merken würde. Kein Sachbuchautor würde schreiben: »Das ließ sich Hendersons Team nicht gefallen und impfte in Bangladesch alles, was zwei Beine hatte.« Ein richtiger Autor würde das eher so ausdrücken: »Alarmiert aufgrund einzelner in Bangladesch aufgetretener Fälle, traf Donald Henderson eine Entscheidung von beispielloser Kühnheit und größter Tragweite: Jeder Einwohner Bangladeschs solle sofort geimpft werden! Und so geschah es.«

Still las Mr Lynch alle Seiten von Mittys Arbeit durch. Dann blätterte er zu den Anfangsseiten zurück und begann alles laut vorzulesen. Mitty hoffte nur, dass Mr Lynch nicht anschließend die Klasse auffordern würde, seine Arbeit zu diskutieren. Was dann immer auch gesagt werden würde, so schwor er sich, würde ihn nie dazu bringen, auch nur einen Satz zu ändern. *Ich bin fertig mit der Sache. Das Thema macht mich noch krank. Es ist mir wirklich unter die Haut gegangen.*

Mitty musste einen Anfall von Schüttelfrost unterdrücken.

Genau, das machten die Pocken: Sie gingen einem unter die Haut.

Seine Erinnerung war klar und deutlich, auch was das Gefühl und den Geruch anging. Er sah, wie er sich den Pockenschorf in die Hand schüttete, wie sich der Schorf zwischen seinen Fingern auflöste, wie der Staub in die Luft schwebte. Seine Hand, wie sie seine Nase rieb, wie er tief einatmete. Und die Luft, wie sie tief in seine Lungen strömte.

»Mitty, da hast du gute Arbeit geleistet«, sagte Mr Lynch, offensichtlich verblüfft darüber, dass Mitty wirklich etwas Gutes zustande bringen konnte und das auch noch mit Arbeit zu tun hatte. »Du schreibst ein bisschen sehr umgangssprachlich, aber ich lasse das durchgehen, das ist eben deine eigene typische Sprache. Jetzt aber: Drei Dinge bleiben noch zu tun, Mitty. Erstens: Bioterrorismus. Pocken stehen da auf der Liste der meistgefürchteten Viren ganz oben. Zweitens: Versuch, was rauszukriegen über Serum für Pockenimpfungen nach dem 11. September 2001 – hat sich da was verändert? Drittens: Wie steht's mit den Pocken in der Zukunft, wie kann, wie soll die Welt damit umgehen?«

»Pocken gibt es doch nicht mehr«, protestierte Thomas, eigentlich einer der Stillsten der Klasse.

»Nicht in den Menschen«, stimmte Mr Lynch zu. »Was aber, wenn Terroristen, hoch qualifizierte Terroristen natürlich mit hervorragenden Labors und Säcken voller Geld, in den Besitz des Virus gelangen, was dann?« Er gab Mitty die Arbeit zurück.

Emma sagte: »Ich habe eine Frage zu Tetanus. Was ist mit den Aussagen von alternativen Medizinern? Danach muss man sich nicht mehr dagegen schutzimpfen lassen, weil es Tetanus nicht mehr gibt. Ich dachte immer, dass die Bakterien noch irgendwo rumliegen und nur auf uns warten.«

»Du hast recht. Die Quelle, die du nennst, ist wissenschaftlich fragwürdig«, antwortete Mr Lynch. »Wenn du Schmutz in eine tiefe Wunde bekommst und nicht geimpft worden bist, kannst du Tetanus bekommen. Die Krankheit kommt heute nur wegen der Impfungen nicht mehr vor, aber nicht, weil das Bakterium etwa verschwunden wäre.«

»Was ist Tetanus noch mal genau?«, fragte Thomas. Mitty war erleichtert, dass er nicht der Einzige war, der bei all den Viren und Bakterien den Überblick verloren hatte.

»Früher nannte man das Wundstarrkrampf, weil dabei die

Muskeln nicht mehr arbeiten«, erklärte Emma. »Man stirbt, wenn die Krankheit auf die Muskeln übergreift, die die Lunge bewegen. Das Zwerchfell wird starr und man erstickt.«

Jeder Schüler war richtig stolz darauf, wie seine eigene ansteckende Krankheit Menschen umbrachte. Leute, die keine tödlichen Krankheiten gewählt hatten, sahen da alt aus, wie etwa Melanie mit ihrer Getreidepest.

Zorah sagte ganz wichtigtuerisch: »Ich mache Kinderlähmung. Schon gewusst, dass es sie wieder gibt? Hier in Amerika gibt es die Krankheit nicht mehr und auch in Afrika war sie ausgestorben. Jetzt gibt es sie da aber wieder in neun Ländern, weil die da schlampig mit dem Impfen waren.«

In der Zwischenzeit war Dr. Lynch dabei, die Notizen aller Schüler einzusammeln. »Nate!«, rief er plötzlich ganz aufgeregt. »Ich bin sehr beeindruckt! Du hast ja wirklich ein Interview gemacht!«

Nate hatte immer schon gewusst, dass er der Größte war. »Ach wissen Sie, mein Onkel ist zufällig Forscher auf dem Gebiet tropischer Infektionskrankheiten«, sagte Nate mit dem aufgesetzten Lächeln des Musterschülers, »und er ist ein ganz, ganz enger Freund der weltweit führenden Spezialistin in Sachen Lassafieber. Ich habe ihr eine E-Mail geschickt und sie hat auf meine Fragen total aufgeschlossen reagiert.«

»Die arme Frau verflucht wahrscheinlich heute noch die Erfindung der E-Mails«, murmelte Derek nur.

Olivia beteiligte sich nicht an der Diskussion. Das war ungewöhnlich für sie. Sie saß nur still da und drehte ganz in Gedanken ihre dunklen Haare zu kleinen Zöpfchen. Dann begann sie in eines ihrer vielen Notizbücher zu schreiben.

Mitty kannte nur ganz wenige Leute – Jungs gehörten nicht dazu –, die gerne mit der Hand schrieben. Jungs schrieben auf Computern. Olivia aber verließ das Haus nie ohne Stift und Papier. Und immer war ihre Schrift sauber, egal wie schnell sie schrieb, und sie machte nie einen Fehler. Mitty war so ziemlich das genaue Gegenteil: Seine Klaue war grauenhaft, egal wie langsam er schrieb, und alles wimmelte von Fehlern.

Zwei Drittel des Unterrichts waren vorbei. Oft stellte Mitty seine Uhr, um genau zu wissen, wie viel Ausdauer er noch brauchte, um bis zum Schluss durchzuhalten. Noch sechzehn Minuten. Mitty griff in seinen Rucksack, holte das Buch von Koplow raus und schlug die Seite mit dem Wörterverzeichnis auf. Warum Mr Lynch zuhören, wenn er in derselben Zeit ein weiteres Thema erledigen konnte?

Mitty suchte das Wort *Impfstoff*.

Auf Seite 28 schrieb der Autor, wie zu erwarten war, dass sich die Behörden nach den Anschlägen vom 11. September Sorgen über weitere Anschläge machten und dabei auch überprüften, ob es genügend Impfstoff gegen Pocken für alle Amerikaner gab.

Erstes Ergebnis: In den ganzen USA gab es nicht genügend Impfstoff. Da es für den Impfstoff keinen Markt gab, gab es auch keine Hersteller. Aber, wie Koplow schrieb, »Aventis-Pasteur, ein französischer Impfstoff-Hersteller, entdeckte bei der Anfrage in seinem Lager in Pennsylvania einen bisher übersehenen Bestand von fünfundachtzig Millionen Dosen des Impfstoffes und schenkte ihn der Regierung der Vereinigten Staaten.«

Mitty war völlig fertig. Wie konnte jemand fünfundachtzig Millionen Stück von irgendetwas übersehen? Okay, fünfundachtzigtausend vielleicht. Aber wo um Himmels willen hatten die Leute ihre Augen, als sie fünfundachtzig Millionen von was auch immer übersahen? Wie verdammt schlampig musste da eigentlich die Inventur sein? Lagen die fünfundachtzig Millionen Dosen in irgendwelchen nicht mehr benutzten Kühlschränken in Pennsylvania, die sogar die Putzfrau vergessen hatte? War da ein kleines Schildchen von der Tür abgefallen? Oder hatte jemand mal auf dem Boden einen Zettel mit der Aufschrift »Fünfundachtzig Millionen Dosen« gefunden und ihn mit der Bemerkung »Mehr nicht?« achselzuckend in den Papierkorb geworfen?

Warum aber einen Impfstoff herstellen, den man nie jemandem lieferte? Wenn niemand geimpft wurde, wozu brauchte man dann den Impfstoff? War der nicht dafür da, Krankheiten zu *verhindern*?

Der Unterricht war vorbei. Alle außer Mitty verließen den Klassenraum. Aber Olivia setzte sich neben ihn. Eigentlich wollte er sie fragen, was so schrecklich Wichtiges sie denn da während des Unterrichtes geschrieben und warum sie sich nicht an der Diskussion beteiligt hatte. Aber als er sie ansah, geschah dasselbe wie mit Mrs Abrams: Ihr schönes Gesicht schien sich zu verzerren, mit Pusteln zu überziehen, Beulen platzten und verkrusteten.

Zweifellos bekam er schon Halluzinationen von dieser Krankheit. Als er aufstand, konzentrierte er sich ganz darauf, seinen Rucksack aufzusetzen und mit den anderen nach draußen zu gehen. Als er Olivia anschaute, sah sie wieder ganz normal, aber irgendwie ein bisschen traurig aus. »Wie geht es Typhus-Mary?«, fragte er.

Ihr Gesicht hellte sich auf. »Das ist schon eine merkwürdige Story. Sehr faszinierend.«

»Faszinierend?«, fragte Emma.

»Ja, irgendwie bin ich davon fast ein bisschen besessen«, erklärte Olivia. »Dauernd denke ich an Typhus. Ich denke an die Krankheit, an die Frau, die andere Leute angesteckt hat, die Männer, die ihr auf der Spur waren, das Gefängnis, in dem sie lebte.«

»Mein Thema ist Beulenpest«, sagte Melanie bedrückt, »und nach jedem Absatz, den ich gelesen habe, taste ich meine Achselhöhlen ab, ob meine Lymphknoten geschwollen sind.«

Mitty war erleichtert. Offensichtlich ging es allen so, dass sie von ihrer Krankheit ein bisschen wie besessen waren. Zorah mit ihrer Kinderlähmung rechnete jede Sekunde damit, dass ihre Beine anfingen, ihren Dienst zu versagen, Emma mit dem Thema Tetanus hatte plötzlich Schwierigkeiten zu kauen. Allerdings musste Mitty noch eine Sache klären. »Hallo, Mr Lynch«, rief er zurück in den Unterrichtsraum, »nutzt eine Impfung auch dann noch, *nachdem* jemand erkrankt ist?«

Mr Lynchs Schüler der nächsten Klasse drängelten in das Zimmer, als gäbe es nichts Wichtigeres auf der Welt, als genau den gleichen Platz zu ergattern wie immer. Olivia wurde sogar richtig weggeschubst, und Mitty versuchte sofort, den Täter zu orten, um ihm mal kurz handgreiflich klarzumachen, dass es so doch nun wirklich nicht geht.

»Schlag es nach!«, rief Mr Lynch zurück. »Steht unter der Überschrift *Behandlungsmöglichkeiten.*«

Diese Lehrerantwort hasste Mitty, seit er Lesen gelernt hatte. Immer, wenn er bei einem Diktat ein Wort nicht schreiben konnte (was leider sehr oft der Fall war), flötete die Lehrerin: »Schlag im Wörterbuch nach, Mitty.« Und stöhnend schleppte sich Mitty dann zu diesem ätzend dicken Buch und blätterte plan- und ziellos darin herum. Nur gut, dass er damals noch nicht wusste, dass das in Wirklichkeit ein eher schmales Wörterbuch für Leseanfänger war und dass die wahren Horror-Wörterbücher erst noch auf ihn warteten.

»Ich geh heute wieder in die Unibücherei«, sagte Olivia. »Hast du Lust mitzukommen?«

»Nicht wirklich«, antwortete Mitty, »aber lass uns ins Kino gehen.« Kino war eine große Leidenschaft aller Blakes, sein Vater und seine Mutter gingen genauso gerne hin wie Mitty, wann immer sie Zeit und Lust hatten. Aber in Olivias Familie gab es ein paar Regeln. Und dazu gehörte: Kino nur freitags oder samstags, den offiziellen Kinotagen der Clarks.

Also ging Olivia alleine in die Uni-Bibliothek.

Mitty aber machte sich auf Richtung Kino, er brauchte Ablenkung von einer Sache, an die er nicht denken wollte.

Vor Mittys innerem Auge lief dauernd ein großes, elektronisches Werbebanner ab, so wie die Laufschriften am Times Square.

Mittys Banner bestand aus nur einem Satz: DU BIST MIT POCKEN IN BERÜHRUNG GEKOMMEN.

Mr Lynchs Hinweis war völlig unnötig gewesen, er musste nichts nachschlagen.

Mitty wusste bereits Bescheid.

Im Handbuch für medizinische Hilfskräfte gab es einen Absatz über die Behandlungsmöglichkeiten von Pocken.

Einen sehr kurzen Absatz.

Es gibt nämlich keine.

Mitty Blake stand am Broadway / Ecke Achtundsechzigste vor dem Kino und studierte die Anzeigetafel. Er konnte sich nicht erinnern, dass es ihm jemals so völlig egal gewesen war, ob er sich überhaupt einen Film anschauen sollte.

Der kalte Wind biss in seine Fußknöchel. Er musste sich jetzt wirklich überlegen, ob er nicht wenigstens bis Ende Februar Socken anziehen sollte. Um sich aufzuwärmen, besorgte er sich bei einem Straßenverkäufer einen heißen Kaffee. Es gelang ihm nicht, ihn runterzuschlucken. Er musste mit der Hand an seiner Kehle nachhelfen, damit er das Zeug überhaupt herunterbekam.

Na klasse, jetzt hab ich nicht nur die Symptome meiner Krankheit, sondern krieg außerdem auch noch die der anderen. Ich sollte diesen Umschlag vernichten. Bald wird meine Mutter ein paar neureichen Snobs eine hübsche kleine Bibliothek verkaufen, und wenn sie die dann ins Regal stellen, finden sie …

Jetzt fing er aber wirklich an zu spinnen. In dem Umschlag war Staub, sonst nichts.

Mitty ließ den Kaffeebecher in eine Mülltonne fallen und machte, dass er nach Hause kam. Und weil er es eilig hatte, musste er natürlich mit jedem im Haus, den er traf, ein Schwätzchen halten: mit Jed, dem Portier, mit Brandi, die werktags am Empfang saß, mit Henry, dem Briefträger. Dann traf Mitty Felix, der sich um all die Päckchen und Pakete kümmerte, die die siebenhundert Mieter oder Eigentümer des Hauses bekamen, fragte ihn, wie denn seine Operation so gelaufen sei, und durfte sich jedes Detail anhören; er begrüßte die Opernsängerin, die gerade erst von ihrem Engagement in Italien zurückgekommen war, und streichelte ihren weißen Terrier; er beugte sich zu den zwei Jahre alten Zwillingen Ashton und Avery hinunter, bei denen er einmal babygesittet hatte (und sofort gewusst hatte, dass einmal mehr als genug war), schnitt Grimassen und sagte ihrem Kindermädchen, wie fabelhaft ihr die neue Haarfarbe stünde. Und dann musste er noch mit Nick, dem Hausmeister, darüber streiten, ob UConn, die Basketballmannschaft von Connecticut, bei ihrem nächsten Spiel in New York gegen Duke auch nur den Hauch einer Chance hätte.

Was im Endeffekt alles dazu führte, dass sich Mitty ziemlich normal fühlte, als er endlich im achten Stock die Wohnung betrat. Er ging schnurstracks in sein Zimmer, wild entschlossen, den Umschlag wie eine Küchenschabe zu zertreten. Nicht dass sie hier im Hause etwa Schaben gehabt hätten – hier wurden genügend Insektenmittel versprüht, um ganz Manhattan plus die anderen vier Stadtbezirke damit abzudecken.

Aber da waren keine alten Bücher mehr in seinem Zimmer.

War seine Mutter hier gewesen und hatte sie geholt? Vielleicht schon verkauft?

Auch egal, sagte er sich. Der blöde Umschlag war sowieso bedeutungslos.

Er war so durstig, dass sich seine Zunge wie Sandpapier anfühlte.

Und die Menschen, die Pocken gehabt hatten?, dachte er. Wie waren die an ausreichend Flüssigkeit gekommen, wenn sie so krank waren? Damals war die intravenöse Ernährung noch nicht erfunden, also konnte man den Patienten auch keine Flüssigkeiten über die Venen reintröpfeln. Und nicht zu vergessen: Ihre Münder waren innen voller Wunden. Jeder Schluck muss höllisch wehgetan haben. Und alle Leute um sie rum waren genauso krank, also gab's keine Familie, die dauernd um sie herum war, ihnen volle Gläser brachte und beim Trinken half.

Er zitterte immer noch. Sein Puls war schneller als sonst.

Mitty knallte die Tür zum Arbeitszimmer seines Vaters hinter sich zu und griff nach dem großen Webster-Lexikon, für ihn die verhassteste Ansammlung gebundener Seiten auf der ganzen Welt. Er schlug das blöde Wort Rigor nach. Unter IV. stand: »Erschauern oder Zittern, vergleichbar dem Frösteln, das Fieber vorausgeht.«

Das hast du nun davon, wenn du deine Hausaufgaben machst. Du wirst krank davon.

Er ging in die Küche, um sich eine Cola zu holen.

Mitty war schon klar, warum es die Schule geben musste: Jeder Bürger musste lesen und schreiben lernen. Aber das konnte er doch schon seit der Grundschule, was sollte denn das jetzt alles noch? Die Zeitschrift USA TODAY war angeblich so geschrieben, dass Sechstklässler sie problemlos lesen können. Mitty konnte den Sportteil ruck, zuck durchlesen – was brauchte er denn noch mehr?

Die Schule hing ihm wirklich so was von zum Hals raus.

Wie kamen die eigentlich dazu, nicht nur eine riesige Bioarbeit von ihm zu verlangen, sondern auch eine in Englisch? Dann sollte er *Beowulf* lesen, Mathe machen und Geschichte, da konnte er sich im Moment noch nicht mal daran erinnern, in der Geschichte von welchem Erdteil sie gerade waren – vom Jahrhundert gar nicht zu reden.

Mitty stutzte. Das waren vier Fächer. Hatte er nicht fünf?

Mitty riss sich eine Coladose auf und dachte nur, dass er doch besser mit Olivia in die Unibücherei gegangen wäre. Ein paar Eigenschaften seiner Krankheit wollte er gerne noch nachschlagen.

»Verdammt, das ist nicht *meine* Krankheit!«, schrie er. »Und man braucht sich auch nicht behandeln zu lassen, weil es sie nämlich gar nicht mehr gibt!«

Plötzlich fielen ihm seine Handtücher ein. Fast beschämt ging er in sein Zimmer zurück. Genau. Als er heute Morgen geduscht hatte, hatte er die nassen Tücher einfach über den nächsten Bücherstapel geworfen.

Mitty hatte nie viel von diesem Yoga/Zen-Zeug gehalten, wo man seine Ängste mit tiefem Atmen und friedvollen Gedanken loswird. Er war mehr für Action, also schoss er Buch für Buch unter sein Bett, mit Anlauf. Dort mochten sie nun bis zum Jüngsten Tag in Frieden ruhen, das Hausmädchen hatte sich nämlich geweigert, da unten zu putzen.

Mitty ging ins Internet und surfte wieder durch die Seite des CDC. Die Banner mit den Warnungen und die Hotlines, wenn man einen Notfall melden wollte, interessierten ihn nicht.

Er ging zur Seite des *U.S. Army Medical Research Institute of Infectious Diseases*, abgekürzt USAMRIID, ausgesprochen »You-*sam*-rid«.

Die Tatsache, dass es so etwas wie USAMRIID gab, war irgendwie beruhigend. Da gab es Amerikaner, die genau wussten, was sie taten, im Gegensatz zu Mitty, einem Amerikaner, der keinen Schimmer davon hatte, was er tat, außer Schüttelfrost von den Hausaufgaben zu bekommen. Wenn man sich erst mal so fühlte, war klar, dass man den Tiefpunkt erreicht hatte.

Mitty entschied, dass es besser wäre, mehr über North Brother Island zu erfahren, als Hausaufgaben zu machen. Gab's da nicht Leute, die Führungen durch New York City (Lower East Side, Jazz in Harlem, Schauplätze berühmter Krimis) organisierten? Die müssten doch auch eine Typhus-Mary-Tour für Olivia hinkriegen. Zufällig wusste Mitty, dass bald Valentinstag war. Er wusste das, weil seine Mutter es nie versäumte, Feiertage Wochen vorher zu erwähnen, um seinem Vater genügend Zeit zu lassen, noch rechtzeitig ein Geschenk und ein kleines Fest zu organisieren. Dabei war es Mittys Aufgabe, seinen Vater etwa zwei Tage vorher daran zu erinnern, denn wenn der das vermasselte, würde ihn Mom auch dieses Jahr wieder umbringen.

Mitty hatte plötzlich eine Idee: Wenn New York City ein Typhuskrankenhaus gehabt hatte, dann musste es auch ein Pockenkrankenhaus gegeben haben. Und wenn die an Typhus Erkrankten auf einer Insel abgeschirmt worden waren – hätte man das mit Pockenkranken nicht auch getan? Mitty recherchierte zu gerne im Internet und er war auch gut darin. Also dauerte es keine Minute, bis er herausgefunden hatte, dass es sich bei der Insel um Roosevelt Island im East River handelte und dass es das Krankenhaus, wenn auch als Ruine, immer noch gab.

Mitty zog eine Jacke über und verließ das Haus. Er besaß eine tolle Digitalkamera, die fiel ihm aber erst ein, als er schon auf dem Broadway war. Also ging er in einen Drogeriemarkt und kaufte sich eine Einmalkamera. *Gar nicht so übel*, dachte Mitty, als er die Verpackung aufriss. *Für meine Bioarbeit kann ich jetzt ein mumifiziertes Körperstückchen* und *Fotos eines historischen Krankenhauses vorweisen.*

Er verstand immer noch nicht, warum ein Arzt den Schorf aufgehoben hatte. Klar, Pathologen hoben Sachen auf wie Scheiben von erkrankter Leber oder Hirngewebe, um die dann später im Labor genau zu untersuchen. Hatte vielleicht ein Arzt damals im Jahr 1902 vorgehabt, den Schorf genauer zu untersuchen? Und hatte die Angelegenheit dann später einfach vergessen? Oder war er selbst an Pocken gestorben, bevor er irgendwas damit anfangen konnte?

Vielleicht konnte man von dem Zeug wirklich noch was lernen. In dem Fall könnten Forscher sogar größtes Interesse daran haben, mal einen Blick auf Mittys Überbleibsel von *variola major* zu werfen. *Damit könnte ich das lausige*

Interview von Nate klar ausstechen. Ich bin der Eigentümer, vielleicht krieg ich's ja hin, dass die Fachleute auf Knien zu mir gerutscht kommen und um das Zeug betteln.

Vielleicht war es sogar am besten, eine eigene Website zu machen. »Schorfshop« wär doch ein guter Name. Das würde sicherlich Interesse wecken. Aber vielleicht nicht nur bei den richtigen Leuten; das war immer das Problem mit dem Internet, du hast die falschen Typen auch leicht am Hals.

Derek hatte eigene Websites und würde ihm beim Design von »Schorfshop« sicherlich helfen oder wahrscheinlich sogar das Projekt selbst ganz übernehmen. Aber selbst wenn Derek hier kräftig mitarbeiten würde, bliebe doch immer noch eine Menge Arbeit für Mitty. Also fand er die Idee plötzlich gar nicht mehr so gut.

Er joggte durch den Central Park, vorbei am Softballplatz, der jetzt im Winter ganz zerrupft aussah, und am Karussell-Gebäude, das traurig und nutzlos in der Gegend rumstand. Nicht weit vom Plaza Hotel, wo selbst bei diesem Wetter ein paar widerstandsfähige Kutschpferde auf Kundschaft warteten, schlängelte er sich durch den Verkehr.

Er war noch nie mit der Seilbahn nach Roosevelt Island gefahren, hatte das aber immer vorgehabt, denn in *Spiderman* gab es ein paar ganz starke Szenen mit der Seilbahn.

Die Gondel wartete am Bahnsteig. Wie sie so dastand, sah sie überhaupt nicht aufregend aus. Mitty zog seine Metro-Card durch den Schlitz am Eingang und ging rein. Seine Stimmung verdüsterte sich: Aufregend war hier wirklich nichts. Klar, *Spiderman* hatten sie bei Nacht gedreht, als alles viel geheimnisvoller aussah.

Die meisten anderen Passagiere kannten einander, auf Roosevelt Island lebten nicht viele Leute. Da waren Mütter mit Kinderwagen, Leute, die mit ihren Tüten vom Einkaufen nach Hause fuhren, traurig aussehende alte Männer und vier kleine Jungen, die, wenn sie denn zu dem Erwachsenen neben ihnen gehörten, ganz so taten, als seien sie allein unterwegs. Die Leute in der Gondel waren unterschiedlichster Nationalität: Leute, die bei den United Nations arbeiteten, das Gebäude war ganz in der Nähe, dachten wohl, dass es eine gute Idee wäre, auf Roosevelt Island zu leben. Normale Leute würden eher einen Schreikrampf bekommen, wenn man sie zwingen würde, nicht direkt in Manhattan zu leben.

Die Gondel bewegte sich langsam und ohne Holpern vorwärts. Für kurze Zeit hatte Mitty einen tollen Blick in alle Richtungen. Unter ihm floss die starke Strömung des East River, weiter drüben sah er die Autoschlangen auf der Queensborough Bridge und plötzlich waren sie da. Alle Fahrgäste stiegen in einen kleinen Bus, also folgte Mitty ihnen. Gegenüber von Roosevelt Island lag ein richtig langweilig aussehender Teil von New York, er hatte nicht gewusst, dass es so etwas überhaupt gab.

Er ging in einen kleinen Laden, offensichtlich der einzige auf der ganzen Insel, und kaufte sich ein paar Kopfschmerztabletten und eine Flasche Wasser. So langsam machte er sich wegen seiner häufigen Kopfschmerzen Sorgen. Der Verkäufer erklärte ihm, wie er am besten zu den Ruinen des Pockenkrankenhauses an der Südspitze der Insel gelangte.

Mitty lief den ganzen Weg zur Seilbahnstation zurück und ging danach am Zaun eines Sanatoriums entlang, das offensichtlich noch immer in Betrieb war. Mit seinen flachen, barackenähnlichen Häusern machte es den typisch unscheinbaren Eindruck öffentlicher Gebäude im Winter. Überall parkten Autos, was er erst nicht kapierte, aber dann fiel ihm ein, dass es von der anderen Seite der Insel, von Queens, eine Brücke geben musste. Auf Roosevelt Island gab es nur eine Straße, für zwei war die Insel einfach zu schmal, und kein einziges Auto war unterwegs. Es war auch kein einziger anderer Fußgänger unterwegs bei der Eiseskälte, ein klarer Beweis dafür, dass außer Mitty alle anderen Leute ihren Verstand noch beisammenhatten. Der Fußweg entlang des East River endete abrupt vor einem ungewöhnlich hohen Maschendrahtzaun, der zusätzlich oben noch mit Stacheldrahtrollen gesichert war. Überall am Zaun hingen große *Durchgang Verboten!*-Schilder. Es gab sogar eine Notrufanlage, um die Polizei zu holen.

Dahinter also lagen die Ruinen des Pockenkrankenhauses? Die Behörden wollten noch nicht mal, dass man in die *Nähe* der Gebäude kam? *Nach so vielen Jahren?*

Mitty nahm noch eine Kopfschmerztablette. Das CDC konnte schreiben, was es wollte – in Wirklichkeit wollte New York City noch nicht mal, dass Menschen auch nur die Mauern eines Gebäudes berührten, in dem es mal Pocken gegeben hatte.

Den letzten Pockenfall in den USA hatte es 1949 gegeben. Glaubten die Behörden der Stadt denn wirklich, dass heute noch, etwa sechs Jahrzehnte danach, Vorsichtsmaßnahmen notwendig waren?

Dann sah er eine Tür im Zaun – und das Vorhängeschloss

war *offen*. Mitty war direkt ein bisschen enttäuscht. Eigentlich hatte er gehofft, mal seine *Spiderman*-Fähigkeiten beweisen zu können, wenn er diesen Wahnsinnszaun mit dem Stacheldraht oben locker überkletterte. Der Weg führte jetzt weiter zwischen einem niedrigeren Zaun, der ihn zum Fluss hin absicherte, und einem hohen mit noch mehr *Durchgang Verboten!*-Schildern.

Langsam wurde es dunkel. Das Ruinengelände und der reißende Fluss, die niedrig hängenden Wolken und die langen Schatten erzeugten ein Bild von Düsternis und Traurigkeit. Vor dem grauen Himmel tauchten gotische Türme auf, die Mauern waren fensterlos.

Er ging jetzt langsamer. Bäume wuchsen zwischen den Mauern, Türmchen bröckelten und waren kurz davor zusammenzubrechen. So mussten die Kranken in ihrem Pocken-Todeskampf zusammengebrochen sein.

Für diese Ruinen gab es keine Rettung mehr. Wie für die Pockenkranken. Mitty hatte das Gefühl, schon seit hundert Jahren immer nur an Pocken zu denken.

Er machte zwei Fotos von den Ruinen und urplötzlich stand er in einem gleißenden Schwall von Licht. Er war geblendet wie ein Wildtier, kurz bevor es überfahren wird.

Mitty hielt einen Arm vor sein Gesicht, um seine Augen zu schützen und Feinde abzuwehren – aber dann merkte er, dass sich eine Flutlichtanlage automatisch eingeschaltet hatte. Sie zeichnete die Konturen der romantisch bröckelnden Steinmauern gegen den schwarz werdenden Himmel.

Es sah aus wie der Drehort eines Filmes.

Es *war* der Drehort eines Filmes.

Hier hatte der Kampf auf Leben und Tod zwischen *Spiderman* und dem Grünen Kobold stattgefunden.

Mitty musste lachen. Nur gut, dass ihn niemand gesehen hatte. Mitty Blake fürchtet sich vor Elektrizität! Ein Glück, dass er niemandem erzählt hatte, dass New York City immer noch hohe Zäune benutzt, um die Ausbreitung von Pocken zu verhindern – wo doch klar war, dass unvorsichtige *Spiderman*-Fans daran gehindert werden sollten, hier herumzuturnen und mit den zusammenkrachenden Mauern in den Tod zu stürzen.

Er lachte immer noch, als sein Handy klingelte und er antwortete. Es war seine Mutter. Mitty erzählte ihr nicht, dass er gerade ganz alleine kleine Inseln im Dunkeln erkundete. Sie erzählte ihm aufgedreht, wie ihr Tag so gelaufen war, und während sich Mitty auf den Rückweg zur Seilbahn machte, redeten sie übers Abendessen. Sie schickte ihm einen Telefonkuss, er küsste entsprechend zurück und stieg in die Gondel. Olivia hatte ihm eine SMS geschickt: »Produktiver Nachmittag in der Bücherei. Bin auf dem Nachhauseweg, gehe gerade an der Krankenschwesternschule vorbei zur U-Bahn.«

Die Gondel erreichte den höchsten Punkt der kurzen Strecke und für einige Augenblicke hatte er einen fantastischen Ausblick nach beiden Seiten, als in Manhattan die Lichter angingen.

Mitty bewunderte Olivias Mut. Es war nicht »in«, einen produktiven Nachmittag in der Bücherei zu verbringen. Es war nicht chic, sich um Bildung zu kümmern. Wie leicht konnten ihr die anderen Mädchen die kalte Schulter zeigen, wie leicht die Jungs sie verachten. Er sah sie in vorderster Reihe der Klasse sitzen, wohin sie noch nicht einmal Mitty, der sie sehr mochte, begleitet hätte. Weil sie da vorne saß, sah sie auch nicht die Verachtung in den Augen derjenigen, die Schule für eine blöde Zeitverschwendung hielten. Und nicht nur die Schule, sondern auch Olivia.

Er hoffte, dass nie jemand auf den Gefühlen dieses Mädchens, das mal Bunny gewesen war, herumtrampeln würde, vor allem nicht er. Aber er wusste nicht, wie er ihr das sagen sollte, also rief er sie an und fragte: »Was soll das mit der Krankenschwesternschule? Willst du etwa Krankenschwester werden?«

»Nein, das war nur eine Art Ortsbestimmung. Ich wäre keine gute Krankenschwester, ich hab's nicht so mit Menschen.«

Mitty liebte Menschen. Und deshalb liebte er auch New York – hier gab es so viele Menschen. Er brauchte die Leute nur zu beobachten und war zufrieden. Er liebte ihre Gesichter, ihre Frisuren, ihre Hunde, ihre Tattoos und T-Shirt-Sprüche. Mittys große Fähigkeit war es, Freundschaften zu schließen. Er war befreundet mit Portiers, Hausmeistern, Brezelverkäufern und Polizisten. Er war der Freund von Sportskanonen und Schlaffis und von Leuten, die für einen Kaffee oder eine Kinokarte anstanden. Und zu gerne hörte er den Leuten zu, wenn sie sich über ihr Handy unterhielten. Er fand's einfach klasse, was die Leute da so alles laut sagten. Wenn sie sich aber in einer Fremdsprache unterhielten, fühlte er sich total ausgeschlossen. Er hatte sich nicht deshalb für Spanisch entschieden, weil das an der Uni gefordert wurde, sondern weil er sich dann nicht so oft aus Unterhaltungen ausgeschlossen fühlen musste.

Spanisch! Das war das fünfte Fach! Mitty fühlte sich gleich besser, weil ihm das jetzt eingefallen war.

»Ich möchte richtig forschen«, sagte Olivia, »medizinisch, historisch oder beides. Im Moment bin ich am Prinzip der Quarantäne interessiert. Über tausende von Jahren war das die einzige Rettung gewesen. Aber es gibt da moralische Grauzonen, zum Beispiel in der Art und Weise, wie sie Mary Mallon behandelt haben.«

Mitty kannte kein anderes Mädchen, das in einem Gespräch mit einem Jungen, den sie mochte, ein Wort wie moralisch gebrauchen würde.

Als Olivia die Treppe zur U-Bahn hinunterging, brach die Verbindung ab. Er rief deshalb seinen Vater an. »Wir haben uns heute Morgen verpasst«, sagte der bedauernd, »und ich werde heute Abend erst nach Hause kommen, wenn du schon schläfst.« Sein Vater arbeitete in einer internationalen Firma, alle Kollegen waren happy, dass jemand bereit war, spätabends die Anrufe von der Westküste und aus Japan entgegenzunehmen.

»Keine Sorge, ich bin dann noch auf und schreibe an meiner Jahresarbeit«, erzählte ihm Mitty. »Und weißt du was? Mr Lynch fand die erste Hälfte hervorragend.«

Auf so etwas hatte sein Vater lange warten müssen. »Ich möchte das lesen«, sagte er begierig.

Nach dem Gespräch fing Mitty wieder an zu zittern. Nicht vor Kälte.

Bisher hatte er noch niemandem von dem Schorf erzählt, noch nicht einmal Olivia. Und er hatte auch noch nichts darüber geschrieben. Eigentlich hatte er sich das so vorgestellt, dass er den Schorf fein säuberlich in eine Plastikhülle verpacken und seiner Arbeit beilegen würde. Jetzt aber zögerte er.

Bei dem Gedanken, dass sein Vater den Schorf anfasste, begann Mitty wieder zu zittern.

Ich weiß doch, dass das nicht gefährlich ist, dachte er.

Wenn aber doch?

Koplow, Seite 49:

> Feindliche Elemente – insgeheim unterstützt von skrupellosen Regierungsorganen oder von einer Gruppe von Verbrechern, die unabhängig von offiziellen Regierungen handeln – könnten *variola*-Vorräte in ihren Besitz gebracht haben auch wenn sich die Staaten an den Vertrag gegen biologische Kriegsführung gebunden haben und trotz aller Untersuchungen der Weltgesundheitsbehörde. Denkbar ist auch, dass andere Labors eher aus Zufall denn aus Absicht Bestände an *variola* lagern … schlecht gekennzeichnet, in Inventarlisten nur noch mühsam auffindbar und lang vergessen – aber immer noch hochwirksam.

Wenn Mitty das so runterschreiben würde, wüsste Mr Lynch sofort, dass er das abgeschrieben hatte. Also drückte Mitty es so aus:

> Wenn in einem Land üble Typen öffentlich das Sagen haben oder wenn es da Banden übler Typen gibt, die im Geheimen arbeiten, aber Macht haben, dann kann es sein, dass die Pockenviren besitzen, obwohl die Regierungsleute

das Gegenteil behaupten. Und in irgendwelchen zweitklassigen Labors könnten noch Pockenviren herumliegen, ohne dass irgendjemand auch nur einen Schimmer davon hat.

Tucker, Seite 138:

> Im Jahre 1992 lief ein hochrangiger Mitarbeiter der Sowjetregierung in die USA über und gab den Sicherheitsbehörden eine wirklich erschreckende Information. Danach hatten Wissenschaftler im Auftrag der sowjetischen Armee, obwohl gleichzeitig die große Kampagne zur Ausrottung von Pocken lief, bei der sowjetische Virologen, Epidemiologen und Impfstoffhersteller eine führende Rolle gespielt hatten, in unglaublich zynischer Art ein streng vertrauliches Programm entwickelt, um den Virus in eine Waffe zu verwandeln, die die ganze Menschheit hätte ausrotten können. Sie entwickelten eine Methode, den Virus in Eiweißtrockenpulver zu konservieren, was ihm eine deutlich längere Lebenszeit bescherte. Es gelang ihnen auch, ihn in Gasform zu überführen, was ihn extrem widerstandsfähig machte.

Darüber musste Mitty jetzt wirklich nachdenken. Ein Virus fühlte sich also (soweit ein Virus Gefühle haben konnte) in einem Kühlschrank oder in Eiweißtrockenpulver wohl. Wie wohl fühlte er sich dann in einem Umschlag? Und was bedeutete »extrem widerstandsfähig«? Dass der Virus immer noch ansteckend war? Ansteckend einen Tag danach, eine Woche, ein Jahr – oder hundert Jahre danach?

Und was die sogenannten Schurkenstaaten anging, machte sich Mitty gar keine Illusionen. Die Wissenschaftler dort würden ihr Wissen – oder ihren Virus – dem Höchstbietenden verkaufen. Hatte da nicht einer dieser Typen zugegeben, dass er Atomgeheimnisse an die ganze Welt verkauft hatte? Und was hatte sein Präsident dazu gesagt? Nur nicht aufregen! Was kann bei ein bisschen Austausch von Geheiminformationen unter Freunden schon groß passieren? Oder unter Feinden …

Wenn Regierungsverantwortliche schon bei Atomgeheimnissen einfach so mit den Schultern zuckten, wie würden sie dann erst auf plötzlich fehlende Pockenviren reagieren? An Pocken konnte sich doch sowieso niemand mehr richtig erinnern – war das nicht so eine Art Hautkrankheit?

Am Morgen hatte die Frau von der Bücherei schon auf der Lauer gelegen, um Mitty abzufangen und ihm noch ein neues Buch unter die Nase zu halten: *Pocken als Waffe biologischer Kriegführung*. So in die Ecke getrieben, war Mitty nichts anderes übriggeblieben, als ausreichend Material für den aktuellen Teil seiner Arbeit zu sammeln.

Die Wissenschaftler streiten sich darüber, ob wir unsere Pockenbestände behalten sollen. Einige Leute sind der Meinung, dass wir sie ein für alle Mal zerstören sollten. Sie sagen, dass wir die DNA-Struktur kennen, warum sollten wir also irgendein Risiko eingehen, dass die Krankheit noch einmal auftreten könnte? Außerdem würden wir so den Schurkenstaaten ein gutes Beispiel geben. Andere Leute wollen den Virus behalten. Was machen wir denn dann, sagen sie, wenn die Pocken zurückkommen?

Dann brauchen wir unseren Vorrat an Viren, um wieder Impfstoff herstellen zu können. Außerdem, das mit den Schurkenstaaten ist doch so, dass denen gute Beispiele völlig egal sind. Schurkenstaaten und Terroristen suchen nach einem weltweiten Tötungsmittel, mit dem sie die Erde überziehen können. Und außerdem – großartige Schurken müssen das gar nicht sein, es gibt eine Menge von hasserfüllten, halbirren Staaten, die von sich behaupten, natürlich keine Schurkenstaaten zu sein, und immer noch Mitglied der Vereinten Nationen sind. Und dann gibt es natürlich bei uns noch die Leute mit den **Rettet-unsere-Pocken**-Stickern, weil wir ihrer Meinung nach nicht das Recht haben, Lebewesen auszulöschen.

Mitty hätte sicherlich überhaupt kein Problem damit, das Wesen auszulöschen, das Pockenvirus genannt wurde.

Er suchte seine DVD raus, um *Spiderman* zu schauen.

Als sein Vater kam, schlief Mitty tief und fest unter einem Haufen von Büchern und ausgedruckten Seiten. Sein Laptop hatte sich in den Ruhezustand geschaltet, und während auf Mittys Schoß langsam die Reste seines Abendessens vom Teller rutschten, schwang sich *Spiderman* wagemutig zwischen brennenden Dachbalken hin und her.

Mittys Vater schaltete die DVD aus und legte eine Decke um seinen Sohn.

Es war jetzt vier Tage her, dass Mitchell John Blake Teilchen von Pockenschorf eingeatmet hatte.

In dieser Nacht träumte Mitty von Pocken.

Als er aufwachte, zitterte und schwitzte er, sein Atem ging hastig, und sein Pulsschlag war höher als sonst. Er lag auf dem nackten Fußboden seines Zimmers, wie ein Gefangener in seiner Zelle. Wobei das eine wirklich gut ausgestattete Zelle war, wirklich kein Mangel an allen wichtigen elektronischen Geräten.

In der ganzen weiten Welt bin ich wahrscheinlich der einzige Mensch, der es fertigbringt, von Pocken zu träumen.

In der Wohnung war es immer eher zu heiß, die Blakes mussten praktisch nie die Heizung anstellen, selbst an den sehr kalten Tagen nicht; das Gebäude war immer warm von den vielen anderen geheizten Wohnungen. Aber jetzt wurde es Mitty nicht richtig warm, auch nicht, als er sich in sein Bett unter die Decken verzogen hatte. Mit weit offenen Augen lag er da und starrte an die Decke, so als habe er Lidstarre.

Gedanken und Ängste stürmten auf ihn ein wie ein Schmetterball nach dem anderen auf dem Tennisplatz.

Auch um drei Uhr morgens war er noch wach.

»Mitty Blake!«, rief seine Mutter. »Es ist neun Uhr vierundvierzig!«

Mühsam wurde Mitty wach. Er hoffte nur, dass Samstag war.

»Die Schule hat gerade angerufen! Mitty, du hast doch versprochen, nie wieder die Schule zu schwänzen!«

Er kuschelte sich unter seine Decken. »Ich schwänze doch gar nicht, Mom, ich hab nur verschlafen.«

Pocken. Ich habe die Pocken. Mom hat sie, Dad hat sie.

»Mitty!«, rief sie wieder. Jetzt würde gleich eine große Predigt über alle seine Fehler beginnen.

»Aber Kathleen«, rief jetzt sein Vater von der anderen Seite der Wohnung, »es war doch keine Absicht. Er hat doch nicht –«

Mitty wusste, das konnte gefährlich werden. Seine Eltern hatten total unterschiedliche Ansichten darüber, wie mit Mittys Fehlern umzugehen sei, und gerieten bei dem Thema leicht aneinander. Also sagte Mitty schnell: »Ich hab Mist gebaut, Mom, ich hab einfach vergessen, den Wecker zu stellen. Ich ziehe mich sofort an und bin in zehn Minuten in der Schule, okay?«

»Muss das denn immer wieder passieren?«, beschwerte sich seine Mutter in einem Ton, als habe Mitty gedroht, die Schule in die Luft zu jagen.

»Einmal im letzten Herbst ist das passiert, Mom«, sagte er,

»und jetzt wieder. Macht eine Wecker-Fehlerquote von eins pro Halbjahr. Also ja, klar, kann wieder passieren – vielleicht schon wieder im Mai, wahrscheinlich aber erst wieder im September.«

Sie konnte darüber überhaupt nicht lachen und ging aus dem Zimmer. Mitty ließ sich von der oberen Etage seines Bettes rutschen und landete auf einem wilden Durcheinander von Büchern und Papieren. Er packte nur den Laptop in seinen Rucksack.

»Orangensaft!«, rief seine Mutter vom anderen Ende der Wohnung. »Socken!«

Mitty gab sich geschlagen. »Ich liebe dich, Mom«, sagte er und gab ihr einen Abschiedskuss. Sie schmolz dahin. Wie immer. Er nahm sie noch einmal kräftig in die Arme und stürzte aus der Wohnung.

Er war schon halb in der Schule, als ihm klar wurde, dass er ganz vergessen hatte, sich von seinem Vater zu verabschieden.

Er fühlte einen komischen Stich im Herzen. An der Ecke Broadway und Vierundsiebzigste blieb er stehen und wollte schon fast umdrehen, um seinen Vater noch zu treffen, bevor er ins Büro ging. Dann aber dachte er kurz nach, schüttelte den Kopf und kaufte einen Bagel bei einem Straßenverkäufer.

»*Beowulf* hast du richtig gut verstanden, Mitty!«, rief Mrs Abrams fröhlich. »Was hältst du von folgendem Thema für deine Jahresarbeit in Englisch: Monster in der Literatur? Dann kannst du von deinen tollen Ideen profitieren.«

Mitty überlegte, ob er »Wie? Was?« sagen sollte oder: »Ich

fürchte, meine Nähe zur Literatur ist nicht so ausgeprägt, dass ich in der Lage wäre, eine ausreichende Anzahl von Monstern zu finden, um darüber Ergiebiges sagen zu können«. Er entschied sich für »Wie?«.

»Wie mir Mr Lynch sagte, bist du an einer hervorragenden Arbeit über Pocken dran«, sagte Mrs Abrams. »Wie wäre es, wenn du Grendel und die anderen Monster in *Beowulf* mit den Monstern ansteckender Krankheiten vergleichen würdest?« Mrs Abrams musste vor Aufregung in die Hände klatschen. »Pocken!«, stellte sie klar. »Typhus! Pest!«

Für Mitty war das der reinste Horror. Wie viel Arbeit das machen würde – er mochte sich das gar nicht vorstellen. Er wollte ein Thema, das keine Arbeit machte. Vor allem aber wollte er ein Thema ohne lebensgefährliche Krankheiten.

»Prima«, sagte Mrs Abrams. »So machen wir es also.«

Olivia schickte eine SMS. Nach der Schule ginge sie zum Basketball. Julianna wäre Aufbauspielerin, Zorah vielleicht Aufschlägerin. Hätte Mitty Lust mitzukommen?

Mitty war kein großer Fan von Mädchenbasketball. Und er war auch kein großer Fan von Julianna und Zorah. Die Sache wollte also gut überlegt sein. »Reden wir beim Mittagessen drüber«, schrieb er zurück.

Eigentlich wollte er niemanden zum Mittagessen treffen. Ihm ging es so, als hätte er schon jemanden bei sich, jemanden, der sich ganz fest bei ihm eingenistet hatte und ihn bis zu seinem Tod nicht mehr verlassen würde. *Variola major.*

Beim Mittagessen wurde er von Derek total in Beschlag genommen. Derek hörte gar nicht auf zu reden. Er war jetzt der festen Meinung, dass es nicht irgendein verrückter Einzeltäter war, der die arme alte Ottilie Lundgren umgebracht hatte, sondern ein verrückter Staat. »Denk an Nordkorea«, begann Derek. »Dann weißt du, was Wahnsinn ist.«

Es gab ganze Kontinente, die Mitty nicht interessierten, und Nordkorea lag in einem davon. Derek ging weiter in den Nahen Osten, wo er eine ganze Latte von Anthrax-Fans vermutete: Iran, Syrien, Libanon. Er benannte Gruppen und politische Richtungen, Anführer und fanatische Gefolgsleute. Dann kam Afrika dran, dort waren Sudan, Ägypten und Äthiopien sein Thema: voller verrückter Leute mit übelstem Lebenslauf, mit Finanzierung über Diamanten aus Sierra Leone, mit bezahlten Söldnern, die man von dort holte, wo gerade Bürgerkrieg gewesen war, also praktisch von überall.

Olivia begann mit dem Thema, wie stark Aids in vielen Ländern Afrikas verbreitet war.

Derek passte das nicht: »Wir reden hier über Terrorismus, nicht über Krankheiten, die durch Geschlechtsverkehr übertragen werden. Meine Theorie geht dahin, dass ein Schurkenstaat ständig das Internet durchkämmt und nach Möglichkeiten Ausschau hält. Wie internationale Investoren, die nach profitablen Firmen suchen. Den Terroristen wäre es im Endeffekt völlig egal, was sie da finden, so wie es den Investoren völlig egal ist, ob sie an Traktoren oder Spielcasinos beteiligt sind – Hauptsache, sie verdienen Geld. Und den Terroristen ist es egal, ob sie nun Anthrax oder Pocken in ihre Finger gekriegt haben – Hauptsache, sie können Menschen damit umbringen. Und wenn sie dann ihr Anthrax oder was auch immer haben, suchen sie ein passendes Plätzchen wie zum Beispiel Grand Central Station, jagen einer Million Pendler solch panische Angst ein, dass die nie wieder in einen Zug nach New York City steigen, womit sie die Wirtschaft hier zerstören und einen Oberbürgermeister, einen Gouverneur und einen Präsidenten zum Rücktritt zwingen, und natürlich gibt's eine Menge Amerikaner, die das ganz klasse finden, wenn dieser Oberbürgermeister, Gouverneur oder Präsident zurücktreten muss, also hast du, obwohl du Terrorist bist und Menschen umbringst, Leute auf deiner Seite.«

»Nein, hättest du nicht«, antwortete Olivia scharf. »Egal wie sehr hier Leute gegen die Regierungspartei sind –«

»Diese Leutchen planen das so, dass sie selbst keinerlei Risiko eingehen«, sagte Derek mit lauter Stimme, um Olivia zu übertönen. »Der eigentliche Strippenzieher wird das Anthrax nicht selbst verstreuen. Der sitzt ein paar Millionen Kilometer entfernt in den Bergen von Pakistan oder Afghanistan oder Usbekistan.«

»Die Berge von Afghanistan«, sagte Olivia erwartungsgemäß, »sind nicht Millionen Kilometer entfernt.«

Derek sprach jetzt nur noch mit Mitty. »Der Kopf hinter der ganzen Sache schickt seine Anweisungen online. Er hat seine Helferchen elektronisch unter Kontrolle, und wenn die Helferchen selbst an Anthrax sterben – wen kümmert's? Sie sind immer ersetzbar. Und sowieso: Wenn du Menschen terrorisieren willst, kann es gar nicht genügend Tote geben.«

Mitty wollte schlucken.

Nichts geschah. Seine Kehle versagte ihren Dienst.

Mr Lynch hatte wieder die Bibliothek auf dem Programm. Derek nölte herum, Lehrer sei ja wohl ein klasse Job, wenn man nur Leute auf dem Weg in die Bücherei begleitete. Und alle sagten Derek, dass es für Schüler doch wohl ein klasse Job sei, wenn der Lehrer sie nur in die Bücherei begleitete. Also solle er doch gefälligst den Rand halten.

Olivia setzte sich neben Mitty. »Basketball – ja oder nein?«

Sie war wirklich das attraktivste Mädchen der Welt, dachte Mitty. Gut, sie hatte ihre Macken, aber hatte gerade er, Mitty, das Recht, sich über Macken zu beschweren? »Basketball«, stimmte er zu.

Sie nickte kurz und machte sich dann an ihre Arbeit. Von diesem Idealbild einer eifrigen Schülerin war Mitty so beeindruckt, dass er sofort beschloss, jetzt und hier und ein für alle Mal in den verbleibenden achtundvierzig Minuten seine blöde Bioarbeit fertig zu machen. Okay, fünf Minuten abziehen zum Eingewöhnen. Aber wenn er dann einen Satz pro Minute schrieb, musste er sich danach über Pocken nie wieder Gedanken machen.

Also Bioterrorismus. Erste Überlegung: Könnte das funktionieren?

Im Endeffekt wäre die gesamte Menschheit in Gefahr, denn niemand war mehr gegen die Krankheit immun. In verschiedenen Quellen war nachzulesen, dass sich die Pocken mit dem Faktor zehn verbreiten: Wenn also ursprünglich fünfzig Leute angesteckt würden, wären es dann als Folgeansteckung gleich fünfhundert.

Aber dies hier war New York zu Beginn des einundzwanzigsten Jahrhunderts. Von nur fünfzig Leuten konnte da keine Rede sein. Das war in der guten alten Zeit, als die Leutchen zu Hause blieben und nichts taten. U-Bahn, Kaufhaus, Schule, Fitness-Studio, Züge – er wettete, dass heute ein einziger Kranker fünfhundert andere Menschen anstecken würde. Und die Terroristen würden sich nicht für Grand Central entscheiden. Sie würden Penn Station aussuchen. Mehr Züge, mehr Verkehr. Dunkler, heruntergekommener und unübersichtlicher. Plus Madison Square Garden und all die Touristen als Bonus.

Von Penn, nicht Grand Central, gingen die Züge in die Hauptstadt Washington und nach Florida. Wie jeder New Yorker wusste Mitty, dass an jedem Werktag eine halbe Million Menschen Penn Station benutzten. Und sie alle mussten atmen. Einfach ein idealer Platz für eine Gasdusche.

Natürlich war Penn Station voller New-York-City-Polizisten, Nationalgarde und Bahnpolizei. Mitty fühlte sich dort sicher. Seine Großmutter fühlte sich dort sicher. Aber schwer bewaffnete Wächter können einen Virus nicht entdecken. Und selbst wenn sie das könnten, könnten sie ihn doch nicht erschießen, einkassieren oder einlochen.

Und da die Pocken erst nach zwölf oder vierzehn Tagen sichtbar werden – wie sollten die Behörden da vorher erfahren, dass eine Epidemie droht und um welchen Krankheitserreger es sich handelt? Tausende wären bereits infiziert, könnten nicht ausfindig gemacht werden, könnten nicht isoliert werden, könnten nicht behandelt werden, könnten nicht innerhalb eines Schutzringes lokalisiert werden.

Die Welt hatte nur zwanzig Jahre gebraucht, um vierzig Millionen Aids-Kranke hervorzubringen. Die Pocken, so eine von Mittys Quellen, würden diese Zahl in zehn oder zwanzig Wochen schaffen.

Olivia reichte Mitty ein altes, in Leder gebundenes Buch. Es war klein und fleckig, wie ein Gebetbuch. Es gelang ihm, diesmal nicht Olivia anzustarren, sondern nur das Buch.

»Werd nicht sauer«, sagte Olivia schnell.

»Ich bin nicht sauer«, sagte er und fühlte sich ein bisschen wie im Geschäft seiner Mutter. Vielleicht hatte Derek doch den richtigen Riecher. Wollte Olivia ihn also wirklich zu einem seriösen, mehr intellektuellen Mitty machen? Vielleicht sollte er besser doch nicht mit zum Basketball gehen. Vielleicht wäre jetzt der richtige Zeitpunkt, aus der Sache auszusteigen.

Olivias Buch hieß *Reisebriefe von Lady Mary Wortley Montagu*. Es war im achtzehnten Jahrhundert erschienen. Mitty war nahe dran auszuflippen. Es war schlimm genug, mehr als hundert Jahre zurückzugehen – und jetzt *dreihundert*? Nicht mit Mitty!

Olivia hielt ihm beide Handflächen entgegen (genau wie seine Mutter), um seinen aufkommenden Zorn zu dämpfen. »Der Ehemann von Lady Mary war der englische Botschafter in der Türkei«, sagte sie schnell. »Zurück in England, bekam Lady Mary so schlimm die Pocken, dass ihr Gesicht völlig entstellt war. Sie bekam die Panik, dass auch ihr Sohn die Krankheit bekommen und daran sterben, zumindest aber entstellt sein würde. Aber die Pocken waren in der Türkei nicht so ein großes Problem. Türkische Mütter machten Folgendes: Alle Nachbarkinder wurden auf ein Fest eingeladen, wo sie bei einer Familie übernachten durften. Dort wurde den Kindern eine Wunde in den Arm geritzt und Pockeneiter von Kranken hineingerieben.«

Die Pocken waren so ungefähr die ekligste Sache der Welt, aber diese Olivia, sonst wirklich vernünftig und von angenehmem Wesen, zwang Mitty doch wirklich, *noch mehr* widerliche Details zu hören.

»Das Ergebnis war«, sagte Olivia, »dass die türkischen Kinder zwar an einer leichten Form der Pocken erkrankten, nicht aber die schrecklichen Narben bekamen und außerdem für den Rest ihres Lebens immun wurden.«

Mitty zwang sich, Ruhe zu bewahren. »Türkische Kinder im achtzehnten oder was auch immer Jahrhundert sind mir völlig egal, Olivia.«

»Es gibt noch eine andere altmodische Methode, sich vor Pocken zu schützen«, fuhr Olivia unbeirrt fort, »aber ich habe nicht rausgefunden, ob Lady Mary davon wusste. In China schützten sich die Menschen mit einer Methode, die *Insuffikation* genannt wurde. Dabei wurde Pockenschorf zu Pulver verrieben und dann mit einem Strohhalm durch die Nase eingeatmet. Und das machte auch immun.«

Ich hab mich nicht angesteckt, dachte Mitty. *Ich habe Insuffikation gemacht.*

Ich bin immun.

Er warf die Reisebriefe der englischen Lady in die Luft und fing das Buch wie ein Jongleur auf. Dann sprang er auf, schnappte sich Olivia, umarmte sie und sang in voller Lautstärke: »Celllll-e-brate good times, come on!«

Die Bibliothekarin sagte: »Mitty Blake!«

Mitty reichte Olivia den Arm wie beim Ball, ergriff die

Hand der Bibliothekarin und zog sie mit sich, Tanzpartnerin Nummer zwei. »Celebrate good times, come on!«, sang er und drehte sich mit seinen Partnerinnen im Kreis.

»Was ist jetzt los?«, fragte Zorah Emma. »Hat Mitty gerade einen Antrag oder so was gemacht?«

»Hör auf damit«, zischte Olivia, die nicht so leicht verlegen wurde, jetzt aber das Gefühl hatte, dass Mitty wirklich zu weit ging.

»Mitty!«, rief Mr Lynch und kam zwischen den Regalen angerannt.

»Celebrate good times, come on!«, sang Mitty noch einmal. Dann wandte er sich an die Erwachsenen um ihn herum: »Tut mir leid.« Er ließ seine unwilligen Tanzpartnerinnen los und setzte sich auf einen Stuhl.

Olivia verschwand in die Sicherheitszone ihrer Freundinnen.

Derek setzte sich neben Mitty. »Was war denn mit dir los?«

Mitty lachte immer noch in sich hinein.

»Hör auf damit«, sagte Derek. »Du hörst dich wie ein Irrer an.«

»Aber ich bin ein glücklicher Irrer.«

Natürlich ging Mitty zum Basketball. Vielleicht gab's ja wieder einen guten Anlass zu singen: »Celebrate good times!« Das würde jetzt seine eigene Hymne. Geht doch nichts über die guten alten Kool and the Gang.

Die Mädchen spielten nicht gut. Mitty hatte nichts anderes erwartet und seine Gedanken wanderten weg zu anderen, besseren Spielen. Schon Tage hatte er jetzt nicht mehr auch nur daran gedacht, den Fernseher anzustellen, normalerweise war Mitty nämlich sonst von Dezember bis März vor allem mit College-Basketball beschäftigt. Natürlich war er Fan von UConn, der Basketballmannschaft von Connecticut, wegen ihres Hauses dort. Und das schien ein gutes Jahr zu werden für UConn, ob für die Herren- oder die Frauenmannschaft. (Eigentlich kümmerte sich Mitty nicht wirklich um das Frauenteam, aber seine Mutter sah jedes ihrer Spiele und servierte das Abendessen dann eben vor dem Fernseher. Außerdem schien sie auf den Trainer zu stehen.)

Was für eine verrückte Welt das war. Mit Pocken beschäftigt statt mit Basketball – das musste man sich mal vorstellen.

Mitty dachte über das kommende Wochenende nach. Eigentlich hatte er seine Eltern beschwatzen wollen, diesmal in der Stadt zu bleiben. Denn wenn sie jeden Freitag aufs Land abschwirrten, würde er all die guten Sachen hier verpassen. Und er hatte sich vorgenommen, in New York zu bleiben, um seine Arbeit fertig zu schreiben, auszudrucken und vielleicht sogar Korrektur zu lesen.

Nie und nimmer. Jetzt wollte er durch die Landschaft joggen und Langlauf machen, bei seinem Vater eine weitere Fahrstunde nehmen und ganz viel fernsehen. Zwar bestand die Gefahr, dass sich ausgerechnet an diesem Wochenende seine Mutter mit ihrem Plan durchsetzte, dass Mitty und sein Vater endlich den Eingangsbereich streichen würden (die Wände dort wären schwarz vor lauter Fingerabdrücken, behauptete zumindest seine Mutter, in Mittys Augen sah alles noch astrein aus). Aber das wäre immer noch ein um Klassen besseres Wochenende, als er eigentlich erwartet hatte.

Emma und Constance und ein Haufen anderer Mädchen wollten ein bisschen mehr über Mittys Anfall von klassischem Gesellschaftstanz wissen. »Wenn Mr Lynch mich nicht unterbrochen hätte«, erzählte Mitty ihnen, »hätte ich Olivia vor der ganzen Klasse ein Ständchen gebracht.«

»Der Junge bringt's wirklich«, sagte Emma zu Olivia.

»Ich dachte genau das Gegenteil«, sagte Olivia. »Bring mir ja nie wieder ein Ständchen in der Öffentlichkeit, Mitchell Blake.«

»Na, so was macht ein Typ sowieso nur ein einziges Mal«, sagte Mitty.

Dann küsste er sie auf die Lippen und die Mädchen jubelten und klatschten Beifall.

Fünf Tage war es jetzt her, seit Mitty Blake den Umschlag geöffnet hatte.

Diesmal war die Fahrt aufs Land einfach brutal, Regen und Schnee wechselten ständig. Und je weiter sie nach Norden kamen, desto schlechter wurden die Straßenverhältnisse.

Mitty hatte keine Probleme mit dem Wetterbericht, der für das Wochenende genau das voraussagte. Schlechtes Wetter war die perfekte Ausrede, Tag und Nacht fernzusehen. Er hatte sich das verdient.

Aber die Nacht zum Samstag und den ganzen Vormittag danach holte Mitty erst einmal Schlaf nach, statt vor der Glotze zu sitzen. Er war noch gar nicht so richtig wach geworden, als seine Eltern schon den Fernseher anstellten, um das Nachmittagsspiel von UConn anzuschauen. Die Blakes waren es gewohnt, dass auch die kleineren Mahlzeiten von hervorragender Qualität waren, und der lange Sofatisch vor dem Fernseher bog sich unter den Köstlichkeiten. Mitty, der Frühstück und Mittagessen verschlafen hatte, überlegte gründlich, wofür er sich entscheiden sollte. Zunächst schied alles aus, was mit Gemüse zu tun hatte, er wollte noch nicht mal was mit Mädchen zu tun haben, die Vegetarierinnen waren. Leute, die keine Hamburger mochten, waren einfach langweilig.

Eigentlich war Mitty Chipsfan, besonders wenn es diese Soße aus Sauerrahm dazu gab, köstlich ohne Schnittlauch oder anderes Grünzeug. Salzstangen nahm er nur, um während der Pausen auf dem ganzen Tisch kleine Blockhäuser zu bauen. Nach den Chips griff er zu Würstchen in Blätterteig, frisch und knallheiß aus dem Ofen. Mom hatte alles, was er brauchte. Und es war ein prima Gefühl, gesund hier zu sitzen, anstatt Opfer einer weltweiten Epidemie zu sein.

Kein Wunder, dass in einer solchen Atmosphäre UConn das Spiel gewann.

Danach überlegten Mitty und sein Vater, ob sie zu einer Stunde Fahrunterricht raussollten.

In New York City war Autofahren für Teenager verboten, und überhaupt, wenn man sechzehn war, sollte man es besser vergessen. Das war keine Stadt für Anfänger am Steuer. Aber alle in Mittys Klasse hatten mit Autofahren sowieso nichts am Hut, denn sie konnten problemlos überall in der Stadt hinkommen: Mit der MetroCard konnten sie ohne Ende U-Bahn oder Bus fahren. Ein Auto zu haben, bei dem man nie weiß, wo man es parken soll, war in Manhattan kein Vergnügen.

Aber für Connecticut wäre ein Führerschein schon sehr interessant.

Seine Mutter war gegen die Fahrstunde. »Dafür sind die Straßen zu glatt«, sagte sie bestimmt.

Mitty und sein Vater gingen raus – und mussten zugeben, dass sie recht hatte. Aber als sie wieder ins Haus kamen, stellten sie zu ihrem Schrecken fest, dass Mittys Mutter Eiskunstlauf im Fernsehen sah. Weder Mitty noch sein Vater waren der Ansicht, dass Eiskunstlauf Sport sei. »Warum haben wir hier eigentlich nur einen Fernseher?«, fragte Mitty.

»Weil wir hier auf dem Land eine richtige Familie sein wollen«, flüsterte sein Vater, um den Fernsehkommentar nicht zu übertönen, »und eine richtige Familie macht alles zusammen.«

»Dann sollten wir zwei zusammen die Fernbedienung in unsere Gewalt bringen«, flüsterte Mitty zurück, »und sie in Geiselhaft nehmen.«

Mittys Mutter musste kichern, guckte die beiden aber nicht an, um ja nicht in Versuchung zu kommen nachzugeben. Das könnte nämlich Autorennen bedeuten oder, noch schlimmer, Wrestling. So drückte sie die Fernbedienung fest an sich.

Als er seine Mutter so sah, empfand Mitty so viel Liebe für sie, dass er wegsehen musste. Mitty liebte seine Familie, nur war ihm das meistens überhaupt nicht klar. Aber in der letzten Woche war das ganz anders gewesen.

Am Sonntagmorgen dachte Mitty kurz mal daran, seine Hausaufgaben zu machen. Zum Glück hatte er aber alle Unterlagen vergessen, und so pennte er selig weiter und stand erst auf, um hintereinander zu frühstücken und gleich anschließend den Sonntagsbrunch zu verdrücken. Und als er gerade erst sein Geschirr in die Maschine geräumt hatte, war es auch schon Zeit für die Rückfahrt in die Stadt.

Und nachdem er fast das ganze Wochenende geschlafen hatte, schlief er trotzdem unbekümmert auch auf der ganzen Fahrt.

Sobald sie aber die Wohnung betreten hatten, wurde Mitty schlagartig klar, dass auf einen Sonntag unweigerlich ein Montag folgt. So war das an jedem Wochenende und Mitty hasste das: Plötzlich verging der Sonntag immer schneller und urplötzlich war es Montag, das konnte einem doch die ganze Freude am Wochenende kaputt machen. Schule sollte wirklich erst am Dienstag anfangen.

Jetzt fiel ihm ein, dass er eigentlich einen ganzen Haufen Arbeit erledigen wollte, zum Beispiel endlich die Bioarbeit fertig machen und über ein wenig arbeitsintensives Thema für die Englischarbeit nachdenken.

Mitty raffte alle seine Energie zusammen, zwei Themen waren bei Bio noch zu erledigen: Wie hat man früher versucht, sich vor Ansteckung zu schützen? Und: Wie steht es heute mit Impfstoffbeständen?

Olivia irrte sich nie, also könnte er doch eigentlich sie als Quelle angeben. Aber Mr Lynch würde das sicherlich nicht gut finden, deshalb würde Mitty seine Bücher benutzen und nach weiteren Informationen im Internet suchen.

Und zwei Informationen hatten es in sich.

Zunächst bekam er raus, dass das mit den türkischen Kinderfesten ganz anders gelaufen war, als er sich das vorgestellt hatte. Die Kinder hatten nicht eine Art Spritze bekommen und das war's dann gewesen. Nein, mit dieser türkischen Methode bekamen die Kinder wirklich die Pocken, allerdings in einer milden Form. Und diese Feste mussten Wochen dauern, denn alle Kinder waren in Quarantäne. Gut, sie waren nicht schwer erkrankt, aber sie waren hochgradig ansteckend. Und wer sich bei diesen Kindern ansteckte, der bekam sie wirklich, die schlimmen Pocken.

Immerhin – wenn alles gut lief, waren die Kinder später aus dem Schneider.

Es lief aber nicht immer gut.

Zweite Information: Die Insufflkation, die die Chinesen angewendet hatten, funktionierte nicht. Sonst hätte es nämlich keine Pocken mehr gegeben.

Mittys Mund wurde plötzlich wieder ganz trocken.

Dann las er über die Impfstoff-Bestände.

Und damit war das Rätsel gelöst, warum die Regierung Impfstoffe haben wollte, obwohl keine Schutzimpfungen geplant waren. Mitty hätte das alles früher lesen sollen, in der richtigen Reihenfolge und aufmerksam.

Seine Rechtschreibung war noch schlechter als üblich. Praktisch jedes Wort auf dem Bildschirm war wegen Schreibfehlern rot unterlegt. Mitty korrigierte nichts, er schrieb einfach weiter.

Es gibt heute keine Schutzimpfungen gegen Pocken mehr, aber wir haben große Bestände an Impfstoff. Für den Fall, dass die Pocken wirklich wieder auftreten würden, am ehesten wohl durch einen Terroranschlag, glauben Ärzte, eine angesteckte Person vor dem vierten Tag durch Impfung zwar nicht gesund machen zu können, aber eine leichtere Form der Krankheit dadurch bewirken zu können. Ab dem vierten Tag aber hat der Virus schon zu viele

Zellen übernommen. Er ist nicht mehr zu stoppen. Kein Impfstoff hätte da noch eine Wirkung. Es gibt keine Hoffnung mehr.

Mitty klickte auf »Drucken«. Er überprüfte Datum und Uhrzeit.

Sonntag, 8. Februar, 23 Uhr 45.

Davon abzuziehen war Sonntag, 1. Februar, 16 Uhr.

Es war jetzt eine Woche her, dass Mitty Pockenüberreste angefasst und eingeatmet hatte.

Kein Impfstoff wäre mehr wirksam.

Und diese Insuffikation funktionierte nicht.

Irgendwann während seiner schlaflosen Nacht machte Mitty das Licht an. Er hatte ein unkontrollierbares Bedürfnis, sich die Hände zu waschen. Wie dramatisch. Es war Tage her, dass er den Schorf angefasst hatte.

In seinem Schlafzimmer war es zu still. Er öffnete das Fenster ein paar Zentimeter. Sofort strömte eisige Luft herein und er fror, aber das war die Sache wert. Der Lärm der Müllautos beim Auf- und Abladen der Tonnen war ihm nur recht.

Dann ging er ins Internet, so als wolle er nur mal seine Mails checken.

Dabei schickten sich Mitty und seine Freunde kaum Mails, dafür aber viele SMS. Noch vor fünf und mehr Jahren hatte Mitty vierundfünfzig beste Freunde gehabt, mit denen er regelmäßig mailte. Damals kannte er alle ihre Mailadressen, auch wenn sie mehrere hatten, und er wurde sauer, wenn sich mal jemand eine ganze Woche nicht gemeldet hatte.

Vor zwei Jahren dann war die Liste schon sehr viel kürzer gewesen, letztes Jahr waren es noch eine Handvoll. Heute aber kam er bei den vielen Dingen, die er immer vorhatte, gar nicht mehr dazu, die Kontakte aufrechtzuerhalten. Die Liste bestand eigentlich nur noch aus zwei Namen: Derek und Olivia.

Auch als Mitty noch ein ganz guter Schüler gewesen war, war er doch nie mit Olivia zu vergleichen, die immer tausend Fragen und Antworten parat hatte. Er würde sich wohl nie um einen Platz in der ersten Reihe reißen, ungeduldig bei jeder Lehrerfrage den Finger heben und lautstark Ansichten über englische Literatur äußern. Aber jetzt, eine Viertelstunde nach drei Uhr morgens, war er online und sehr bereit, sich lautstark zu äußern.

Er war schon auf den Sites des NIH, des Heimatschutzes, und des FEMA (*Federal Emergency Management,* dort werden die Impfstoffbestände des Landes verwaltet) gewesen. Jetzt ging er zu seiner Lieblingssuchmaschine, um nach Experten zu suchen. *ImmunoQuest* stellte sich als private Wellness-Site heraus; *ViroQuest* war eine Software; hinter *jimmunol.org* verbarg sich das *Journal of Immunology,* und Mitty war so lange begeistert darüber, dass der Zugang zu allen Artikeln kostenfrei war, bis er auf einen mit folgender Überschrift zum Thema Pocken stieß: »Antigen-Therapie in ausgereiften dendritischen Zellen zur simultanen Stimulation von CD4+- und CD8+T-Zellen.«

Ah ja.

Der Verband Amerikanischer Immunologen wollte erst, dass er Mitglied wurde, bevor er irgendwelche Informationen bekam, und *immuno.org* war als Name zu verkaufen. Aber bei der Gesellschaft Klinischer Immunologen gab es ein Forum über Infektionskrankheiten. In der Hoffnung, dass sie seine Frage veröffentlichen würden, schrieb Mitty:

> Während ich letzte Woche mit meiner Biojahresarbeit beschäftigt war, stieß ich auf echten Pockenschorf. Bin ich außer dem CDC der Einzige, der Pockenüberreste besitzt?

Bei *ImmunoQuery* gab er »Pocken« ein und wurde auf eine Antwortseite mit der Frage einer Ärztin umgeleitet:

> Ich würde gerne mit Überlebenden von Pocken in Kontakt treten. Mir ist klar, dass es in Amerika nur noch sehr wenige solcher Menschen geben dürfte, aber vielleicht melden sich Überlebende aus Bangladesch oder Indien. Wenn Sie also Überlebender sind oder eine solche Person kennen, bitte schicken Sie mir eine Mail.

Mitty schrieb ihr:

> Ich bin kein Überlebender, aber ich habe gerade Schorf von der Epidemie in Boston von 1902 gefunden, vielleicht haben Sie Interesse daran.

Mitty hatte verschiedene Mailadressen. Manchmal benutzte er purerhorror@aol.com oder Mittybee@hotmail.com. Seine Schuladresse war mblak@straph.edu, aber die benutzte er praktisch nie, denn die einzigen Mails dort kamen von enttäuschten Lehrern. Wahrscheinlich waren die jetzt alle noch enttäuschter, weil er nie ihre Mails gelesen, geschweige denn ihre Aufgaben gemacht hatte.

Dem Internationalen Rat für Infektionskrankheiten hinterließ er folgende Nachricht:

> Ich habe neulich Pockenschorf von der Epidemie von 1902 gefunden. Kann man aus diesem Schorf noch *variola*-Viren gewinnen und, wenn ja, wie?

Dem Wissenschaftsredakteur des *Boston Globe* schickte er die Nachricht:

> Ich habe neulich Pockenschorf von der Epidemie 1902 in Boston gefunden. Möchte jemand von der Medizinischen Fakultät den Schorf näher untersuchen und mir vielleicht bei meiner Jahresarbeit helfen?

Der Amerikanischen Gesellschaft der Fachärzte von Infektionskrankheiten schrieb er etwas anderes:

> Wenn jemand heute echten Pockenschorf findet und ihren Staub einatmet und damit Mund und Nase berührt, ist diese Person dann gefährdet?

Dies war die entscheidende Frage. Aber vielleicht würde er die Nachricht gar nicht abschicken. Mitty war nämlich zu folgendem Schluss gekommen: Als das Team (wenn man zehntausend Sanitäter mit diesem schönen Wort bezeichnen will) von Donald Henderson einen Sicherheitsring um die Erkrankten gelegt hatten, hatten die die Krankheit einfach ausgesessen. Aber der Schorf der Erkrankten musste doch auf Betten und Decken und überall sonst in ihren Häusern herumgelegen haben. Trillionen von Schorfzellen mussten das gewesen sein. Aber die Jungs von der Weltgesundheitsorganisation hauten einfach nach Hause ab. Wenn die Krankheit tatsächlich durch Schorf übertragen wurde, hätten die dann nicht jedes Mal ein bisschen aufkehren müssen?

Also war es blöd, sich irgendwelche Sorgen zu machen, und genau deshalb schrieb er auch nicht dem CDC, der eine viel zu hohe Behörde für blöde Fragen war und wirklich Wichtigeres zu tun hatte, als sich um die Jahresarbeit eines Schülers zu kümmern.

Denn nur darum ging es doch. Um eine Jahresarbeit für die Schule. Nicht um mehr, nicht um weniger.

Was war er doch für ein Versager, dass er sich von Licht und Dunkel auf Roosevelt Island ängstigen ließ. Er war wirklich ein Versager mit seinen Albträumen von Pocken. Besser, er würde kein Arzt werden. Sicher bekäme er jedes Symptom jeder Krankheit aus jedem Fachbuch.

Aber klar, seine Noten reichten ja noch nicht mal für die Barkeeperschule, von der Medizinischen Hochschule ganz zu schweigen.

Am besten wäre es, den Schorf und das Buch einfach loszuwerden. Dann hätte er Ruhe vor diesem schrecklichen Verdacht. Er würde den Schorf die Toilette runterspülen, das Buch in den Müllschacht werfen, und das wär's dann gewesen. Er nahm *Prinzipien ansteckender Krankheiten* in die Hand, um den Umschlag zu suchen. Aber dann passierte doch wieder das, was die ganze Woche schon so gewesen war: Er las sich fest.

Bevor es Schutzimpfungen gegeben hatte, starben in einem gewöhnlichen Jahr in Europa vierhunderttausend Menschen an Pocken, aber nur ein Drittel der Erkrankten starb, also müssen 1,2 Millionen Leute infiziert gewesen sein.

Und diese Leute damals, so dachte Mitty, lebten eher weit verstreut, voneinander durch Berge und Flüsse getrennt, in ihren mittelalterlichen Hütten. Da waren keine dreißigtausend hier und zwanzigtausend dort, die mit der U-Bahn fuhren. New Yorker saßen sich ständig eng auf dem Pelz.

Die meisten Epidemien, so las er weiter, hatte es im Winter gegeben. Pocken breiten sich in der Kälte besser aus.

Mitty spürte die Kälte, die von draußen durchs offene Fenster hereinkam.

Und schließlich gelangte er zu den Seiten, zwischen denen der Umschlag mehr als hundert Jahre gelegen hatte. Die Seiten waren davon leicht verfärbt, er konnte genau den vergilbten, fünfzehn mal fünf Zentimeter großen Abdruck sehen.

Und in diesem Buch, geschrieben von Ärzten, die sich mit Pocken gut ausgekannt, die ihre Opfer beerdigt, an ihren Leichen Autopsien vorgenommen und ihren Schorf in Briefumschläge geschüttet hatten, hieß es: Nachdem der Kranke gesund geworden war, mussten nicht nur alle Wände, die Decke und der Fußboden in seinem Zimmer desinfiziert werden, musste nicht nur seine Kleidung und sein Bettzeug verbrannt werden, mussten nicht nur alle Möbel zerstört werden – *auch die Tapete im Zimmer des Patienten musste abgerissen und verbrannt werden.*

Mitty stand jetzt unter Hochspannung wie jemand, der schon zehn Tassen Kaffee intus hat. Er legte das Buch weg. Er vergaß das mit dem Wegwerfen des Umschlags. Er schlich durch die dunkle stille Wohnung in die Küche und aß Eis, und zwar direkt aus der Packung.

Es war ein gutes Gefühl, wie die Schokolade durch seine wunde Kehle rutschte.

Zwölf bis vierzehn Tage also, bis jemand ansteckend wird, dachte Mitty. Heute war Montag, der 9. Februar. Da waren nur noch wenige sichere Tage übrig. Es sei denn, es handelte sich um irgendeine Abart von *variola major*. Eine schnelle Abart. Die »Ich infizier dich in zehn Tagen«-Abart.

Mitty nahm das Eis mit ins Wohnzimmer mit der fabelhaften Aussicht auf die Skyline. In diesem Raum wurden nie Vorhänge zugezogen oder Jalousien geschlossen. Tag und Nacht, Sommer wie Winter, war New York ihr Nachbar. Er aß das ganze Eis auf. Schließlich ließ er sich auf die Sofakissen kippen und fiel in einen unruhigen Schlaf.

In seinem Zimmer, auf dem Bildschirm, begann die kleine Flagge für hereinkommende Mails zu blinken.

Mitty wusste montags eigentlich nie so recht, warum er in der Schule war, aber an diesem Montag wusste er es *wirklich* nicht.

Die Klasse kam ihm vor wie ein noch nicht entdeckter Stamm, der irgendwelche exotischen Riten pflegte. Pulte und Stifte, Computer und Gänge waren außerirdische Objekte. Bekannte waren schwer zu identifizieren und ein Gespräch mit ihnen unmöglich.

Niemandem fiel das auf.

Derek ließ sich über seine Lieblingsthemen aus. Lehrer rasselten ihre Lieblingsthemen runter. Olivia redete über ihr Lieblingsthema.

Mitty war still und dachte an seine Mails.

Würde jemand antworten? Und wenn – konnte er den Antworten trauen? Was würde er tun, wenn die Antworten darauf hinausliefen, dass er, Mitty Blake, die Pocken bekommen würde?

Er fühlte sich nicht so zu Hause in seinem Körper wie sonst. Da war dieser Container mit Haut drum herum, und er stand da drin wie in Klamotten, die ihm überhaupt nicht passten.

Beim Mittagessen ließ sich Derek ausführlich über Anthrax aus. Olivia bot ihm einen halben Knusperriegel an, aber Mitty wollte den noch nicht mal anfassen. Er wollte gar nichts anfassen.

»Bist du okay?«, fragte Olivia.

»Ihm geht's gut«, sagte Derek sofort.

Olivia wurde rot.

»Danke, Olivia, ist alles okay«, sagte Mitty. Wie sachlich seine Stimme auf einmal war, da fehlte doch dieses gewöhnliche …

Was ist bei mir gewöhnlich?, dachte er.

Nach Schulschluss stand Mitty im Foyer. Er legte seinen Rucksack auf den Boden und betrachtete die Innenflächen seiner Hände. Krankhafte Veränderungen fangen an den Extremitäten an: Hände, Kopf und Füße waren immer zuerst und am schlimmsten betroffen.

»Mitty, was ist denn los?«, fragte Olivia mit der üblichen kleinen Sorgenfalte auf der Stirn.

Rasch steckte er die Hände in die Hosentaschen. »Musst du nicht sofort rüber zur Ballettstunde?«

»Schon. Aber was ist los mit dir?«

Mitty wechselte das Thema. »Du siehst in einem Trikot sicherlich klasse aus.«

Sie strahlte ihn an. »Am ersten Samstag im März habe ich einen Soloauftritt.«

Und er sagte natürlich: »Ich kann mir nichts Schöneres vorstellen, als dabei zu sein.«

Aber das war nicht die Wahrheit.

Zu Hause, in der Sicherheit seines Zimmers, schaltete Mitty den Laptop an und ging online.

Er öffnete mblak@straph.edu. Da waren siebenundzwanzig neue Nachrichten.

Zunächst konnte er sich nicht überwinden, die Mails zu öffnen. Er stand auf und öffnete erst mal ein richtiges Fenster. Er sah dem Verkehr zu, stellte das Radio an, nahm sich eine Cola. Dann ging er zum Laptop und doppelklickte.

> re: Schorf: Ich bin Wissenschaftsredakteur beim Boston Globe. Woher haben Sie den Schorf? Können wir ein Interview machen? Bitte anrufen oder Mail senden, oder wir können uns auch treffen, falls Sie nicht weit von Boston sind.

Der Wissenschaftsredakteur war also an einem Artikel interessiert, er machte keinen nervösen oder gar ängstlichen Eindruck.

> re: Schorf: Ihre Mail wurde an mich weitergeleitet. Ich bin Virologe an der Medizinischen Fakultät von Harvard. Wie haben Sie den Schorf gefunden, und woher wissen Sie, dass er von Pocken stammt? Bitte gleich zurückrufen oder mailen.

Gut, ein wirklicher Fachmann war interessiert, aber er hörte sich auch überhaupt nicht nervös an.

re: Schorf: Ich arbeite bei USAMRIID, dem medizinischen Forschungsinstitut für Infektionskrankheiten bei der US-Army. Wir müssen diesen Schorf untersuchen. Bitte antworten Sie umgehend.

re: Schorf: Danke, dass Sie sich mit der Internationalen Vereinigung zur Erforschung von Infektionskrankheiten in Verbindung gesetzt haben. Die IVEI würde diesen Schorf gerne bekommen. Eine Ansteckungsgefahr ist möglicherweise immer noch gegeben. Bitte rufen Sie möglichst umgehend die unten stehende Nummer an oder antworten Sie per Mail.

Eine Ansteckungsgefahr ist möglicherweise immer noch gegeben? Mitty dachte darüber nach. Nein, das konnte so nicht stimmen. In dem Fall hätte der Typ von Harvard etwas Ähnliches geschrieben.

Und dann fiel ihm ein: *Hallo – ich hab doch gar nicht an USAMRIID geschrieben, ich habe mich noch an keine Regierungsorganisation gewandt. Mit Behörden habe ich im Moment noch gar nichts zu tun.*

Also musste jemand Mittys Mail weitergeleitet haben.

Seit ein paar Tagen war ihm klar, dass er nicht mehr die totale Kontrolle über seinen Körper oder seine Gesundheit hatte. Aber er hatte immer noch gehofft, Kontrolle über seine Mails zu haben.

re: Schorf: Ihre Mail wurde an mich weitergeleitet. Wo um Himmels willen haben Sie denn den Pockenschorf gefunden? Und woher wissen Sie so genau, dass es sich dabei tatsächlich um

Pocken handelt? Haben Sie ihn angefasst? Rufen Sie auf alle Fälle die Hotline des CDC an.

Das war von einem Arzt aus Deutschland. Zwar hatte Mitty an Organisationen geschrieben, die sich auch *international* nannten, er hatte gedacht, das wäre nur so ein Wort wie *Gesellschaft* oder *Vereinigung*. Aber natürlich lag er da falsch, erst recht bei Websites im Internet.

re: Schorf: Ich arbeite als Forscher im Bereich Infektionskrankheit und besitze eine private Sammlung von Dingen, die mit Epidemien zu tun haben. Ich bin sehr daran interessiert, den Schorf zu untersuchen und vielleicht zu kaufen. Wann und wo sind Sie darauf gestoßen?

Das war ja wohl eines der schrägsten Hobbys, von denen Mitty je gehört hatte. Da sammelte jemand Erinnerungsstücke an Krankheiten? Aber Mitty mochte nun mal schräge Typen. Außerdem war diese Mail wenigstens irgendwie lustig, also schrieb er zurück.

> Ich bin der mit dem Pockenschorf

Der Sammler war online und antwortete sofort, ein netter Zufall.

> Ich bin an dem Material hochgradig interessiert.

Mitty reagierte.

> Ich kenne ein paar schräge Leute, aber Sie sind wirklich was Besonderes.

> Ich bin Sammler. Und Sammler sind nicht ganz dicht. Ich bin im Besitz der Klinge, mit der Edward Jennings den Arm von James Phipps bei der ersten Schutzimpfung angeritzt hat. Sieht aus wie ein aus Schildplatt hergestelltes Springmesser. Wollen Sie es mal sehen?

Gehörte so etwas nicht in die Sammlung eines wichtigen englischen Museums?, dachte Mitty. Oder in den Bestand einer Universität?

Der Sammler schrieb:

> Wann haben Sie den Schorf gefunden?

> Letzten Sonntag in einem alten medizinischen Fachbuch.

> Zehn Tage haben Sie jetzt damit zu tun? Wohnen Sie in der Nähe einer Fachklinik?

> Ich bin in New York. Hier gibt's mindestens fünfzig Fachkliniken.

> Ich lebe auch in New York. Warum treffen wir uns nicht? Ich schaue mir den Schorf an und zeige Ihnen die Klinge.

Mitty wurde wachsam.

Kinder und junge Leute hatten in New York weitaus mehr Freiheiten als in den Vororten zum Beispiel. In den Vororten brachten die Eltern die Kinder mit dem Auto in die Schule; hier in der Stadt mussten die Kids ihren Weg selbst finden; klar bekamen sie in ihrer Kindheit besondere Unterweisungen, wie sie sich sicher in einer großen Stadt bewegen können, worauf sie aufpassen müssen, was sie besser lassen sollten; bei Ausflügen gingen die Kleinen immer zu zweit und hielten sich an der Hand. Aber irgendwann mal war es so weit, dass sie die Tür aufmachten und ganz alleine in die riesige Stadt hineinmarschierten, die da auf sie wartete. Und fast immer ging alles gut.

Fast.

Aber dieser Kerl hier – oder diese Frau – war einfach doch ein bisschen zu merkwürdig. Mitty entschied, ihm oder ihr erst mal nicht mehr zu antworten, und öffnete die nächste Mail.

> re: Schorf: Ich bin Forscher für Infektionskrankheiten bei einer pharmazeutischen Firma und sehr daran interessiert, diesen Schorf zu untersuchen. Falls Sie in der Nähe wohnen, lade ich Sie in unser Forschungslabor ein. Wir können das Scanner-Elektronenmikroskop benutzen und Sie können Aufnahmen von den Virionen Ihres Schorfs machen. Wenn Sie zu weit entfernt wohnen, kann ich Ihnen einen Kollegen in Ihrer Gegend nennen. Dr. J. H. D. Redder

Mitty fand die drei Initialen große Klasse. Anstatt seinen Namen von Mitty Blake in Mitchell Blake zu ändern, könnte er doch auch M. J. Blake werden. Er suchte sich ein Papier, nahm einen Stift und schrieb *M. J. Blake.*

Langweilig. Da fehlte einfach der dritte Buchstabe. Mitty probierte ein bisschen herum. Den Buchstaben X fand er schon immer gut.

M. X. J. Blake? Nein.

Also verdoppelte er einen der Buchstaben: M. M. J. Blake.

Das gefiel ihm.

Dann beantwortete er Dr. Redders Mail, denn er hatte zwar keine Ahnung, was ein Scanner-Elektronenmikroskop war, war sich aber sicher, dass es tausendmal besser war als das Zeug, das sie in Physik und Bio in der Schule hatten. Und er wusste auch nicht, was Virionen sind, aber Fotos von den eigenen Virionen würden Nate ganz klar ausstechen.

Dr. Redder war auch gerade online und schickte umgehend eine Antwort. Am Spätnachmittag waren immer eine Menge Leute online, die vor Arbeitsschluss noch einmal ihre Mails checkten, aber Mitty war doch etwas überrascht, dass er gleich mit zwei Leuten hintereinander in direktem Kontakt war. Das war ja fast wie in der Grundschule, als alle massig Zeit hatten, dauernd miteinander in Verbindung zu sein.

> Wann haben Sie den Pockenschorf gefunden?

Mitty erzählte Dr. Redder die gleiche Geschichte noch mal, wie er sie auch dem Sammler erzählt hatte.

> Wo wohnen Sie? Ich kann Ihnen ein Labor mit einem SEM nennen.

> New York, antwortete Mitty, was ja bei acht Millionen Einwohnern nicht zu viel verrät.

> Hervorragend, ich bin hier beim Presbyterian-Krankenhaus.

> Da war ich gerade erst in der Bibliothek!, schrieb Mitty und bedauerte es sofort. Dr. Redder würde erwarten, einen Musterschüler zu treffen. Was Mitty nicht war. Da fiel ihm ein, dass er Olivia mitbringen könnte.

> Ich kann Ihnen ein 3-D-Bild Ihres individuellen Virus mit dem SEM machen.

Moment, dachte Mitty. Der konnte doch nicht gleichzeitig bei einer pharmazeutischen Firma und beim Presbyterian-Krankenhaus arbeiten, oder? Melde mich später, antwortete er. Und Mitty war ganz unzuverlässig darin, sich später wieder zu melden; aber der Typ war eindeutig etwas zu aufdringlich.

Mitty machte weiter. Inzwischen bereute er es, dass er überhaupt jemandem eine Mail geschickt hatte. Er konnte doch seinen Schorf nicht wie auf dem Marktplatz anpreisen und Treffen mit Leuten zur großen Umschlagöffnung verabreden.

Mblak: Wir danken Ihnen, dass Sie sich mit unserer Site in Verbindung gesetzt haben. Bitte haben Sie Verständnis dafür, dass wir keine Schüleranfragen beantworten können. Wir empfehlen Ihnen die entsprechenden Links auf dieser Seite.

Ihr mich auch, dachte Mitty.

Er fühlte sich eigentlich wieder ganz normal. Okay, einer der Kontakte gab die Information, dass die Ansteckungsgefahr eventuell noch gegeben sein könnte, und der Doktor aus Deutschland hatte ihm empfohlen, sich an eine Hotline zu wenden, aber alle schienen die Angelegenheit eher nicht so dramatisch zu sehen.

Die nächste Mail kam von der Frau, die auf der Suche nach Pockenüberlebenden war.

> re: Schorf: Ich glaube nicht, dass der Schorf nach all den Jahren noch ansteckend ist, Viren haben nämlich außerhalb ihres Wirtes eine Lebensdauer, die in Stunden oder Tagen berechnet wird, aber ganz sicher kann ich das natürlich nicht sagen. Ich habe Ihre Mail an den CDC weitergeleitet. Aber rufen Sie mich doch bitte bald diesbezüglich an. Falls eine Ansteckungsgefahr wirklich bestehen sollte, muss sie unter Kontrolle gebracht werden. Ich müsste den Schorf in meinem Labor einmal untersuchen.

Das war die einzige Person, deren Antworten echt waren, denn Mitty hatte ihr vorher geantwortet. Alle anderen konnten irgendwelche politischen Wirrköpfe sein, die die ganze Nacht aufblieben und irgendwelche Lügen erzählten. *Falls eine Ansteckungsgefahr wirklich bestehen sollte …*

> re: Schorf: Ihre Mail wurde an mich weitergeleitet. Seit wann haben Sie diesen Schorf? Ist er noch ansteckend? Wahrscheinlich nicht, sonst wären Sie inzwischen tot und Ihre gan-

ze Familie auch. Woher wissen Sie überhaupt, dass das Pocken sind?

re: Schorf: Ihre Mail wurde an mich weitergeleitet. Ich bin Arzt bei der staatlichen Gesundheitsfürsorge von Louisiana. Ein Fall von Pocken hätte absoluten Vorrang vor allen anderen Gesundheitsproblemen dieser Welt. Setzen Sie sich mit der Homepage des CDC in Verbindung und informieren Sie sie, dass Sie mit gefährlichem Material in Kontakt gekommen sind.

re: Schorf: Es ist kaum ein paar Jahre her, dass wir diese Anthraxpanik hatten, und Sie wollen jetzt eine Pockenpanik verursachen? Ich habe Ihre Mail an das FBI weitergeleitet.

Eine Mail von Mitty Blake, dem schlechtesten Schüler seiner Klasse der St.-Raphael's-Schule, war an das FBI weitergeleitet worden?

Wenn beim FBI und CDC sonntags keine Mails gelesen wurden und montags zu viel los war, dann würden doch spätestens am Dienstag alle eingegangenen Mails gelesen werden. Erst würden sie mal rauskriegen, wer mblak@straph.edu war. Eine Regierungsbehörde kann von einem Provider problemlos alle notwendigen Informationen anfordern, und es würde keinen Wimpernschlag dauern, bis das FBI wüsste, was straph.edu bedeutete. Ein kurzer Anruf bei der Schule, und sie bekämen den Namen von mblak, Adresse, Telefonnummer und wahrscheinlich sogar seinen Notendurchschnitt und den Geburtsort seiner Mutter.

Natürlich, jetzt, da er darüber nachdachte, war ihm sofort

klar, dass man nicht zu schlau sein musste, um herauszufinden, dass *edu* was mit Schule zu tun hatte. Und wenn man *straph* in *st raph* zerlegte, käme man auf St.-Raphael's. Wahrscheinlich gab es in Amerika mehrere Schulen mit diesem Namen und er kannte ein so benanntes Krankenhaus, aber es dürfte nicht so schwierig sein, Schritt für Schritt die richtige St.-Raphael's-Schule rauszufiltern. Sogar der Mann aus Deutschland wusste sofort, dass Mitty Amerikaner war, weil Mitty Englisch schrieb und seine Jahresarbeit erwähnte.

Aber das FBI? Nie und nimmer. Die hatten Wichtigeres zu tun.

Ein Fall von Pocken hätte absoluten Vorrang vor allen anderen Gesundheitsproblemen dieser Welt.

Dann allerdings hätte das FBI vielleicht doch nichts Wichtigeres zu tun.

»Hallo, Mitty!«, rief sein Vater.

Die Wohnungstür wurde zugeschlagen. Mitty ging aus seinen Mails raus.

»Mitty!«, jubilierte seine Mutter. »Wir sind wieder zu Hause! Hast du Lust, Pizza zu bestellen? UConn spielt heute Abend. Gegen Notre Dame! Wir werden sie niedermachen!«

Aber Mitty Blakes Spiel war sehr viel ernster.

Es war ein enges Spiel.

Seine Eltern waren abwechselnd begeistert und verzweifelt, sie jubelten und stöhnten.

Mitty murmelte nur hin wieder etwas. Er wollte seinen Eltern alles sagen, gleichzeitig wünschte er sie weit weg, so weit wie möglich. Aber sie saßen alle hier auf dem Sofa.

Mitty bekam das Spiel gar nicht richtig mit – er, der Basketball über alles liebte. Wenn die Kamera über die Zuschauer schwenkte, sah er nur, wie sich *variola major* unter elftausend Menschen ausbreitete.

UConn verlor.

Mitty nahm es kaum zur Kenntnis.

Normalerweise wurde Mitty laut und trampelte mit den Füßen, warf vor Wut mit Gegenständen oder schrie vor Begeisterung, bot riskante oder völlig blödsinnige Wetten an und beklagte anschließend die Fehler von UConn, die zur Niederlage geführt hatten.

Jetzt wartete er nur ruhig ab, bis sich sein Vater etwas beruhigt hatte und die Niederlage zu verschmerzen begann, um sich dann in die Ruhe und Sicherheit seines Zimmers zurückzuziehen.

Er konnte nicht sitzen. Er konnte nicht liegen. Er konnte gar nichts außer diesen elektronischen Stimmen lauschen, die nicht aus seinem Kopf wollten. *Eine Ansteckungsgefahr ist möglicherweise immer noch gegeben. Bitte antworten Sie umgehend. Ein Fall von Pocken hätte absoluten Vorrang vor allen anderen Gesundheitsproblemen dieser Welt. Ich habe Ihre Mail an das FBI weitergeleitet.*

Er hörte, wie seine Eltern in ihr Zimmer gingen und das Öffnen und Schließen von Schrank- und Badezimmertüren. Dann hörte er, dass sie den Fernseher in ihrem Schlafzimmer ausschalteten und ihre Bücher weglegten. Außer bei Sportübertragungen lasen sie immer beim Fernsehen. (In Mittys Augen hatten sie null begriffen, worum es beim Fernsehen ging.) Schließlich war alles still und seine Eltern schliefen.

Auch Mitty war still. Als kleiner Junge war Mitty oft völlig fasziniert gewesen von dem Trockner im Waschraum ihres Gebäudes. An der Hand seines Kindermädchens hatte er gebannt beobachtet, wie in dem Gerät Socken gegen das runde Fenster geworfen wurden, dann Unterwäsche, danach Kopfkissenbezüge, und dann kamen wieder die Socken. Und genauso waren immer seine Gedanken gewesen – wie die schlaffen Ärmel eines Hemds, das endlos im Kreis gedreht und geworfen wurde.

Das Programm war beendet. Mitty lag so still da wie frisch gefaltete Wäsche.

Rufen Sie die Hotline des CDC an.

Wenn er dort wirklich anrufen und sagen würde: »Ich hab da dieses alte Buch in der Bibliothek gefunden. Und darin war ein Briefumschlag mit Pockenschorf. Hab ich mich jetzt angesteckt?« – würden die ihn dann nicht ganz einfach auslachen?

Was aber, wenn sie nicht lachten? Was, wenn sie hierherkämen? Um ihn zu untersuchen.

Was dann?

Er wollte kein Ausstellungsobjekt werden. In *Superpox. Tödliche Viren aus den Geheimlabors* stand die Geschichte von dem Engländer, der bei einem Laborunfall erkrankte, und dem Deutschen, der sich bei einer Reise durch eine Gegend Indiens ansteckte, in der die Pocken noch nicht ganz verschwunden gewesen waren. Diese Patienten wurden Ausstellungsstücke, öffentliches Eigentum, man starrte sie an, untersuchte sie, machte Tests mit ihnen. Und genau das passierte all den Leuten, mit denen die beiden Erkrankten Kontakt hatten: angestarrt, untersucht, getestet. An diesen beiden Kranken interessierte die Öffentlichkeit nur noch, dass ihr Atem töten konnte.

Oder Typhus-Mary. Niemand hatte sich um die Ängste und Hoffnungen dieser armen Frau gekümmert. Ihr Leben interessierte keinen. Locht sie ein.

Mitty dachte oft an den unglücklichsten Spieler aller Zeiten, denn dies war die größte Angst aller Sportler: Bill Buckner ließ einen Ball zwischen seinen Beinen durchrollen und verlor damit das entscheidende Spiel für seine Red Sox bei der Meisterschaft 1986. Bill Buckner ging wegen einer Zehntelsekunde, in der er alles vermasselte, in die Geschichtsbücher ein.

Auch Mitty würde in die Geschichtsbücher eingehen, aber aus einem viel schlimmeren Grund. Er wäre derjenige, der die Pocken zurückgebracht hatte.

Wenn er wirklich die Pocken hatte, dann würde eine Ring-Immunisierung um ganz Manhattan herumgelegt werden. Impfstationen würden in Grand Central und an St. Raphael's eingerichtet werden. Die Stadt würde durch die Hölle gehen – und warum? Weil Mitty Blake ausnahmsweise mal seine Hausaufgaben gemacht hatte.

Mitty schlief immer in Shorts und einem XXXL-T-Shirt. Ungefähr um zwei Uhr ging er in sein Badezimmer, zog sich aus und überprüfte vor dem Spiegel seine Haut zentimeterweise.

Keine krankhaften Veränderungen. Aber dafür war es sowieso noch zu früh. Der zehnte Tag hatte noch nicht einmal angefangen.

Er holte seine alten Medizinbücher wieder raus. Die modernen Sachen interessierten ihn nicht so. Er wollte Informationen von Ärzten, die genau wussten, wovon sie redeten, die dabei gewesen waren, die behandelt hatten, die die Toten begraben hatten. Und in jeder alten Quelle fand er die übereinstimmende Information: keine Symptome und keine Ansteckungsgefahr für andere vor zwölf bis vierzehn Tagen nach der Ansteckung.

Er kam sich vor wie jemand, der genau weiß, warum er hustet, Blutungen hat und dauernd matt und erschöpft ist – Zeichen von Krebs. Und doch geht man nicht zum Arzt, denn solange es noch keine endgültige Diagnose gibt, kann man sich noch was vormachen.

In seinem Fall gab es allerdings einen Unterschied. Wenn du deinen Krebs nicht behandeln lässt, so ist das vor allem dein Problem. Wenn aber Mitty sich was vormachte und dann wirklich Pocken bekam und andere ansteckte, dann wäre Mitty Blake ein Mörder.

Weil er es vorher gewusst hätte. Weil es eben kein Unglücksfall wäre.

Wie groß war für ihn die Wahrscheinlichkeit zu erkranken? Eins zu tausend? Eins zu einer Million? Winzig, aber immer noch eine Wahrscheinlichkeit. Deshalb spielten Leute Lotto. Und gewannen.

Die anderen verloren.

Mitty überdachte die Möglichkeiten:

A. Er bekam keine Pocken, aber er musste immer noch diese verdammte Arbeit schreiben, in der er Monster und Krankheiten miteinander verglich. Allein das könnte ihn umbringen.

B. Er bekam keine Pocken, aber er wäre zu faul, die Arbeit zu schreiben, und würde am Ende in der Schule durchfallen.

C. Er bekam keine Pocken. Er würde brillante Arbeiten schreiben, ein Jahr früher als normal mit Auszeichnung seinen Abschluss hinlegen und jeden stolz machen.

D. Er bekam die Pocken.

Plötzlich bekam Mitty die Panik: Hatte er den Umschlag noch? Harte Kerle in dunklen Anzügen machten sich wegen ihm die Hände schmutzig und er hatte nichts vorzuweisen!

Sie würden ihn anblaffen: »Wo ist der Umschlag? Du Lügner! Kostbare Zeit von Regierungsbeamten verschwenden! Ganz Manhattan terrorisieren! Und da gab's nie einen Umschlag? Hast dir alles ausgedacht, um mal im Mittelpunkt des Interesses zu stehen?« Sie würden die Wohnung auf den Kopf stellen, seine Mutter zum Weinen bringen und Mitty eine heftige Geldstrafe aufbrummen oder ihn sogar ins Gefängnis stecken, weil sie wegen ihm ihre Zeit verschwendet hatten. Sein Vater würde ihn mit diesen traurigen Augen anschauen, in denen stand: *Ich wollte stolz auf dich sein, aber jetzt hast du wieder …*

Mittys Schreck war nicht unbegründet.

In dem Buch war kein Umschlag. Er hielt das Buch am Bund hoch und schüttelte es gründlich, anschließend ging er noch einmal Seite für Seite durch.

Mittys Puls war so schnell wie die Flügelschläge eines Kolibris.

Er hatte das Buch mal mit in die Schule genommen. War der Umschlag etwa in der Bücherei rausgefallen? Flog er da irgendwo in der Gegend rum? Hatte Olivia ihn? Seine Mutter? Oder die Putzfrau?

Plötzlich fluchte Mitty, schmiss das blöde Buch auf den Boden – und nahm das richtige in die Hand. Der Umschlag war genau da, wo er ihn gefunden hatte. Wenn das so weiterging, würde er sich noch vor Gespenstern fürchten.

Er überprüfte den Inhalt des Umschlags.

Na, jetzt habe ich mal wieder gezeigt, warum ich Klassenletzter bin. Es gibt nur eine Sache, die noch dümmer ist, als Viren anzufassen: Sie noch mal anzufassen.

Aber egal, er wollte diesen Schorf jetzt loswerden. Wenn das FBI auftauchte – würde es nicht, die ganze Idee war lächerlich, die hatten wirklich Besseres zu tun –, dann hätte er eben keinen Schorf. Na und?

Was war die beste Methode? Eindeutig Wasser, entschied Mitty, das Zeug aus dem Fenster zu schütten gefiel ihm gar nicht. Er ging in die Küche, griff sich einen großen schwarzen Müllsack, legte das Buch rein, legte alles in das Spülbecken und ließ Wasser aus dem Hahn reinlaufen. Das Buch wollte nicht so richtig Wasser aufsaugen, also blätterte er es auf, damit die Seiten vollständig nass werden konnten. Einige Wissenschaftler wären jetzt wahrscheinlich traurig, aber dieser Schorf würde nie irgendwo von irgendjemand untersucht werden.

Als aus dem Buch Brei geworden war, band er den Sack zu, steckte ihn in einen zweiten Sack und ging zur Eingangstür der Wohnung. Im Gebäude waren Teppiche. Vorschrift, damit die Leute in den Wohnungen einen Stock tiefer nicht durch laute Schritte gestört wurden. Die Blakes hatten zusätzlich noch Polster unter ihre dicken Teppiche gelegt, also musste Mitty nicht auf Zehenspitzen gehen. Er öffnete vorsichtig den Riegel der Tür, damit seine Eltern nicht vom Klicken des Metalls aufgeweckt wurden. Er ließ die Tür angelehnt und ging den Flur runter zum Müllraum. Er öffnete die Einwurfklappe in Hüfthöhe und ließ seinen Albtraum in den Schacht fallen. Unten angekommen würde er Bestandteil des gesamten Hausmülls werden, der dann in noch größere Plastiksäcke gesteckt und auf den Bürgersteig gebracht wurde. Dort würden ihn die Müllmänner in einen Laster werfen, ab ging's zum Fluss, dort wurde in einen Lastkahn umgeladen und dann ein Müllplatz angesteuert.

Als er zurück in seinem Zimmer war, überlegte Mitty, ob er die Sache nicht an irgendeinem einsamen Ort alleine durchstehen sollte. So lange müsste er es da gar nicht aushalten. Wenn er morgen verschwand und sich irgendwo versteckte, wüsste er am Sonntag, dem fünfzehnten Tag also, Bescheid.

Aber wo konnte er sich verstecken?

Seine Tante Betty besaß ein fantastisches einsames Häuschen in den Wäldern der Adirondacks, oben bei Lake Placid. Aber selbst wenn er es dahin schaffen sollte, was unmöglich war, wäre die Sache die, dass es dort keine Heizung gab. Über den Winter war das Wasser abgestellt und es gab da nichts zu essen. Außerdem lag mit Sicherheit Schnee, und die Leute, die ab und zu nach dem Haus schauten, würden seine Fußspuren sehen. Und wenn es ihm gelingen würde, mit Kaminholz und Hölzchen zum Anfeuern im kleinen Herd Feuer zu machen, würden die Leute sofort den Rauch sehen und rüberkommen. Was sollte er dann machen? »Zutritt verboten, ansteckende Krankheit, Lebensgefahr!« rufen?

Aber mal angenommen, er fand wirklich ein Versteck.

Wenn klar war, dass er keine Pocken hatte, würde er am Sonntagnachmittag seine Eltern anrufen, die dann wohl schon ein bisschen außer Fassung geraten sein dürften, aber so ist das nun mal, wenn man einen Sohn hat, und ihnen eine Geschichte auftischen. Allerdings müsste das dann schon eine besonders gute Geschichte sein.

Wenn er aber krank wurde, dann lagen fünf oder sechs Wochen voller Schmerzen und anschließendem Heilungsprozess vor ihm. Jede Beschreibung von Pocken hörte sich gruselig an, aber eine der gruseligsten Sachen war, dass man so krank war, dass man nicht mehr alleine aus dem Bett kam. Man konnte sich nicht mehr selbst pflegen, man klebte sogar an seiner Matratze fest, wenn die Pusteln erst nässten und dann trockneten. Wer also in dieser Situation alleine in einer Berghütte wäre, der könnte das Bett nicht verlassen und würde außerdem erfrieren, wenn der Herd ausging.

Oder ... er könnte das CDC anrufen.

Jeder andere in dieser Situation hätte Experten, Berater, Behörden eingeschaltet. Nicht so Mitty. Der wollte alleine damit fertigwerden. Er wollte nicht, dass seine Eltern die Entscheidungen für ihn trafen. Er wollte nicht, dass Ärzte die Entscheidungen für ihn trafen. Und ganz sicher wollte er nicht, dass eine Regierungsbehörde das tat.

Er erinnerte sich, dass in irgendeinem Buch jemand über einen anderen gesagt hatte: »Besser, er hätte nie gelebt.« Hatte er den Satz vielleicht in der Kirche gehört? Dann war es wohl die Bibel gewesen. Über wen hatte das die Bibel gesagt?

Was wäre, wenn die Menschen das über Mitty sagen würden: »Besser, er hätte nie gelebt«?

Es war noch dunkel, als Mitty zur Schule ging. Am Broadway waren die Straßenlaternen an. Ab und zu fuhr ein Taxi vorbei. Die Bewohner Manhattans mussten nicht früh aufstehen, weil sie ja schon da waren, aber eine Menge Leute hatten vor der Arbeit Dinge zu erledigen: Hunde spazieren führen, ein paar Kilometer joggen, um schön verschwitzt unter die Dusche zu gehen, die Zeitung oder frische Bagels kaufen. Mitty kam eine Gruppe junger Mütter in die Quere, ihre Babys schön warm verpackt und unter dem geschlossenen Plastikverdeck kaum sichtbar; sie waren auf dem Weg Richtung Central Park, wohl um dort gemeinsam zu joggen.

Er sah niemanden, dem er wünschte, die Pocken zu bekommen.

Er betrat einen Diner an der Columbus Avenue / Ecke Achtundsechzigste und bestellte Rühreier, Speck, Bratkartoffeln, Toast, frisch gepressten Orangensaft und Kaffee. Als alles vor ihm stand, hatte er plötzlich keinen Appetit mehr.

Mittys Eltern wachten immer mit dem Sender 1010 WINS auf: »Die ganzen Nachrichten, die ganze Zeit; Sie schenken uns zweiundzwanzig Minuten, wir schenken Ihnen die Welt.« Mittys Mutter lauschte immer gelassen dem Wetterbericht und dem Verkehrsfunk, konnte bei den Meldungen des Tages aber richtig nervös werden. Gab es schlechte Nachrichten? Und wie schlecht waren sie?

Sie wären richtig schlecht, wenn die Pocken zurückkämen.

Sein Vater fand die Terrorwarnungen des Heimatschutzes mit dem Farbcode total lächerlich. Aha, heute war Gelb: Code Orange. Was genau sollte er tun? Nicht ins Fitness-Studio gehen? Und wenn der Alarm verstärkt würde, sollte er dann zu Hause bleiben?

Pocken wären sicherlich ein Grund, zu Hause zu bleiben.

Mitty schaute auf seine Uhr und machte einen Zeitplan.

Irgendwie würde er den Tag heute hinter sich bringen, ohne jemandem etwas zu sagen. (Natürlich nur, wenn das FBI nicht auftauchte. Aber obwohl Mitty eine ganze Menge Actionfilme gesehen hatte, konnte er sich einfach nicht vorstellen, dass man ihn aus dem Unterricht holte, um mit FBI-Agenten zu reden.)

Heute Abend dann würde er seinen Eltern erzählen, was los war, denn das Schlimmste für sie wäre, so etwas von Dritten zu hören. Anschließend würden sie zusammen die Hotline des CDC anrufen.

Und er wusste – er wusste es ganz genau – er war sich völlig sicher –, das CDC würde sagen: »Hundert Jahre alter Schorf? Ist doch ein Witz! Schreib endlich deine Bioarbeit zu Ende, Sohnemann, und geh uns nicht länger auf die Nerven.«

Wenn sie ihn nicht doch in ein isoliertes Krankenhauszimmer steckten und in zwanzig Schichten dicken Schutzanzügen dauernd um ihn herumwuselten, während im Fernsehen die Bilder schluchzender Schüler von St. Raphael's bei der Impfung gezeigt wurden.

Im Diner hinterließ Mitty einen vollen Teller und ein sattes Trinkgeld. Er warf sich den Rucksack über und machte sich auf den Weg Richtung Schule. Es war immer noch früh am Morgen. Die anderen waren wahrscheinlich noch nicht mal angezogen. Das übliche Gedrängel der Fußgänger war ihm heute irgendwie unangenehm, und so ging er nicht Columbus oder Amsterdam oder Broadway hoch, sondern wechselte rüber zur West End Avenue. Aber sogar West End, im Vergleich zu den anderen Straßen praktisch leer, kam Mitty noch zu überlaufen vor. Also wechselte er noch weiter rüber Richtung Westen zum Riverside Drive. Hier ging er nie entlang. Es war zu langweilig.

Lieber alleine zu sein war eigentlich überhaupt nicht Mittys Art. Er fühlte sich unter Menschen richtig wohl.

Touristen fiel an den New Yorkern oft auf, dass sie Blickkontakt vermieden; deshalb glaubten sie, dass die New Yorker alle Angst voreinander hatten. Aber das war nicht der Grund. Wenn man jemandem, der einem entgegenkam, in die Augen schaute, so wurde man automatisch in dessen Richtung gezogen und die zwei Personen stießen zusammen. Wenn man sich nicht anschaute, vermied man jeden Zusammenstoß, sogar auf einem Bahnsteig voller Menschen in der Hauptverkehrszeit. Mitty hatte nur einmal, Silvesterabend auf dem Times Square, erlebt, dass er in einer so dichten Menge steckte, dass er sich kaum noch rühren konnte. Er hatte damals Freundschaften mit allen in Hörweite geschlossen.

Er ging am Denkmal von Eleanor Roosevelt vorbei und nahm den eingezäunten Übungsplatz der Hundeschule heute gar nicht zur Kenntnis. Normalerweise verliebte er sich hier jedes Mal in mindestens einen Hund. Er nahm die windige Fußgängerunterführung unter dem West Side Highway, auf dem sich sogar zu dieser frühen Stunde schon die Autos der Pendler stauten, und landete in dem Teil des Parks, der sich über Kilometer den Hudson River entlangzieht. Er ging am Jachthafen vorbei, an den leeren Sportplätzen und den geschlossenen Sommerrestaurants. Er konnte nicht schnell genug gehen, um seinen Gedanken zu entkommen. *Ich will mich nicht in der Nähe von so vielen Menschen aufhalten, das mit den zwölf Tagen in den Büchern könnte ein Fehler sein,* dachte er. Was, wenn es nur neun Tage wären? Was, wenn es jetzt schon losginge?

Sein Handy klingelte, aber Mitty nahm es noch nicht mal in die Hand. Sein Wunsch nach Kommunikation war weg. Er hatte das komische Gefühl, außerhalb seiner eigenen Haut zu sein. Oder vielleicht war er doch drin und wartete nur darauf, dass *variola* jeden Moment explodierte.

Mitty Blake saß auf einer Bank, sein Blick ging auf den Hudson und hinüber zu den langweiligen flachen Gebäuden von New Jersey am anderen Ufer. Ein roter Schlepper zog einen Lastkahn hinter sich her. Über der George Washington Bridge machte sich ein Verkehrshubschrauber ein Bild der Lage. Mitty balancierte den Laptop auf seinem Schoß und begann zu schreiben.

Also, Mom, Dad, das ist ein Brief. Ich versuche gerade, intelligent zu sein, auch wenn ich in meinem ganzen Leben immer wenig dafür trainiert habe. Nicht etwa, dass ich das von euch habe, das kann ich euch versprechen. Ihr habt immer das Richtige für mich getan. Ich hab mir selbst beigebracht, dumm zu sein. Lest als Erstes mal meine Bioarbeit. Dann wisst ihr, was die Pocken sind. Nämlich eine wirkliche Massenvernichtungswaffe.

Gut, ihr habt das also gelesen. Und das ist am Sonntag, 1. Februar, passiert: In einem dieser alten Medizinlehrbücher, die du von diesem Arzt gekauft hast, Mom, fand ich einen Umschlag mit Schorf von der Pockenepidemie 1902. Ich hab ihn angefasst. Ich hab ihn eingeatmet.

Was also weiter?

Kann ich, Mitty Blake, von diesem Schorf die Pocken bekommen? Ich weiß es nicht. Die ganze letzte Woche habe ich recherchiert und weiß es immer noch nicht. Die Chancen stehen gut für mich, dass der Virus tot ist. Aber druckt euch mal die Antwortmails auf meine Anfragen aus. Dann seht ihr, was die Mehrheit der Leute glaubt. Nämlich dass er vielleicht doch noch nicht tot ist.

Ich hätte das CDC in Atlanta anrufen können. Die kennen sich mit Aids und dem West-Nil-Virus und SARS und diesem Zeug aus – und vielleicht hätten die mir einen Impfstoff geben können, wobei ich keine Ahnung habe, ob der noch eine Wirkung gehabt hätte, das wissen sie wohl selbst nicht so genau. Egal, dafür ist es jetzt sowieso zu spät. Ich hab einfach nicht genug aufgepasst und mich nur um eines gekümmert: Woher kriege ich noch einen Satz für diese blöde Arbeit?

Aber nicht die Arbeit ist blöd.

Also, das ist los: Stellt euch vor, dass in meinem Körper die ersten Pocken seit zwei Generationen kurz davor sind zu explodieren. Ob ich daran sterbe oder nicht, ob ich dadurch verunstaltet werde oder nicht, um all das geht es nicht. Es geht darum, dass es den Virus wieder geben würde.

In wenigen Stunden stecke ich vielleicht schon Menschen an. Ich. Eigentlich unmöglich, aber doch möglich.

Ich habe Angst. Ich weiß jetzt, was das für eine Krankheit ist. Aber noch mehr Angst habe ich davor, dass ich sie an andere Menschen weitergebe. Das wäre wirklich das Schlimmste. Nicht, sie zu bekommen, sondern sie zu geben.

Ihr sagt mir, Mitty, geh doch einfach in ein Krankenhaus.

Hört sich einfach an, aber ich möchte kein Ausstellungsstück werden. Eins der Mädchen in diesem Biokurs – Macy – hat sich die Vogelgrippe ausgesucht, von der man immer wieder hört – Hühner in Asien kriegen die Grippe (das klingt auch unmöglich; das ist doch so menschlich, kriegen die Hühner Fieber und Husten?). Egal, Menschen, die diese Hühner anfassen, kriegen diese Grippe auch. Macy ist stolz auf die Fotos, die sie aus der Post ausgeschnitten hat, von zwei Schwestern in Thailand, die an der Vogelgrippe gestorben sind. Man sieht, wie sie in ihren Särgen liegen; die Bilder sind in der ganzen Welt abgedruckt worden.

Wisst ihr was? Niemand macht Fotos von mir, wie ich voller Pocken in meinem Sarg liege. Und: Ich möchte nicht als Blödmann dastehen. Nehmen wir mal an, ich renne winselnd zu den Behörden und versetze die ganze Stadt in Panik, die Leute drehen durch und versiegeln ihre Türen und eine Million Flüge werden gestrichen – und dann passiert nichts. Klar, schuld war dieser Typ mit dem niedrigen Intelligenzquotienten.

Wenn ich aber die Pocken kriege, dann gibt's ja wirklich nicht nur das Problem mit den Fotos im Sarg – man würde die Ring-Immunisierung sofort starten, die Dr. Henderson perfektioniert hat. Allerdings würden die Amerikaner nicht innerhalb dieses Ringes bleiben, wie das die Bauern auf ihren Reisfeldern vor fünfzig Jahren in Bangladesch gemacht haben. Amerikaner setzen sich in Flugzeuge, Züge, Busse und Fähren; sie fahren Wohnmobile und Autos und Motorräder, sie verlassen ihre Stadt, ihren Staat, ihr Land ... Mein Virus würde die ganze Welt angehen. Lest den Absatz, wie schnell die gesamte Weltbevölkerung Pocken kriegen könnte.

Ich weiß, dass die Soldaten im Irak Angst haben. Ich weiß, dass Flüchtlinge in Sierra Leone, Ruanda oder Afghanistan Angst haben. Aber sie sehen wenigstens, wovor sie Angst haben. Ich weiß noch nicht mal, wovor genau ich Angst habe und ob diese Angst wirklich begründet ist. Ich weiß – die logische Schlussfolgerung wäre jetzt, mit jemandem drüber zu reden.

Aber, liebe Eltern, das ist doch das Problem: Wer kann mir denn helfen, wenn ich jetzt Pocken habe? Dereks Lieblingsthema ist: Welcher Wahnsinnige hat Anthrax mit der Post verschickt?

Aber wenn ich meine Pocken durch New York schicke, dann bin ich kein Wahnsinniger. Dann bin ich ein Massenmörder, der genau weiß, was passieren wird. Wie unterscheide ich mich dann noch von den neunzehn Mördern, die ihre Flugzeuge am 11. September auf uns stürzen ließen?

Und selbst wenn ich rechtzeitig ins Krankenhaus käme, selbst wenn sonst niemand die Pocken bekäme und selbst wenn es gelänge, den Virus innerhalb meines Körpers und meines Zimmers zu isolieren – **variola major** würde es doch wieder geben. Ihr glaubt gar nicht, was diese Wissenschaftler, die für den Erhalt der Viren sind, damit am liebsten alles machen würden. Sie würden die Pocken mit Affenpocken kreuzen oder was auch immer, nur um rauszukriegen, was dann wohl passiert.

Was die Viren, die beim CDC gelagert sind, angeht, kann ich gar nichts machen. Aber ich kann wenigstens verhindern, dass es sie in unserer heutigen Gesellschaft wieder gibt.

Ich habe drüber nachgedacht, was das eigentlich ist, **Gesellschaft**. Das sind wir alle hier in New York, egal wie alt, welche Rasse, welcher Job, welches Gewicht oder welche Religion. Jedes Mal, wenn wir lachen oder singen, mit dem Fahrstuhl fahren, uns einen Kaffee kaufen, ins Theater gehen, im Restaurant essen, im Park joggen – sind wir Gesellschaft. Ich will nicht die Typhus-Mary meiner Gesellschaft sein. Ihr habt doch all diese großartigen Pläne für meine Zukunft – soll meine Zukunft denn Pocken-Mitty heißen?

Lacht nicht. Ich lache auch nicht.

Ich bin ganz einfach folgender Meinung: Wenn das ein lebendiger Virus ist, und er ist der einzige in der ganzen Welt, dann darf ich ihn nicht leben lassen.

Und wenn ich ihn habe und zulasse, dass ich ins Krankenhaus gesteckt werde, dann lasse ich den Virus raus in die Gesellschaft. Ich helfe ihm zu leben.

Es gibt nur eine sichere Möglichkeit, dass ich niemanden mit dieser Krankheit anstecke.

Es gibt nur eine Möglichkeit, die garantiert, dass kein Krankenwagenfahrer, kein Arzt, keine Mutter, kein Vater, kein Klassenkumpel, kein Kind im Buggy, kein Junge auf einem Fahrrad, kein Ober in einem Diner, kein einziger Mensch in ganz New York krank von mir wird.

Und die Möglichkeit ist, zu sterben, bevor ich krank werde.

Dann stirbt der Virus mit mir.

»Stellt euch mal vor, worüber Mitty seine Arbeit schreiben will!«, erzählte Mrs Abrams vor der ganzen Klasse. »Monster – mythologisch und biologisch. Ist das nicht ein brillantes Thema?«

Allen kam es eher etwas schräg oder sogar sinnlos vor. Aber niemand sagte etwas. Alle wussten, dass Mitty das Thema eigentlich überhaupt nicht wollte; er hatte sich nur nicht dagegen wehren können.

»Auf deiner Bioarbeit aufzubauen ist so clever«, sagte Abrams.

Mitty lächelte höflich. Er konnte sie kaum hören. Seine Gedanken wummerten in seinem Schädel wie der voll aufgedrehte Bass einer Stereoanlage.

Es würde ziemlich einfach sein zu sterben.

Er brauchte nur nachts aufzustehen und das Gebäude durch die Hintertür zu verlassen. Niemand würde ihn dabei sehen, denn nachts hatte dort niemand Dienst; aufgrund feuerpolizeilicher Vorschriften konnte man durch die Hintertür immer das Haus verlassen; rein kam man aber wegen der Sicherheitsmaßnahmen nicht immer. Dann brauchte er nur ein paar Häuserblocks rauf-, ein paar Blocks rüberlaufen und schon war er am Hudson.

Reingehen, rausschwimmen und ziemlich bald würden Kälte und Strömung ihren Job machen.

Aber konnte er das seinen Eltern antun?

Mitty war überzeugt, dass Selbstmord das Gemeinste war, was ein Kind seinen Eltern antun konnte. Es hieß: »Ihr bedeutet mir nicht genug, um am Leben zu bleiben.« Und es hieß außerdem: »Ich hasse euch so sehr, dass ich euch dazu zwinge, jeden Tag eures Lebens an meinen Tod zu denken.«

Aber Mitty würde das aus genau dem entgegengesetzten Grund tun. Es würde heißen: »Ihr und die Welt bedeutet mir so viel, dass ich euch diese Krankheit nicht antun kann.«

Aber machte es das besser?

»Mitty?«

Mitty wachte aus seinen Gedanken auf. Sie waren wieder in der Bücherei. »Hallo, Mr Lynch, wie geht's?«

»Ich mache mir Sorgen um dich, Mitty. Komm, streng dich ein bisschen an.«

»Ich bin voll angestrengt.«

»Du hast so prima begonnen. Wie sieht es mit einem Interview aus? Hast du's schon mal versucht?«

»Ja …«, sagte Mitty zögernd.

»Und?«

Mitty fühlte sich im falschen Film. Schließlich sagte er: »Hab keine Antwort bekommen.«

»Mitty, du kennst einfach nicht die richtigen Leute«, belehrte ihn Nate. »Mein Vater kennt jeden. Ich kann dir helfen.«

Lieber Pocken kriegen, dachte Mitty.

Der Direktor ließ ihn nicht in sein Büro rufen.

Das Sekretariat forderte ihn nicht auf, ans Telefon zu kommen.

Keiner vom FBI sprang ins Klassenzimmer.

Mitty hatte immer noch die Wahl.

Mitty hatte noch nicht oft Beispiele für großen Mut gesehen. Klar, in Actionfilmen und im Fernsehen. Aber wer war im amerikanischen Alltagsleben wirklich mutig?

Mut wurde ja nur in Extremsituationen gebraucht (oder in gestellten Szenen im Fernsehen). Niemand in dieser Stadt sah sich mit der Wildnis oder Panthern konfrontiert. Die Probleme hier waren belegte Parkplätze und Abschlussprüfungen. Selbst wenn reale Gefahr drohte, zum Beispiel ein Hurrikan, kaufte man einfach einen Extraliter Milch und schaute sich die Sache im Fernsehen an.

Im Alltagsleben bestand körperliche Herausforderung in Inlineskaten auf einem geteerten Weg in einem gepflegten Park. Geistige Herausforderung hieß tägliches Kalorienzählen. Und eine moralische Herausforderung war die Entscheidung, ob man bei der nächsten Klassenarbeit schummeln sollte oder nicht.

Ich hab noch Zeit, beruhigte er sich selbst. *Ich kann den*

Brief an meine Eltern löschen. Ich kann die Hotline anrufen. Oder mit den Schultern zucken und entscheiden, dass doch wirklich nichts passieren kann.

Nach Schulschluss wollte er schnurstracks nach Hause gehen, er hatte wichtige Dinge zu erledigen. Aber Olivia fing ihn ab. Das seltsame, verletzliche Lächeln in ihrem Gesicht kannte er noch nicht. »Mitty?«, fragte sie, als wäre er vielleicht jemand ganz anderes.

Er hielt an. Er hatte seine Eltern nicht in seiner Nähe gewollt. Er wollte auch Olivia nicht in seiner Nähe.

»Lass uns durch den Park gehen«, sagte sie. Mitty zögerte, dachte nach und ihr Gesicht verkrampfte sich. So wollte er sich nicht von ihr verabschieden. »Okay«, sagte er schließlich. »Ist ja auch ein schöner Tag.« Was nicht stimmte.

Central Park: prächtige Bäume und beeindruckende Ausblicke, unerwartete Skulpturen und plötzlich die großartige Skyline. Was, wenn er den Central Park nie wieder sah?

Für Olivia bedeutete der Central Park vor allem Hunde. Alle Bewohner der Upper West Side hatten entweder Babys in Kinderwagen oder Hunde an der Leine oder beides. Olivia begrüßte jeden Hundeausführer, kniete sich hin, um allen Hunden die Ohren zu reiben und jedem von ihnen zu sagen, wie schön er doch wäre. Dann musste sie sich nach dem Namen des Hundes erkundigen, die Rasse abklären und natürlich von ihren eigenen Hunden erzählen. Olivia knuddelte einen Rhodesian Ridgeback und dann zwei blinde weiße Labradore, ein Paar stämmiger kleiner Dackel und schließlich einen großen, stolzen Schäferhund.

Mitty musste an Macaulays Buch denken:

> Die Pocken waren immer gegenwärtig, sie füllten die Friedhöfe mit Leichen, sie quälten alle noch nicht Befallenen mit ständigen Ängsten und hinterließen auf denen, die sie überlebten, die schrecklichen Spuren ihrer Macht … Und das heiß geliebte Gesicht der angebeteten Freundin wurde für den entsetzten Liebenden zu einem Bild reinsten Horrors.

Durch die blattlosen Äste der Bäume sah er den steinernen Turm des Museums für Naturgeschichte. Ansteckungskrankheiten waren Teil der Naturgeschichte. *Lieber Gott, lass mich nicht ein Kapitel dieser Geschichte werden.*

Olivia nahm seine Hand, bevor er sie daran hindern konnte. Sie gingen ein Stück Hand in Hand. »Samstag ist Valentinstag.«

Mitty malte sich aus, woraus sein Valentinstagsgeschenk an New York City wohl bestehen würde. Er zog seine Hand zurück.

Olivias Wangen wurden rot und sie musste stark blinzeln, sah ihn aber nicht an.

Natürlich wusste er, was sie meinte, als sie vom Valentinstag anfing. Für ihn und Olivia kam der Valentinstag genau zur richtigen Zeit. Nämlich um zusammen zu sein, nicht fürs Lernen oder die Schule, sondern für die Liebe.

Er wollte sie nicht anrühren, obwohl er nichts lieber als das getan hätte.

Er schaute auf die kahlen Zweige. Sie würden im Frühjahr neu austreiben. Würde er das sehen können?

Olivia wartete darauf, dass er etwas sagte.

Er wusste, was sie wirklich meinte: *Wie sehr mögen wir uns?*

Wirklich sehr, dachte Mitty.

Aber er sagte nichts.

Sie bewegte sich einen Schritt von ihm fort und er reagierte nicht darauf. Sie drehte um und ging einen Schritt in die andere Richtung. Wieder sagte er nichts. Ihre Schultern sanken herab. Er wusste, dass sie weinte. Sie ging weg.

Er folgte ihr nicht.

12

Am Mittwoch, dem 11. Februar, fehlte Mitty Blake in der Schule.

Und es fehlte auch Olivia Clark. Da Olivias Anwesenheitsbilanz makellos war und sie auch immer ihre Hausaufgaben machte, von schwänzen konnte gar keine Rede sein, gab das Fehlen der beiden Anlass zu wilden Spekulationen.

»Sie ist bestimmt mit Mitty zusammen«, sagte Emma ganz aufgeregt.

»Vielleicht nicht«, meinte Constance. »Sie könnte doch auch krank sein.«

»Sie ist nie krank«, sagte Zorah, die für sich in Anspruch nahm, Olivia am besten zu kennen, weil die Clarks nach dem 11. September eine Zeit lang in ihrer Wohnung übernachtet hatten. Zorah holte ihr Handy heraus und versuchte, Olivia zu erreichen. Olivia antwortete nicht.

»Ich bin sicher, dass sie jemanden informiert hat«, beharrte Madelyn. »Wer weiß Bescheid?«

Aber Olivia hatte sich bei niemandem gemeldet.

Derek wurde sofort eingekreist, als er erschien.

»Also«, fragte Zorah nachdrücklich, »was macht Mitty? Ist er mit Olivia zusammen?«

Das hast du ja mal wieder prima hingekriegt, Mitty, dachte Derek. Er schaute nach, ob er eine Nachricht von Mitty auf dem Handy hatte. Nichts. Was keine Überraschung war. Wer sagt schon überall Bescheid, wenn er schwänzt?

Derek ging in die Englischstunde, wo Mrs Abrams die Anwesenheit der Schüler überprüfte. Anschließend würde die Anwesenheitssekretärin bei jedem Schüler, der fehlte, zu Hause anrufen. Wenn die Eltern allerdings schon angerufen hatten, um mitzuteilen, dass ihr Kind krank war (oder wenn sie mit ihm zum Skifahren unterwegs waren), telefonierte die Sekretärin natürlich nicht. Aber es kam eben hin und wieder vor, dass sich Eltern vor der Wohnungstür von ihrem Kind verabschiedeten und zur Arbeit gingen, das Kind dann aber schleunigst zurück in die Wohnung schlüpfte und den Tag vergnügt vor dem Fernseher verbrachte. In solchen Fällen wussten Eltern immer ganz gerne Bescheid.

Die Überprüfung wurde per Telefon vorgenommen, weil sich jedes Kind was ausdenken und eine Mail an die Schule schicken kann, die so aussieht, als wäre sie von einem Elternteil formuliert worden.

Derek glaubte, dass die Schule bei Mitty diesmal ein Auge zudrücken würde. Als er nämlich neulich zu spät kam, hatte seine Mutter im Laufe des Tages noch zweimal angerufen, als könnte Mitty durch einen Riss in der Wand nach draußen schlüpfen und auch den Nachmittag schwänzen. Wahrscheinlich hätte das Sekretariat Bedenken, nach ein paar Tagen die Blakes schon wieder anzurufen. In Privatschulen kam es nämlich nicht selten vor, dass die Eltern bei einem Versäumnis der Schule einen Vorwurf machten, selbst wenn es sich ganz klar um einen Fehler des Kindes handelte.

Mrs Abrams hatte *Beowulf* abgeschlossen und wandte sich nun mit Begeisterung einem englischen Dichter namens John Milton zu, der etwas geschrieben hatte, was *Paradise Lost* hieß. Dereks erster Eindruck von *Paradise Lost* war der, dass weder er noch Mitty das je lesen würden.

Als der Lautsprecher im Klassenraum anging, reagierte Mrs Abrams gereizt: »Was ist denn los?«

»Ist Derek Skorvanek anwesend?«

Die Klasse hob die Köpfe. Das war nicht die Stimme der Anwesenheitssekretärin. Und auch nicht die Stimme der Sekretariatsleiterin. Es war die des Direktors. Dr. Larkin hatte gewöhnlich mit Eltern zu tun, nicht mit Schülern, also war sein Anruf außergewöhnlich.

»Richtig, der ist hier«, sagte Mrs Abrams und schaute Derek neugierig an.

»Bitte schicken Sie ihn umgehend in mein Büro.«

Das gefiel der Klasse. Da war wohl jemand sehr in Schwierigkeiten und Derek tat das mal ganz gut. Derek versuchte, ein völlig gelangweiltes Gesicht aufzusetzen, aber sein Herz schlug schneller, als er den Raum verließ. Er hatte zwar den Ruf, er könne sich als Hacker in die Computer von Firmen einschalten, aber Derek war vor allem ein großer Redenschwinger. Er hatte nie etwas von Bedeutung angestellt. Er konnte sich überhaupt nicht vorstellen, warum er in Dr. Larkins Büro gebeten wurde, es sei denn, zu Hause stimmte was nicht. Derek fand seine Eltern total ätzend und wollte so wenig wie möglich mit ihnen zu tun haben, aber das ging nicht so weit, dass er ihnen einen Herzanfall wünschte.

Langsam ging er den Flur runter, als ob schlechte Nachrichten mit der Zeit doch ein bisschen weniger schlimm würden. Nachdem er aber ins Büro des Direktors gebracht worden war, wollten dort zwei ihm unbekannte Männer von ihm wissen, wo Mitty sei.

»Mitty?«, fragte Derek, als wären das zwei ihm völlig unbekannte Silben.

»Ihr bester Freund«, erinnerte ihn Dr. Larkin.

Derek starrte die zwei Typen an. Die starrten zurück.

Waren die zwei vielleicht Olivias Onkel oder so? Hatte sie Verwandte bei der Mafia und die zwei wollten Mittys Füße in Zement stellen und ihn dann in den Hudson schmeißen? Derek dachte darüber nach, wie er Mitty helfen könnte.

»Derek, diese beiden Herren sind vom FBI«, sagte der Direktor.

Derek musste sich sehr zusammenreißen, um nicht in schallendes Gelächter auszubrechen. Das wäre was für Mitty!

»Wir müssen Mitty umgehend finden«, sagte Dr. Larkin. »Er ist verschwunden.«

»Er ist nicht verschwunden«, sagte Derek. »Er ist nur nicht da.«

Derek stellte sich vor, wie Mitty und Olivia irgendwo ihren Spaß zusammen hatten – wahrscheinlich drinnen, für Outdoor-Aktivitäten war es eindeutig zu kalt –, und das FBI tauchte bei ihnen auf und störte sie.

Mitty würde gar nicht aufhören können, darüber zu lachen, Olivia allerdings hatte, selbst wenn sie gut drauf war, nicht ganz so viel Humor. Aber dann dachte Derek: Anstatt ein wildes und verrücktes Abenteuer zu erleben, hatten sich die beiden wahrscheinlich gerade in eine Bibliothek zurückgezogen und Olivia korrigierte Mittys Schreibfehler.

»Wissen Sie, wo Mitty ist?«, fragte Dr. Larkin.

»Keinen Schimmer.«

»Es ist dringend«, sagte der Mann in dem dunkleren Anzug. Seine Krawatte leuchtete in schillerndem Blau und Silber, wie verschüttetes Öl. Derek war sich unsicher, ob er die Krawatte mochte oder lieber verbrannt hätte.

»Seit wann ist Schuleschwänzen ein nationaler Notfall?«, fragte er.

»Hier geht es nicht um die Schule«, sagte eine Frau hinter Derek. Er drehte sich um und war darauf gefasst, Mittys Mutter zu sehen. Mrs Blake war genau der Typ von Mutter, die das FBI rief, wenn ihr Sohn mal eine ganze Schulstunde fehlte.

Es war nicht Mrs Blake. Die Frau war deutlich jünger, etwas stämmig und trug eine Wollhose und einen dicken Blazer, der ihr nicht sehr gut stand. Sie war das genaue Abbild seiner Mutter. Das machte sie Derek nicht sympathischer. Er blickte sie finster an.

Der Mann in dem dunkleren Anzug wandte sich an den Direktor: »Vielen Dank, Dr. Larkin. Wir sagen Ihnen dann Bescheid, wenn wir hier fertig sind.«

Dr. Larkin wurde rot. Derek glaubte, er würde sich weigern, aber der Direktor verließ gehorsam sein eigenes Büro, schloss seine eigene Tür und ließ seinen Schüler mit den drei Besuchern allein. Was war hier eigentlich los?

Der andere FBI-Agent, der einen mausgrauen Anzug mit roten Nadelstreifen anhatte, sagte: »Derek, ich bin Agent Anthony Finelli und das ist Agent McKay. Wir brauchen Ihre Hilfe. Mitty ist vielleicht in großen Schwierigkeiten.«

Schwierigkeiten mit dem FBI? Was, glaubten die, hatte Mitty angestellt? Was *hatte* Mitty angestellt? Wie konnte Derek ihm helfen?

»Mitty ist gestern Abend nicht nach Hause gekommen«, erzählte Finelli Derek. »Seine Eltern unterhalten sich jeden Tag nach der Schule per Handy mit ihm. Gestern Nachmittag beantwortete er keine Anrufe. Die Eltern riefen gegen neunzehn Uhr bei der Polizei an.«

Neunzehn Uhr schien ziemlich früh zu sein, um in Panik zu geraten. Wer ruft schon bei der Polizei an, weil der sechzehnjährige Sohn nicht pünktlich zum Abendessen kommt? Okay, Mrs Blake war dazu in der Lage. Aber Mitty war überhaupt nicht nach Hause gekommen? Er war die ganze Nacht weg gewesen? Das war wohl doch eine verdammt ernste Sache zwischen Mitty und Olivia. Allerdings: Es sah den beiden eigentlich nicht ähnlich. »Mittys Eltern haben mich nicht angerufen«, sagte Derek argwöhnisch. »Sie hätten mich sicherlich angerufen, wenn sie sich Sorgen gemacht hätten.«

Finelli schüttelte den Kopf. Er war wirklich chic angezogen. Aus der Tasche seines Jacketts linsten die dreieckigen Spitzen eines Seidentuchs. Er hatte den schmalen, kernigen Körper eines Joggers. »Da gab es noch andere Umstände«, sagte er zu Derek.

»Was für Umstände?«

Keiner antwortete. Aber irgendwie fühlte Derek, dass sie ihm eigentlich nichts vorenthalten wollten; sie zögerten nur, das laut auszusprechen, was zu sagen war.

Jetzt redete die Frau. »Ich bin nicht beim FBI, Derek, ich bin beim CDC. Was weißt du über die Bio-Arbeit deines Freundes Mitty?«

Das FBI und der CDC suchten Mitty wegen seiner Biojahresarbeit?

Die Arbeit, die Mitty nur deshalb schrieb, um mit Olivia in ihre Bücherei der Woche zu zockeln?

Derek ließ sich in einen Stuhl fallen, er gab sich geschlagen. Er hatte bei seiner großen Mission versagt. Er hatte den Mörder von Ottilie Lundgren nicht ausfindig gemacht. Mitty musste die Sache an sich gerissen haben. Mitty musste ans FBI geschrieben haben. Das war unheimlich unfair. »Okay, wer war's?«, fragte er müde. »Wer hat sie umgebracht?«

Als das Telefon klingelte, wusste Olivia sofort, dass das die Anwesenheitssekretärin von St. Raphael's war. Olivia war wirklich krank. Sie hatte heftige Kopfschmerzen, weil sie wegen Mitty Blake die ganze Nacht durchgeweint hatte.

Sie, das vernünftigste aller Mädchen, war völlig blödsinnig romantisch geworden. Sie hatte sich ihm an den Hals geworfen, ihm kleine Geschenke gemacht, sie schauderte, wenn sie daran dachte. Bücher über Viren? Bücher über Epidemien? Er musste sie doch die ganze Zeit ausgelacht haben. Er und Derek saßen jetzt wahrscheinlich zusammen und lachten sich die Hucke voll.

Olivia hatte vom Valentinstag geträumt.

Im Unterricht vor ein paar Tagen, als Emma und die anderen dumme Fragen gestellt hatten, hatte Olivia Clark einen Limerick über die Liebe geschrieben. Die ersten vier Zeilen waren ihr leichtgefallen, aber die Pointe wollte ihr einfach nicht gelingen.

Der süßeste Typ in Manhattan
heißt Mitty und ich möchte wetten:
Bei Olivia Clark,
da fühlt er ganz stark,
dass …

Ja, was eigentlich? Hatte er Manschetten? Wollte er sie retten? Mit ihr in die Betten? Pirouetten?

Aber sie war ganz sicher, dass sie noch eine perfekte Schlusszeile für ihr Gedicht zum Valentinstag hinkriegen würde, und sie würde es Mitty schenken. Vielleicht in einem Rahmen. Mitty würde ihr Rosen schenken und eine Schachtel Pralinen, und sie würden zusammen ins Metropolitan Museum gehen, das für den Valentinstag kräftig Werbung machte, wo Mitty schon einen Tisch für zwei im Galeriecafé reserviert hatte.

Aber gestern Nachmittag hatte sie ihn in den Park abgeschleppt, obwohl es doch völlig offensichtlich gewesen war, dass er was anderes vorgehabt hatte. Sie knuddelte Hunde anstatt ihn. Sie hatte seine Hand genommen und die hatte in ihrer gelegen wie eine alte Zeitung. Er wollte ihre Hand nicht, er hatte sie abgeschüttelt. Er war gar nicht darauf eingegangen, als sie den Valentinstag erwähnte. Und dann musste sie sich einfach umdrehen, weil ihr die Tränen in die Augen schossen, und merkte plötzlich, dass sie wegging. Sicherlich würde er ihr nachkommen, ihre Hand nehmen und sie im Kreis drehen wie in der Bibliothek.

Aber Mitty war ihr nicht gefolgt.

Sie hätte sich umdrehen können, zurückgehen, ihn rufen. Stattdessen war sie still nach Hause gegangen. Er rief nicht an. Er schickte auch keine SMS oder Mail, aber das wäre auch zu unpersönlich gewesen.

Als sie am Morgen aufwachte, war ihr sofort klar, dass sie unmöglich zur Schule gehen konnte. Olivia wäre die Einzige, die sich wunderte, dass Mitty plötzlich kein Interesse mehr an ihr hatte. Alle Mädchen waren sich einig, dass sie nicht sein Typ war, und sie konnte heute deren Hab-ich's-doch-gewusst-Grinsen nicht ertragen. Schlimmer noch, sie würde Mitty wiedersehen.

Jetzt kam wieder ein Anruf. Wenn nur der Anrufbeantworter dran wäre, würde die Schule ihre Eltern bei der Arbeit anrufen. Olivia hatte ihnen nie von Mitty erzählt. Sie hatten keinen Schimmer, dass ihre Tochter wegen eines Jungen völlig durcheinander war. Beide waren Ärzte und erschienen gerne schon um sieben im Krankenhaus. Der Gedanke war ihr unerträglich, dass sie gestört wurden, wenn sie sich gerade um Patienten kümmerten.

Olivia nahm den Hörer ab.

Aber es war nicht die Sekretärin. Es war der Direktor.

Derek erklärte, warum ihn der Mord an Ottilie Lundgren so faszinierte. Wie sich herausstellte, ging es den Typen vom

FBI nicht anders; sie hatten Empfänger von Anthraxbriefen befragt und waren völlig frustriert, dass sie bisher nichts rausbekommen hatten.

»Kann ich mal in Ihre Akten schauen?«, fragte Derek ganz begierig. »Kann ich an vertrauliches Material ran?«

Sie waren verständnisvoll, aber nicht so verständnisvoll. »Wie wollten Sie's rausfinden?«, fragte McKay.

»Ich denke, der Schlüssel zu allem ist im Internet zu finden«, sagte Derek. »Man müsste nur wissen, wo genau man nachschauen muss.«

»Dachte Mitty in eine ähnliche Richtung?«

Derek hatte bei der ganzen Aufregung wegen der Anthraxmorde Mitty völlig vergessen.

»Ich hatte das Gefühl, dass es Mitty eher langweilte, wenn ich über Anthrax redete«, sagte er vorsichtig.

»Hier geht es nicht um Anthrax. Es geht um Mittys Thema. Pocken. Was wissen Sie über den Pockenschorf in Mittys Besitz?«

»Ich weiß noch nicht mal, was Pockenschorf überhaupt ist.«

»Haben Sie den je angefasst? Mitty hatte ihn in einem alten Umschlag, sieht genauso aus wie Schorf nach einer blutenden Wunde.«

Derek schüttelte den Kopf. »So was hat er mir nie gezeigt.«

»Mitty hat ihn im Internet angeboten«, sagte Finelli.

Was für ein lausiger Tag musste das sein, wenn sich das FBI drum kümmerte, was du im Internet anbietest.

Die Tür des Direktors wurde aufgestoßen und Olivia

Clark war da. Außer Atem, vom Wind zerzaust, die Samtjacke falsch zugeknöpft, mit rot geränderten Augen.

Mitty war nicht mit Olivia zusammen? Olivia war *wirklich* krank zu Hause geblieben?

Jetzt bekam Derek doch ein bisschen Angst.

Wo war Mitty dann? Eigentlich war es nicht Mittys Art, zu schwänzen oder mal eine Stunde ausfallen zu lassen. Zwar gehörte er zu den Leuten, die überzeugt davon waren, dass es wirklich überall anders besser war als in der Schule, andererseits wollte er aber auch nichts verpassen, also war er immer da.

»Ms Clark?«, fragten die Agenten und schlossen die Tür sorgfältig hinter ihr.

»Dr. Larkin hat mich informiert. Was heißt das, dass Sie vom FBI sind? Was heißt das, dass Mitty vermisst wird?«, schrie Olivia. »Er ist schon früher mal nicht in die Schule gekommen. Er ist schon früher mal später gekommen. *Vermisst* scheint mir da eine sehr gewagte Schlussfolgerung zu sein. Worauf gründen Sie die?«

Zum ersten Mal fand Derek Olivia attraktiv.

Finelli sagte: »Sie sind Mittys Freundin?«

Olivia war in streitbarer Stimmung. »Wer behauptet das?«

Los, Olivia!, dachte Derek. *Zeig's denen vom FBI.*

»Laut ihrem Direktor, Olivia, ist die ganze Schule dieser Ansicht.« Finelli lächelte in einer netten Art, so als ob er sich daran erinnerte, wie er sechzehn und verliebt gewesen war. Vielleicht war es auch nur seine Erfahrung, wie man am besten mit unwilligen Zeugen umging. »Wann haben Sie Mitty das letzte Mal gesehen, Olivia?«

Olivia verschränkte die Arme vor ihrem Körper. »Bevor wir hier reden, möchte ich erst einmal wissen, worum es eigentlich geht.« Ihre Arme und ihr Mund zitterten. Hilfe suchend blickte sie zu Derek. Der war genauso ratlos wie sie.

»Freut mich, Sie kennenzulernen, Ms Clark«, sagte die Frau. »Ich bin Dr. Barb Graham. Ich bin Seuchensachverständige beim CDC. Das hier hat mit Ihren Biologiearbeiten zu tun. Ihr Biologielehrer und der Direktor sind der Ansicht, dass Sie drei bei Ihren Recherchen eng zusammengearbeitet haben und dass Mitty einen Großteil seiner Nachforschungen mit Ihrer Hilfe angestellt hat, Ms Clark.«

Olivia starrte sie verblüfft an.

»Haben Sie die Pockenrecherchen zusammen gemacht?«, fragte Dr. Graham.

Olivia war verwirrt. »Mein Thema ist Typhus, aber ich habe mich auch ein bisschen mit Pocken beschäftigt. Ich war in Sorge, dass Mitty nicht genügend tat, also habe ich ein paar Bücher für ihn gelesen.«

Derek war schwer beeindruckt, wie locker Mitty die Sache gesehen hatte. Er, Derek, wäre stocksauer gewesen.

»Haben Sie irgendwelche hundert Jahre alten Bücher für ihn gelesen?«

»Bestimmt nicht.«

»Haben Sie zusammen mit Mitty Onlinerecherchen gemacht?«

Olivia schüttelte den Kopf. »Wir haben Bücher benutzt. Bücher von heute. Sinnvolle Bücher.«

»Haben sie irgendwelche hundert Jahre alten medizinischen Fachbücher gesehen oder angefasst, die Mittys Mutter für ihre Innendekorationsfirma erworben hatte? Es handelt sich um vier Stück.«

»Von denen weiß ich überhaupt nichts.«

»In einem dieser Bücher fand Mitty einen alten Umschlag mit Schorf von der Pockenepidemie 1902. Hat er mit Ihnen darüber gesprochen?«

Olivia schüttelte den Kopf.

»Hat er sie Ihnen gezeigt?«

»Nein.«

»Der Schorf ist ansteckend, richtig?«, sagte Derek, dem plötzlich dämmerte, worum es ging. »Und Mitty kriegt die Pocken, oder?«

Olivia lehnte sich an die Wand und drückte ihren Rücken ganz fest dagegen, als ob sie so nicht umkippen könne. »Das ist doch unmöglich«, flüsterte sie.

»Es ist unmöglich«, stimmte Dr. Graham ruhig zu.

Die FBI-Agenten schauten auf Dr. Graham, als ob auch sie eine Rückbestätigung wollten. »Wie hoch ist die Wahrscheinlichkeit, dass sich Mitty an diesem Schorf mit Pocken angesteckt hat?«, fragte Derek sie.

»Das ist eigentlich zu hundert Prozent unmöglich«, sagte Dr. Graham.

»Aber nicht *tatsächlich* zu hundert Prozent unmöglich. Wie groß ist die Chance?«

Dr. Graham wischte den Gedanken mit einer Handbewegung weg. »Unendlich klein.«

Warum waren sie dann hier?, fragte sich Derek. Wenn das Zeug ansteckend war und Mitty davon krank werden konnte, dann wurden natürlich alle zusammengetrommelt, die den

Schorf angefasst haben konnten. Wenn der Schorf aber nicht infektiös war und niemand krank werden konnte, was sollte das dann hier? Das war schon ziemlich schweres Geschütz, hier mit zwei FBI-Agenten aufzutreten – Agenten, die sich bereits mit dem CDC kurzgeschlossen hatten.

»Wir müssen Mitty finden«, sagte McKay. »Ich gebe Ihnen jetzt einen Brief zu lesen, den er auf seinem Laptop hatte. Er ist an seine Eltern gerichtet. Der Laptop war in seinem Zimmer, nicht ausgeschaltet, aber im Schlafmodus. Als seine Mutter eine Taste drückte, tauchte dieser Text auf dem Schirm auf. Wir haben ihn ausgedruckt.«

Olivia und Derek lasen zusammen.

Also, Mom, Dad, das ist ein Brief.

Olivia konnte noch nicht einmal die Seiten festhalten. Der ganze Körper schien ihr wehzutun, bis tief ins Herz.

Mitty hatte an Selbstmord gedacht, als sie im Park neben ihm stand?

Mitty hatte an den Tod gedacht, als sie mit Hündchen spielte? Als sie ihn nach dem Valentinstag fragte?

Die Erkenntnis, wie wenig sie Mitty Blake wirklich kannte, traf sie so schmerzhaft, dass sie kaum ein Wort auf den Seiten lesen konnte. Sie wollte diese Leute hier nicht um sich haben. Sie wollte nur nach Hause und laut schreien.

Er vertraute mir nicht, dachte sie. *Er traute mir nicht zu, mit so ernsten Problemen umgehen zu können. Und auch ich hab ihm nicht vertraut. Ich dachte, er wäre ziemlich oberflächlich. Und hier zeigt er sich nachdenklicher, als ich es je war, mit tieferen Gedanken, als ich sie je hatte.*

Konnte sie in diesem blöden Büro, mit diesen blöden

Fremden blödes Zeug reden – wenn Mitty vielleicht gar nicht mehr am Leben war?

Mitty, nein! Sag mir, dass du dir nicht das Leben genommen hast, um unseres zu retten. Ich würde dich immer verehren, Mitty. Aber ich will nicht dein Grab ehren. Ich will dich.

»Nein«, sagte Derek nüchtern. »Der bringt sich nicht um. Als es letztes Jahr den Selbstmord in der Schule gab und wir alle in Englisch einen Aufsatz über Selbstmord bei Teenagern schreiben mussten, hat Mitty geschrieben, dass Selbstmord eine Gemeinheit sei. Die Lehrerin gab ihm eine Fünf. Sie sagte, er sei gefühllos, und wenn jemand von seinen Emotionen überwältigt werde, müsse Mitty dafür Verständnis haben. Mitty sagte, seiner Meinung nach habe dieser Junge seine Eltern mit Absicht zerstören wollen. Aber ein Mensch mit Mumm müsse Schwierigkeiten aushalten. Nein, Mitty würde nie die Fliege machen.«

»Aber genau darüber scheint er doch zu schreiben«, sagte Finelli. »Er erklärt, warum sein Fall anders ist. Und wahrscheinlich hat Mitty seinen Laptop deshalb nicht ausgeschaltet, damit seine Eltern den Brief lesen.«

Nein, Derek konnte das nicht glauben. Nicht Mitty. Mitty hatte zu viel Spaß am Leben. Er würde nicht abhauen.

Gab's da nicht einen Film, wo der Held sich in den Rocky Mountains versteckte, um seine Krankheit auszukurieren oder bei dem Versuch zu sterben? Das war Mitty schon ähnlicher. *Wenn ich Mitty wäre*, fragte sich Derek, *wo würde ich mich verkriechen?*

Die Agenten wollten von Olivia und Derek wissen, ob einer von ihnen Mitty am Vortag noch nach der Schule gesehen hatte.

»Mitty und ich sind zusammen durch den Park spaziert«, sagte Olivia. »Ich bin dann so um vier nach Hause gegangen.«

»Und Mitty?«

Olivia sank in sich zusammen. »Weiß ich doch nicht.« Sie nahm das angebotene Taschentuch von Dr. Graham, wischte sich die Augen und fasste sich wieder. »Aber ich kann Ihnen sagen, was ich denke: Niemand kann die Pocken von hundert Jahre altem Wundmaterial bekommen. Allerdings würde das CDC auch niemals eine Highschool aufsuchen, wenn irgendwelche Kinder bloß nutzlosen Staub gefunden hätten. Das FBI schon gar nicht. Das FBI schaut auch nicht vorbei, wenn ein Schüler nicht pünktlich zum Abendessen zu Hause war oder die Schule geschwänzt hat. Und ebenfalls nicht, wenn sich jemand mit Selbstmordgedanken trägt. Sie sind gekommen, weil Sie beunruhigt sind. Sie sind Bundesbeamte, also betrifft es vermutlich das ganze Land. Was genau ist Ihre Sorge?«

Sie antworteten nicht.

»Eine Pockenepidemie?«, fragte Olivia.

»Unsinn«, sagte Dr. Graham.

Olivia schloss die Augen und rief sich ihr angelesenes Wissen in Erinnerung zurück. »Wie ich mich erinnere, traf die amerikanische Regierung beim Ausbruch des Rinderwahnsinns in Großbritannien die Entscheidung, dass keinem einzigen Amerikaner, der in Großbritannien gelebt hatte, mehr erlaubt wurde, Blut zu spenden, und zwar aus dem

Grund, dass er kontaminiertes Fleisch gegessen haben und sein belastetes Blut an den Empfänger weitergeben könnte. Aber damals gab es keinen einzigen Fall von Rinderwahnsinn in den ganzen USA; niemanden, der von jemandem aus Großbritannien angesteckt worden war, von einer verseuchten Blutkonserve ganz zu schweigen. Also hat die US-Regierung in jüngster Vergangenheit eine sehr weitreichende Entscheidung getroffen, obwohl nicht der Hauch eines Beweises dafür vorlag, dass es auch nur den Hauch eines Risikos gab. Liegt der Fall hier ähnlich? Die Pocken zu bekommen ist eigentlich zu hundert Prozent ausgeschlossen, aber sie sind trotzdem besorgt – nein, tief beunruhigt –, und sie müssen die Person finden, die die Krankheit haben könnte?«

Dereks Überlegungen, die auf zwei Jahren Recherchen in Sachen Anthrax beruhten, gingen in eine ganz andere Richtung. Er sagte: »Als Mitty ins Internet ging, hat er da diesen Schorf zum Verkauf angeboten oder wollte er Informationen, oder wie?«

»Er teilte mit, dass er ihn neulich gefunden habe, und fragte, ob jemand Interesse daran hätte.«

Ein Blitz der Erkenntnis durchzuckte Derek. »Hier läuft 'ne üble Sache, oder? Und alles hängt mit dem Internet zusammen. Mitty ging ins Internet. Und da tummeln sich alle. *Alle* – Gute und Böse, Vernünftige und Verrückte. Einzelne, Gruppen, verschiedene Glaubensrichtungen, Regierungen. Der *Virus* ist Ihnen egal, aber Leute, die diesen Virus *wollen*, die sind Ihnen ganz und gar nicht egal.«

Die Männer vom FBI sahen noch undurchschaubarer aus als zu Beginn.

»Irgendein Al-Qaida-Typ mit einem Haufen Kohle«, überlegte Derek. »Jemand, der von seiner lieben kleinen Terrorzelle mal ein bisschen Action fordert. *Spürt mir eine Infektionskrankheit auf, die ich verbreiten kann, und ich zahle jeden Betrag.* Und dann kommt Mitty Blake und schreibt der Welt – Kuckuck! Hier ist eine.«

»Jetzt dramatisieren Sie aber.«

»*Wir*«, sagte Derek, »sind nur einfache und normale Highschoolkids. Sie sind Bundesbeamte mit Interesse an der Schularbeit eines dieser Kids. Sie sind es, die dramatisieren. Wissen Sie, was ich glaube? Terroristen könnten versuchen, sich Mitty zu schnappen. Der wird krank und die sind happy. Und sie starten den ersten erfolgreichen biologischen Terrorangriff auf Amerika.«

K.19

Es war kalt, aber nicht so wie draußen. Kälte, aber ohne jeden Windhauch. Vielleicht ein ungeheiztes Lagerhaus? Aber im Februar wäre es in einem ungeheizten Gebäude noch kälter. Mitty schätzte, dass es so um die dreizehn, vierzehn Grad sein müssten. Kein Grund zu schwitzen, aber auch nicht wie auf einer Eisscholle. Er hörte ein Summen, nicht das Summen eines Kühlschranks oder einer Stadtautobahn in der Ferne, eher wie ein Pusten. Die Luft hier roch nicht gut, muffig und ölig. Und obwohl es dunkel war, konnte Mitty hinter sich ein mattes Licht sehen, wie eine entfernt brennende Kerze.

Was aber am wichtigsten war: Mitty konnte sich nicht rühren.

Er konnte seinen Kopf drehen, aber seine Schultern nicht bewegen. Er konnte seine Füße hin- und herdrehen, nicht aber seine Beine und Arme. Er konnte seine Finger bewegen, aber seine Handgelenke waren festgebunden. Er lag auf dem Rücken auf irgendetwas Durchhängendem, aber es war nicht weich wie eine Matratze. An seiner Backe fühlte er Plastik, nicht Stoff.

Sein Kopf schmerzte mehr als bei all den Kopfschmerzen, die er bisher gehabt hatte. Der Schmerz saß nicht hinter den Augen wie bei normalen Kopfschmerzen, sondern auf der linken Seite seines Schädels, im Knochen. Er hatte Bauchschmerzen und seine Blase war voll.

Aber das war nicht so wichtig.

Was Mitty wirklich zu schaffen machte, war die Tatsache, dass er Angst hatte. Angst saß in jedem Muskel, jeder Zelle seines Körpers. Und diese Angst konnte er nicht loswerden, er war völlig hilflos.

Seine Atmung war ruck- und stoßweise wie die eines kleinen Kindes, das versuchte, nicht zu schluchzen.

Er warf sich hin und her und zerrte und dehnte die Muskeln.

Ohne Erfolg.

Er leckte seine Lippen. Er war schrecklich durstig. All seine Befreiungsversuche führten nur dazu, dass eine Welle aus Schmerz durch seinen Körper raste. Er schluckte und schluckte, um sich nicht übergeben zu müssen.

Er spürte, dass er nicht mit Schnüren oder Stricken gefesselt war. Es klebte an ihm und hatte scharfe Ränder, wenn er dagegen ankämpfte, also war er mit Tape gefesselt. Mitty hätte nie gedacht, dass man so hilflos sein konnte, wenn man mit Tape gefesselt war.

Er war angezogen, aber die Schuhe waren weg. Er lag auf dem Rücken, und da seine Taschen nicht ausgebeult waren, hatte man ihm wohl Brieftasche und Handy abgenommen.

Vielleicht hatte er noch seine Armbanduhr unter einer Schicht Tape, denn sein rechtes Handgelenk fühlte sich anders an als sein linkes. Sein iPod war eindeutig noch in dem Band an seinem Arm. Wenn er das Tape loswerden könnte, hätte er Musik.

Mitty versuchte, den Kopf zu heben, um herauszufinden, was da hinter seinem Rücken schwach glühte. Es war eine kleine Flamme von merkwürdiger Farbe, fast blau. Aber dann versuchte er, auch den Rücken zu drehen und stechender Schmerz schoss von der Wirbelsäule in seinen Kopf.

Neunzig Prozent aller Patienten haben starke Kopfschmerzen.

Er ließ sich wieder zurücksinken.

Das Summen wurde leiser. Nach einem Moment der Stille war eine Art metallenes Klappern zu hören – wie von mittelalterlichen Rüstungen. Dann wieder Stille. Als sei die Welt untergegangen und Mitty von allen verlassen worden.

Er klapperte mit den Zähnen.

Vierundachtzig Prozent aller Pockenpatienten leiden unter starkem Zittern.

Mitty war nicht geknebelt. Er konnte die Stille also unterbrechen. Aber er fürchtete sich davor, worüber er wohl sprechen würde, wenn er zu reden begann. Vielleicht würde er um Hilfe betteln.

Wer ist für diese Stille verantwortlich?, fragte er sich. *Wer hat mich hierhergebracht? Und warum?*

Die Stille war furchtbar. In New York City hörte man doch immer ein bisschen was. Dieses Rauschen: Verkehr, Radios, Maschinen, Sprachfetzen. Er lauschte intensiv – keine Stimmen, keine Bewegungen. Und als hätte er es bestellt, krachte es plötzlich hinter ihm. So als wäre ein Teil der Rüstung zu Boden gefallen. Vor Schreck versuchte er, sich in seinen Fesseln zu ducken und er hasste sich dafür.

Sofort danach kam ein Geräusch, das wie ein kurzer Windstoß klang. Und das anschließende Klappern war dann leicht zu identifizieren: Rohre.

Das war nur eine Heizung, dachte Mitty. Ein altmodischer Öl- oder Gasofen. Der heiße Dampf brachte die Rohre zum Klappern. Das blaue Licht war die Zündflamme, und das Geräusch wie ein Windstoß kam davon, dass der Brenner zündete. Heizöfen waren im Keller. Und diese Gerüche waren Kellergerüche.

Ich bin allein in einem Keller.

Mit Tape gefesselt.

Und bekomme die Pocken.

Mittys Haut kribbelte überall. Er konnte förmlich spüren, wie sich Viruskampftruppen sammelten, zu einer Virusarmee vereinigten und dann seine lebenswichtigen Organe attackierten.

Er versuchte, die Kopfschmerzen auszublenden und sich daran zu erinnern, wie er hierhergekommen war.

Als Olivia um eine Wegbiegung – der Central Park ist voller verschlungener Pfade, die einem immer neue, überraschende Ausblicke bieten – verschwunden war, ging Mitty Richtung Wohnung. Es war nicht fair, seine Mutter und seinen Vater diesen Brief lesen zu lassen. Er musste ihn rasch löschen und dann über neue Möglichkeiten nachdenken. Mitty hatte vielleicht kein langes Leben mehr vor sich, sie aber konnten noch viele Jahre erleben, und wie sollten sie damit fertigwerden, wenn ihr Sohn sich das Leben nahm?

Er ging schnell, als ob das zu besseren Entscheidungen führen würde, als wenn er herumschlenderte.

An Central Park West, der Straße, die zwischen dem Park und den Gebäuden der West Side liegt, wartete Mitty nicht darauf, dass die Fußgängerampel auf Grün schaltete. Er ging mitten durch den Verkehr über die Straße, eine Fähigkeit vieler New Yorker, in der Mitty es zur Meisterschaft gebracht hatte. Er tauchte zwischen zwei Autos durch, machte einen eleganten Schritt zur Seite, um nicht angefahren zu werden, machte eine entschuldigende Handbewegung in Richtung einer ärgerlichen Hupe, stand exakt die Zehntelsekunden still, um die Stoßstange eines Taxis zu vermeiden, und sah dabei auch noch völlig entspannt aus.

Als er gerade den Bürgersteig gegenüber erreicht hatte, hörte er die Stimme einer Frau: »Mr Blake!«

Wenn die Frau »Mitty« gerufen hätte, hätte er sie ignoriert, denn im Moment hatte er überhaupt keine Lust, mit jemandem zu sprechen. Aber das »Mr Blake« wunderte ihn. War sein Vater etwa in der Nähe? Aber die Firma seines Vaters war in der Vierundvierzigsten Straße und Mitty war auf Höhe der Neunundsiebzigsten. Verblüfft drehte er sich um und entdeckte auf der Gegenseite von Central Park West, woher er gerade gekommen war, eine Frau, die mit beiden Armen winkte: »Mr Blake, Mr Blake!«

Die Ampeln sprangen um, sie bekam Grün und kam schnell auf Mitty zu. Der Verkehr kam wieder ins Rollen: Ein

Lieferwagen gab Gas, ein Taxi wechselte die Spur, ein Krankenwagen fuhr langsam an.

Mitty blickte nicht mehr durch. Wer war sie? Woher kannte sie ihn? Wieso nannte sie ihn nicht Mitty? Sie war braun gekleidet, eine Farbe, die nach Ansicht seiner Mutter verboten gehörte. Wenn seine Mutter eine Frau in einem braunen Kleid sah, stöhnte sie immer: »Kann jemand dieser Dame bitte helfen?«

Es war ein kalter Tag und alle waren warm angezogen, aber diese Frau war extrem verpackt: hohe Stiefel, langer Mantel, Handschuhe, Strickschal und Hut. Den Schal hatte sie vor Mund und Nase gezogen, um die eiskalte Luft nicht direkt einatmen zu müssen. Von ihrem Gesicht war nichts zu sehen.

Sie blieb etwa zwei Meter vor Mitty stehen. »Mr Blake, ich bin vom CDC, wir haben Ihre Mails gelesen, die an uns weitergeleitet wurden.«

»Vom CDC?«, wiederholte Mitty. Er ging einen Schritt auf sie zu, um sie besser verstehen zu können. Sie trat sofort zurück und hielt ihm die Innenseiten ihrer behandschuhten Hände entgegen, um sich ihn vom Leibe zu halten.

Sie hat Angst vor mir.

»Wir glauben nicht, dass Sie sich angesteckt haben«, sagte sie. Sie hatte einen besonderen britischen Akzent. Mitty war zweimal in diesem Jahr nach Sportunfällen in der Notaufnahme gelandet – und jedes Mal hatten die behandelnden Ärzte genau den gleichen Akzent gehabt. »Aber«, fuhr sie fort, »Sie haben Wundmaterial berührt und eingeatmet. Vor ein paar Tagen, richtig? Wir müssen das abchecken.«

Das CDC? Aus Atlanta? Ist mir durch den Park gefolgt?, dachte Mitty. *Ist mir von der Schule aus gefolgt? Mir und Olivia?*

Jetzt zogen wahrscheinlich gerade in einer streng isolierten Abteilung eines Krankenhauses Ärzte ihre Kittel und Handschuhe und ihren Mundschutz an und bereiteten sich darauf vor, Mitty Blake ganz gründlich auseinanderzunehmen. Waren sie also doch zu der Schlussfolgerung gelangt, dass die Wahrscheinlichkeit einer Infektion nicht gleich null war? Dass er die Pocken bekommen würde?

Er war vor Angst wie gelähmt. »Letzten Sonntag«, gab er zu.

»Es gibt ein neues Verfahren«, sagte die Frau, »damit können wir durch Blutanalyse bestimmen, ob eine Virusinfektion vorliegt.« Sie wies mit der Hand auf eine überlange Limousine, die gerade alle Verkehrsregeln missachtete, als sie auf Central Park West wendete. Sie hatte die üblichen schwarzen Fenster, damit man die Passagiere nicht sehen konnte. Der Wagen war voller Winterschmutz aus Salz und Staub, sodass seine Farbe nicht mehr zu erkennen war. »Wir sind zu neunundneunzig Komma neun Prozent überzeugt, dass wir hier viel Lärm um nichts machen«, sagte sie, »aber wir haben nun mal, sicher ist sicher, die Entscheidung getroffen, den Test zu machen. Kommen Sie also bitte mit, wir haben alles vorbereitet.«

Die Hintertür der Limousine wurde geöffnet.

Mitty hatte mal gehört, dass es Leute gibt, die in kritischen Situationen aggressiv und angriffslustig werden, während andere eher abhauen wollen: Fluchtreflex. Er hatte bis jetzt immer gedacht, dass er einer von den Angriffslustigen war.

Mitty hatte sich getäuscht. Er flüchtete.

Er lief so schnell, wie er sich das selbst nie zugetraut hätte. Und seine Gedanken liefen ihm noch schneller voraus: *Lauf nicht in Richtung Wohnung, lauf im Zickzack, um die Limo abzuschütteln, lauf in die andere Richtung, zum Columbus Circle, dann zum Times Square.*

Mitty atmete schwer, umkurvte einen Kinderwagen, rammte um ein Haar einen Rollstuhlfahrer, lief mitten durch eine Baustelle. Und dann dachte er: *Genau so wird sich die Krankheit ausbreiten. Durch mich. Durch Mitty Blake, der rennt und atmet.* Mitty Blake, die Zeitbombe. Die ultimative Bedrohung seines Landes.

Mitty blieb stehen.

Er war noch keinen Häuserblock weit gelaufen.

Er machte kehrt und ging zu der Frau in Braun.

Hier, in der Dunkelheit des Kellers, versuchte Mitty verzweifelt, seine Hände freizubekommen. Es ging ihm dabei nicht um Flucht. Er musste seine Haut untersuchen.

Wenn ich mich von den Fesseln befreien kann, kann ich versuchen, die Vorderseite der Heizung aufzubrechen, und im Licht des Feuers überprüfen, ob ich die Pocken habe.

Er fühlte sich irgendwie durchlässig, so als ob alles Mögliche durch seine Haut in seinen Körper gelangen könne. Oder schon gelangt war.

Er schaffte es nicht, sich zu befreien.

Mitty starrte nach oben. Es war zu dunkel, um die Decke

zu sehen. Er hatte keine Ahnung, was passieren würde. Aber eines wusste er genau: Diese Leute glaubten, dass er die Pocken kriegen würde.

Als sich Mitty umgedreht hatte und zurück zu der Frau in Braun gegangen war, hatte er sich merkwürdig erleichtert gefühlt. Was immer jetzt passieren würde – es war nicht mehr seine Entscheidung. Die Verantwortung lag jetzt bei den Ärzten, nicht mehr bei ihm.

Mitty war so erleichtert gewesen – dass er ans Essen dachte.

Er hatte oft davon gehört, wie wichtig es sei, Ziele zu haben. Wer es im Leben zu etwas bringen wolle, müsse ein Ziel haben. Und jetzt, als die Verantwortung für sein ganzes Leben in den Händen des CDC lag, hatte er ein Ziel.

Pizza.

Als er zurück zur Limousine ging, merkte Mitty erst, was er für einen Hunger hatte. Aber kein Problem. Er würde sich Pizza auf sein Krankenhauszimmer bestellen. Er konnte sich das Zimmer schon direkt vorstellen, es sah gar nicht so übel aus. Es würde hell und freundlich sein mit einem Fernseher oben an der Wand unter der Decke und seine Eltern würden ihm draußen vom Flur durch eine kleines Fenster zuwinken und ihm Mut zusprechen.

Er hätte die ganze Sache anders angepackt, ging es ihm durch den Kopf – das erste Pockenopfer des Jahrhunderts hätte er eher mit dem Notfallwagen abholen lassen. Und er hätte einen Arzt geschickt, der geimpft war und sich nicht einen schützenden Schal vor den Mund hätte halten müssen.

Dieser Gedanke schien gar nicht so falsch zu sein, aber

Mitty wollte sich nicht lange damit aufhalten. Er ging direkt auf den Wagen zu und –

Sie haben mich niedergeschlagen!, dachte er, hilflos auf dem Rücken im Keller liegend. *Ein Schlag auf den Kopf. Ich, Mitty Blake, bin überfallen worden.*

Er war schwer beleidigt, dass er überfallen worden war, gleichzeitig aber auch erleichtert, dass er jetzt die Ursache seiner Kopfschmerzen kannte. Es waren keine Pockenschmerzen.

Wenn das der Pockenschmerz wäre, über den er gelesen hatte, dann gab es gegen dieses brutale Hämmern in seinem Schädel kein linderndes Medikament.

Was, wenn ich gar nicht beim CDC bin? Wäre gar nicht gut. Ein paar meiner Symptome hätte ich gerne erklärt.

Natürlich konnte er sich beruhigende Gründe ausdenken. Sein Magen schmerzte, weil er Hunger hatte. Seine Kopfschmerzen kamen von einer Gehirnerschütterung. Er zitterte, weil es kalt war. Sein Rücken tat so höllisch weh, weil das Ding, auf dem er lag, so unheimlich durchhing.

Mitty musste sich übergeben.

Es kam ganz plötzlich und unerwartet. Weil er auf dem Rücken lag, verschluckte er sich an seinem eigenen Erbrochenen und musste husten. Er versuchte, sich auf die Seite zu drehen, aber das Tape über seiner Brust verhinderte das.

Nahezu alle Pockenpatienten leiden unter heftiger Übelkeit.

Der Brechreiz ließ nach. Aber das Rumoren in seinem Magen ging weiter. Er spuckte mehrmals aus, um den Geschmack loszuwerden. Beim Gestank seines eigenen Erbrochenen kam es ihm wieder hoch.

Auf einmal fielen ihm alle widerlichen Symptome der Krankheit ein, besonders aber die Pocken selbst, ihr Schmerz, ihr Jucken, ihr Eiter und ihr Gestank.

Wie musste das für die Menschen damals gewesen sein, wenn die Pocken wüteten? Wenn man täglich von Bekannten und Freunden hörte, die die Pocken bekommen hatten? Wie musste das gewesen sein, wenn man miterlebte, wie die Pocken in den Körpern der eigenen Eltern und Kinder explodierten? Damals mussten Furcht und Schrecken so alltäglich gewesen sein wie für Mitty der Straßenverkehr in New York.

Von oben kamen unheimliche kratzende und schlurfende Geräusche, so als ob plötzlich Viren, groß und knackig, unterwegs wären; dann eine Reihe von dumpfen Aufschlägen und Klopfen. Das waren nicht die Heizungsrohre. Vielleicht mehr wie Kaffeebecher, die auf einer Theke abgestellt werden?

Er musste sich wieder übergeben. Dieses Mal hatte er nicht mehr die Kraft, den Kopf herumzudrehen. Er bekam das Erbrochene nicht aus dem Mund heraus und er musste atmen. Er würde das Zeug einatmen müssen.

Dann hörte er ein Knirschen; Stimmen; Schritte auf einem Fußboden. Das Klicken von Metall – eine Klinke wurde gedrückt. Dann schwere Tritte auf Treppenstufen, und plötzlich ging das Licht an.

Leute beugten sich über ihn. Sie trugen hellblaue, raschelnde Kittel, Handschuhe und Masken. Nicht nur einen kleinen weißen Mundschutz, sondern richtige Masken. Über den Öffnungen für die Augen trugen sie Schutzbrillen.

Weil ich ansteckend bin.

Eine behandschuhte Hand zerschnitt das Tape mit einem scharfen Messer. Andere Hände umfassten seine Beine und halfen ihm in eine sitzende Position. Man klopfte ihm auf den Rücken, bis er hustete. Irgendetwas Kaltes aus Plastik wurde gegen seine Backe gedrückt und eine Art Stöckchen wurde ihm in den Mund gesteckt.

Mitty saugte an dem Strohhalm. Das kalte Wasser schwemmte einen Großteil des üblen Geschmacks weg. Er hatte das Gefühl, nie wieder genug trinken zu können, um diesen Durst zu löschen.

Die Hände, die ihn hielten, waren groß und sehr kräftig, zweifellos Hände von Männern, und sie waren schleimig, als gehörten sie zu einem Reptil.

Mittys Kopf fiel auf seine Brust, eine Position, die seine Kopfschmerzen ein bisschen linderte. Für eine Zeit lang schloss er die Augen. Als er sie wieder öffnete, befand er sich etwa fünfzehn Zentimeter über dem Boden auf einem dieser billigen metallenen Feldbetten, die man zusammenklappen und im Kofferraum oder auf dem Dachboden verstauen kann.

Seine Wächter richteten sich auf. Als er das Klopfen in seinen Schläfen einigermaßen unter Kontrolle gebracht hatte, sah er sie sich genauer an.

Die Masken hatten nichts mit Krankenhauskleidung zu tun. Das waren gestrickte Skimasken.

Das schleimige Gefühl kam von Einweghandschuhen. Die Männer hielten jetzt ihre Hände hoch und schlugen die Handflächen wie Sportler als Zeichen des Triumphes gegeneinander. Dabei lachten sie – ein tiefes, zufriedenes Glucksen.

Diese Leute waren sehr zufrieden damit, dass Mitty krank war.

Vorsichtig legte Mitty seine Hände in den Schoß. Was ihm zuerst wie gleißend helles Licht vorgekommen war, hatte sich inzwischen als matter Schimmer herausgestellt. Verstohlen blinzelte er, ob schon Pusteln auf den Innen- oder Oberflächen seiner Hände zu erkennen waren. Aber natürlich war es für Pusteln noch zu früh. Erst würden die kleinen Tupfen kommen, dann die dunklen Flecken.

Sie halfen ihm auf die Füße und gingen mit ihm quer durch den Keller.

Aufrecht zu stehen machte Mittys Kopf klarer und der Zementfußboden kühlte seine Fußsohlen, auch das half, dass er sich ein bisschen besser fühlte. Gut, dass er heute Socken angezogen hatte. Oder gestern. Oder wann immer das hier geschehen sein mochte. Und vielleicht weil er nicht mehr auf diesem durchhängenden Kunststoffkissen lag, verschwanden auch seine Rückenschmerzen.

Vor ihm, nur schwer erkennbar wegen der Schatten, die er und die zwei Männer warfen, war eine Art kleine Bühne oder Podest mit einer altmodischen Waschschüssel und einem Wasserhahn. Einer der Männer drehte den Hahn für Mitty auf. Der Guss kalten Wassers war herrlich, aber jetzt hatte Mitty auch eine alte, verrostete Toilettenschüssel entdeckt. Sie war nicht direkt in einem Verschlag, lag aber doch hinter einer Art breiterem Brett. Es sah so aus, als ob die Toilette an die Kanalisation angeschlossen wäre, also benutzte er sie. Die Männer schauten zu.

Mitty stolperte zur Waschschüssel zurück, hielt sein Gesicht unter den Hahn, schnappte unter dem Schwall eiskalten Wassers nach Luft und wischte sich das Erbrochene von Gesicht und Hals. Seine Kopfschmerzen wurden durch die Kälte des Wassers schwächer.

Die Männer unterhielten sich flüsternd, aber er konnte kein Wort verstehen. Vielleicht sprachen sie kein Englisch, vielleicht funktionierte sein Verstand aber auch noch nicht richtig.

Also … wenn diese Kerle nicht vom CDC sind … und ich kein Patient, sondern ein Gefangener … und wenn die Skimützen tragen … und sich beglückwünschen, weil ihr Gefangener die Pocken hat …

Ein altes Seifenstück, eingetrocknet und aufgeplatzt, lag in einer kleinen Vertiefung am Rand der Waschschüssel. Mitty nahm die Seife in die Hand und überlegte, ob er nicht sein mit Erbrochenem durchtränktes Hemd ausziehen und unter dem Hahn waschen sollte. Aber dann dachte er: *Ich bin hier in einem Keller, allein mit Bioterroristen, und ich denke an die große Wäsche?*

Urplötzlich drehte er sich herum und schleuderte ihnen die Seife und das Wasser aus der Schüssel ins Gesicht. Er hatte den minimalen Vorteil, dass er auf diesem kleinen Podest stand, und er nutzte ihn. Den einen sprang er unter Einsatz seines vollen Gewichts an, brachte ihn zu Fall, trat dem anderen zwischen die Beine, und als sich der Erste gerade wieder aufgerappelt hatte, schlug er ihm mit voller Wucht ins Gesicht. Ihr Stöhnen befriedigte Mitty zutiefst. Aber sie erholten sich überraschend schnell und umklammerten ihn dann mit so kräftigen Armen, dass Mitty dachte, diese Männer mussten Jahre hinter Gittern verbracht und jede einzelne Minute, in der sie wach gewesen waren, zum Gewichtheben genutzt haben.

Sie schleuderten ihn durch die Luft in einen Haufen alter Werkstattregale. Mit dem Gesicht schlug er auf eine scharfe Kante, schlitzte sich die Backe auf und krachte dann auf den Boden, wobei er mit der Kniescheibe aufschlug. Mühsam kam er hoch, um den Kampf wieder aufzunehmen, aber die Männer waren dabei, den Keller zu verlassen. Besser gesagt – sie stürmten die Treppe hoch und waren schon oben, bevor Mitty überhaupt die unterste Stufe erreicht hatte. Dann schlugen sie ihm die Tür vor der Nase zu. Er hatte zwei Stufen auf einmal genommen in der Hoffnung, den Türknopf in die Hand zu bekommen, bevor sie ihn verriegeln konnten. Aber die Tür hatte sich in dem Moment automatisch verschlossen, als die Männer sie zugeschlagen hatten. Sie mussten keinen Schlüssel rumdrehen oder einen Riegel vorschieben.

Ungefähr hundertmal drehte Mitty den Türknopf, bis er sich eingestehen musste, dass er damit gar nichts erreichen würde. Er tastete die Ränder des Türrahmens ab. Keine Scharniere auf dieser Seite, die er vielleicht hätte abmontieren können. Außerdem war die Tür aus Metall, das dauerte, bis er mit bloßen Händen da durch war. Klar gab's da ein Schlüsselloch, aber Mitty hatte im Moment ausnahmsweise eindeutig zu wenig Schlüssel dabei. Durch die Tür hörte er wieder dieses kratzende Rascheln. Dann Schritte. Dann nichts mehr.

Sie haben noch nicht mal darüber geredet, dachte Mitty. *Nicht geflucht oder gegen die Tür getreten oder so.*

Das Rascheln kam vielleicht von den hellblauen Papierkitteln. Musste irgendeine Einweg-Schutzkleidung sein.

Mitty tastete seine Wange ab. Die Wunde dort war exakt von der Art, dass Mr Lynch warnen würde, man könne Kaumuskelstarre davon bekommen. Aber Mitty hatte andere Sorgen als eine Tetanusspritze.

Er setzte sich auf die oberste Treppenstufe, lehnte den Rücken an die Tür und hoffte, durch den Türspalt irgendetwas hören zu können.

Das Licht im Keller kam von einer armseligen Glühbirne, deren Fassung an einer Holzleiste an der Decke befestigt war. Zum Ein- und Ausschalten gab es ein kurzes Kettchen aus Metall. Die Birne hatte wohl 25 Watt. Wozu wurden eigentlich 25-Watt-Birnen hergestellt? Der Keller wurde dadurch nicht hell. Die Schatten wurden vielleicht ein bisschen weniger schwarz.

Mitty pulte Tape von seiner Armbanduhr. Es war jetzt Mittwoch, der 11. Februar, zehn Uhr morgens. Es musste gestern so um vier am Nachmittag gewesen sein, als Olivia und er im Central Park waren. Seine Eltern waren inzwischen sicherlich verrückt vor Sorge. Achtzehn Stunden waren selbst bei einem Langschläfer wie Mitty eine Menge Zeit, um sie draußen in der Kälte zu verbringen.

Die Treppe war eine einfache Stiege mit Tritten aus rohem Holz, der Zementboden hatte Risse und war mit Flecken übersät. Auch die Wände waren mit Zement bespritzt und voller frischer Spinnweben. Der alte Heizkessel stand nahe der gegenüberliegenden Wand, die Treppe endete etwa in der Mitte des Kellers, unter ihr befand sich das Podest mit der Waschschüssel. Der Keller bestand aus nur einem Raum. Mitty konnte schwarze Rohre und Kupferrohre erkennen, elektrische Leitungen, den Boiler, einen Sicherungskasten, ein paar alte Regalbefestigungen an der Wand. Kein Fenster. Noch nicht einmal ein schmaler Schlitz, der in einen Lichtschacht geführt hätte. Keine Verbindungstür irgendwohin.

Mitty befand sich in völliger Isolation in einem leeren Raum ohne Fenster, ohne Ausgang, ohne Telefon, ohne Nahrungsmittel, ohne Waffe, ohne Werkzeug.

Langsam ging er die Treppe hinunter, umrundete den Heizkessel und begann methodisch alle Zwischenräume zwischen den Deckenlatten zu untersuchen. Nichts, was als Waffe zu gebrauchen war. Kein Hammer war an einem Haken vergessen worden. Keine Regalbretter konnten zu spitzen Schwertern umfunktioniert werden.

Der Keller war in einer Ecke offensichtlich umgebaut worden, irgendetwas war da vor noch nicht allzu langer Zeit zuzementiert worden. Wände und Fußboden waren hier feucht. Mitty strich mit seiner Hand über den feuchten Schmutz und verrieb ihn zwischen den Fingern. Schwarzer Staub. War das Gebäude früher mit Kohlen beheizt worden und hatte einen Kohlenschacht? Aber er hatte keine Spitzhacke, mit der er sich durch die Schicht Zement hätte durcharbeiten können, um durch den Schacht ins Freie zu kommen.

Mit Befriedigung erkannte er das dicke, schwarze Fernsehkabel, hängte sich daran, bis es riss, und wickelte es auf.

Niemand da oben schrie, weil die Mattscheibe plötzlich schwarz wurde. Niemand kam die Treppe runtergestürmt.

Mitty legte das Kabel sorgfaltig zu einer Rolle zusammen.

In einer dunklen Ecke fand er ein gutes Plätzchen, um es aufzuhängen. Das sah gut aus – damit konnte er jemanden fesseln. Vorausgesetzt, dieser Jemand käme allein hier herunter und würde still daliegen.

Ich könnte ein Rohr rausbrechen und daraus eine Waffe machen, überlegte er.

Kupfer ist leicht zu brechen.

Mitty begann wie ein Affe an einem Kupferrohr an der Decke hin- und herzuschwingen. Zunächst ohne Ergebnis, aber vielleicht würde es später funktionieren.

Das Licht ging aus. Das war nicht das flackernde Durchbrennen einer Birne. Jemand musste an einem Schalter geknipst haben, vermutlich im Stockwerk darüber. Sicherlich beobachteten sie ihn, auch wenn er noch nicht herausgefunden hatte, wie. Die Decke war nicht verputzt, elektrische Leitungen und Heizungs-, Abfluss- und Wasserrohre verliefen entlang der Deckenbalken. Es gab also eine Menge Möglichkeiten, da etwas zu verstecken, etwa eine Hightech-Minikamera, und Mitty vermutete, dass sie ihn sogar in der Dunkelheit sehen konnten. Aber sie konnten ihn unmöglich überall aus jedem Blickwinkel beobachten.

Darüber würde er später intensiver nachdenken. Jetzt musste er erst einmal genau die Situation analysieren, in der er sich befand.

Er hatte es mit mindestens drei Personen zu tun: der Frau, demjenigen, der ihn niedergeschlagen hatte, und dem Fahrer. Die beiden letzteren waren vielleicht die Kerle, die ihn hier bewachten, aber das konnte er nicht zu hundert Prozent wissen.

Sie hatten also eine seiner E-Mails gelesen. Vielleicht war sie ihnen einmal oder auch öfter zugeschickt worden. Vielleicht hatte er sogar online mit ihnen direkt kommuniziert. Nachdem sie erst einmal rausgefunden hatten, was hinter straph.edu steckte, und sie die Homepage von St. Raphael's gefunden hatten, wussten sie auch die Namen des Lehrkörpers, die Telefonnummern der Schule und, natürlich, die Adresse.

Diese Frau konnte sich leicht als eine Mutter ausgeben. Vielleicht hatte sie jemanden im Aufnahmebüro beschwatzt, sich doch ein paar Klassenbücher anschauen zu dürfen. So war mblak leicht zu finden. Wer nicht davor zurückschreckte, jemanden auf offener Straße am Central Park zu kidnappen, hatte sicherlich auch keine Hemmungen, Mitarbeiter in Schulsekretariaten oder wen auch immer anzulügen. Und dann brauchten sie nur noch in der Nähe des Eingangs zu parken und darauf zu warten, dass die Schüler bei Schulschluss rausgeströmt kamen.

Aber woher hatten sie gewusst, dass sie sich Mitty möglichst bald schnappen mussten? Wie konnten sie sich ausrechnen, dass Mitty kurz davorstand, die Pocken zu kriegen, und keine Zeit verloren gehen durfte?

Von mir. In meinen Mails habe ich geschrieben, dass ich den Schorf vor Kurzem gefunden habe. Und dem Schorfsammler habe ich sogar den exakten Termin mitgeteilt.

Derek hatte gesagt, dass Terroristen ständig online seien und das Internet nach interessanten Informationen durchkämmen, um eventuelle Möglichkeiten aufzuspüren. Sie konnten ihre Computer so programmiert haben, dass alle

Infos zu bestimmten Schlüsselwörtern, zum Beispiel *Pocken*, rausgefiltert wurden.

Du hattest recht, Derek. Es ist wirklich alles im Internet, ich mit meinem Spatzenhirn war zu blöd, um zwei und zwei zusammenzuzählen. Ich bin nicht mal so clever wie ein Vogel. Vögel können die Flatter machen. Ich sitz hier in diesem Keller fest.

Sobald diese Leute also gewusst hatten, dass es diesen Schorf in New York gab, hatten sie etwa vierundzwanzig Stunden Zeit für die Planung gehabt. Vielleicht waren sie schon in der Stadt gewesen, schließlich ist New York das Ziel für Terroristen. Gut, das also war ihr Plan: Erstens, einen Platz für die Geisel finden. Mal abgesehen davon, dass er bestimmt keine Geisel war. Eine Geisel wird unter normalen Umständen nämlich zurückgegeben.

Was als Nächstes?

Niemand, nicht einmal der übereifrigste Terrorist, konnte eine Gelegenheit wie diese vorhersehen und vorbereiten. Niemand hatte ständig entsprechende Räumlichkeiten parat, niemand hatte Fachärzte für Seuchenerkrankungen oder Experten mit Labors in Dauerbereitschaft, niemand verfügte ständig über gruselige Typen, die bereit waren, sich anzustecken, um andere anzustecken. In der kurzen Zeit hatten sie einfach das Beste draus machen müssen. Mitty ausfindig gemacht und ihn mithilfe einer großen Unbekannten in Braun einkassiert zu haben – das war schon das Beste.

Aber dieser Keller hier … schwer zu entscheiden, ob das auch das Beste war, wenn man ihre genauen Pläne nicht kannte.

Er war klein, der Heizkessel war schon ziemlich alt und der Boiler lieferte wohl nicht mehr als eine heiße Dusche pro Durchlauf. Über dem Keller war wahrscheinlich ein entsprechend kleines Gebäude. Wenn von dem Gebäude überhaupt noch sehr viel übrig war, denn alles hier unten war gammelig und veraltet und entsprach sicherlich nicht mehr den geltenden Bauvorschriften. In den ländlichen Gegenden rund um New York gab es Massen solcher kleinen Häuser – Reihenhäuser, Doppelhaushälften und ähnliche Gebäude – einige hübsch, andere heruntergekommen. Aber ob sich Mitty überhaupt noch in New York befand oder schon über die Staatsgrenze geschafft worden war – wer konnte das wissen?

In der Dunkelheit tastete er sich zum Podest mit der Waschschüssel und dem Wasserhahn vor, zog sein Hemd aus, spülte es durch und hielt dann das Gesicht unter den Hahn. Mit dem kläglichen Stück Seife versuchte er, seine Wunde zu reinigen. Es tat weh.

Mir ist nicht mehr so schlecht, dachte er. *Hier und da tut's noch weh, aber der Brechreiz ist weg. Was bedeutet das? Kann es sein, dass Leute aus Angst kotzen müssen? Ich auch? Oder haben sie mir irgendeine Droge gegeben und mein Magen musste das Zeug erst mal loswerden? Waren meine Kopfschmerzen so stark, dass ich mich davon übergeben musste, so wie Leute mit Migräne? Und was genau sind die Symptome einer Gehirnerschütterung?*

Er wusste, was er da tat. Immer noch versuchte er, sich vorzumachen, dass es nicht die Pocken waren.

Mittwoch war ein langer Tag, aber Mitty war an lange Tage gewöhnt: Schließlich war er Schüler.

Auf seinem iPod waren hunderte von Liedern gespeichert, warum also nicht Musik hören? Ab und zu sang Mitty mit, versuchte sogar mal zu tanzen.

Er hörte Clutch and the Darkness, Def Leppard und Aerosmith und Widespread Panic.

Von oben war nichts zu hören.

Vielleicht gingen diese Kerle ganz normal zur Arbeit und waren damit beschäftigt, Lotterielose an schmuddeligen Straßenecken zu verkaufen. Oder an der Wall Street mit Aktien zu handeln.

Er fragte sich, ob sie ihm was zu essen geben würden.

Aber das war kein Grund zur Sorge, Mitty war gut genährt. Er konnte es gut ein, zwei oder drei Tage ohne Essen aushalten. Und gegen den Durst hatte er den Wasserhahn.

Er dachte darüber nach, was er tun konnte. Er konnte ein Stück Rohr rausbrechen und damit den Kerlen, wenn sie wieder in den Keller kamen, eins über den Schädel geben und dann …

Mitty stockte der Atem, sein ganzer Körper erstarrte schlagartig.

Diese Kerle tun genau das, was sie sollen: mich von anderen, unschuldigen Leuten fernhalten. Leute nicht in Gefahr bringen. Meine Leute.

Ich kann noch nicht mal zulassen, dass mich jemand rettet.

Ich muss hierbleiben.

»Derek, glaubst du, dass Mitty vermisst wird, weil irgendwelche Leute sich ihn geschnappt haben?«, flüsterte Olivia. »Ihn gekidnappt haben? Weil sie seinen Virus wollen?«

Derek fand gut, dass sie ihn das fragte und nicht das FBI oder das CDC. Er nickte.

»Dann hat er sich nicht umgebracht«, sagte sie und seufzte vor Erleichterung. »Er ist in Sicherheit.«

»Nein, er wurde gekidnappt, Olivia«, korrigierte Derek sie leise. »Also, ich würde das nun wirklich nicht Sicherheit nennen.«

»Aber er lebt«, sagte Olivia.

»Wir müssen Sie darum bitten, mit niemandem über diese Angelegenheit zu sprechen«, sagte Finelli. »Nicht mit Ihren Eltern. Nicht mit Ihren Lehrern. Nicht mit Ihren Freunden. Mit keinem einzigen Klassenkameraden. Das wird nicht einfach sein. Und wir müssen uns Ausreden für Sie ausdenken für die Zeit, die Sie hier waren.«

»Weiß Dr. Larkin von der Sache?«, fragte Derek. »Und Mr Lynch?«

»Nein, tun sie nicht. Wir werden Dr. Larkin bitten, Ihnen keine Fragen zu stellen. Versprechen Sie also, die Angelegenheit streng vertraulich zu behandeln. Am wichtigsten ist jetzt, New York City nicht in Panik zu versetzen. Wir dürfen das Wort Pocken noch nicht mal in den Mund nehmen.«

»Am wichtigsten für mich ist«, sagte Olivia, »dass Mitty gefunden wird.«

»Wir werden ihn finden.«

Derek war sich da nicht so sicher. Er war von der Erfolgsquote des FBI nicht sonderlich beeindruckt. Wie lange hatte es gedauert, bis sie den Unabomber aufgespürt hatten – zehn oder fünfzehn Jahre? Und selbst dann war's nicht das FBI gewesen, das ihn gefunden hatte, sondern sein eigener Bruder hatte es rausgekriegt. Und die Anthrax-Sache war bis heute nicht geklärt.

»Um dieses Treffen zu erklären«, schlug Finelli vor, »können Sie Ihren Freunden sagen, dass es anfangs Missverständnisse wegen Mittys Fehlen gegeben habe, bis sich dann rausstellte, dass ihn seine Eltern schon vorzeitig mit in den Urlaub genommen haben.«

Das klang ziemlich plausibel, bis zu den Winterferien waren es nur noch zwei Wochen. Und die Eltern von St.-Raphael's-Schülern nahmen auf den Schulkalender manchmal ziemlich wenig Rücksicht, sondern planten ihre Familienurlaube, wie sie wollten.

Olivia und Derek waren entlassen. Sie verließen das Büro des Direktors und gingen durch das Gewirr der Vorzimmerschreibtische hinaus auf den großen Flur. Dort hielten sie abrupt an – sie hatten so viele Fragen und so viele Dinge, über die zu sprechen war.

Dr. Larkin kam ihnen nach. »Und jetzt geht bitte sofort zurück in eure Klassen«, sagte er aufmunternd.

»Aber natürlich«, antwortete Olivia.

»Wir können uns dann später unterhalten«, sagte Dr. Larkin.

»Selbstverständlich«, antwortete Derek.

Dr. Larkin drehte um und ging zurück in sein Büro. Olivia und Derek verließen die Schule durch die Vordertür. Sie standen auf den grauen Stufen und blickten hoch in einen Himmel, der ebenso grau war.

»Das gibt es doch nicht: Glaubt der Mann wirklich, dass wir uns in einer solchen Situation wieder ins Klassenzimmer setzen?«, wunderte sich Olivia.

»Komm, wir gehen rüber in Mittys Wohnung«, sagte Derek. »Mal sehen, was seine Eltern wissen.«

»Glaubst du, die reden mit uns?«, fragte Olivia zweifelnd.

»Mit Mittys bestem Freund und mit seiner Freundin? Natürlich reden die mit uns. Die ängstigen sich wahrscheinlich zu Tode, lassen ihr Telefon nicht aus den Augen, versuchen, Mitty über sein Handy zu erreichen, und lesen seine Bioarbeit und diesen Horrorbrief immer und immer wieder.«

»Ich bin mir nicht sicher, ob Mr und Mrs Blake überhaupt wissen, dass es mich gibt.«

»Glaub ich auch nicht«, stimmte Derek zu. »Ich zumindest würde das mit meinen Eltern nicht groß besprechen.

Aber die wissen jetzt sowieso Bescheid, weil die Jungs vom FBI mit Sicherheit bei ihnen waren.«

Zu Mitty waren es nur ein Dutzend kurze Blocks, sodass es die Mühe nicht lohnte, die U-Bahn zu nehmen. Normalerweise war Olivia eine begeisterte Bummlerin und liebte es, in alle Schaufenster zu gucken – ob von dem zwei Meter breiten Laden vom Schlüsseldienst oder dem Schuhladen, den sie sich nicht leisten konnte, von Boutiquen, die sich auf Hüte ohne Krempe oder glitzernde Abendhandtaschen spezialisiert hatten, oder Bäckereien, wo sie auf den ersten Blick wusste, dass sie sofort *dieses* Stück Kuchen brauchte oder auf der Stelle zusammenbrechen würde. Jetzt konnte sie durch ihre Tränen gar nichts erkennen. »Komm, wir gehen nicht die Columbus Avenue runter«, sagte sie zu Derek, »sondern nach Westen und dann am Fluss entlang.«

»Er ist nicht im Fluss, Olivia. Wenn die New Yorker Polizei oder das FBI das glauben würden, wären die jetzt da draußen und würden nach ihm suchen.«

Trotzdem gingen sie Richtung Westen. Die Häuserblocks in Ost-West-Richtung waren länger und heute schienen sie noch länger zu sein. Als sie den Hudson sahen, musste Olivia wieder weinen. »Warum hat mir Mitty nicht vertraut? Warum hat er mir überhaupt nichts davon erzählt?«

»Mir hat er auch nicht vertraut und ich heule trotzdem nicht«, sagte Derek. »Versuch mal, die Emotionen draußen zu lassen. Lass uns besser drüber nachdenken, was wir jetzt am besten tun.« Derek war überzeugt, dass sein Verstand es mit jedem anderen aufnehmen konnte, und da Olivia noch weitaus intelligenter war als er, waren die zwei ein sehr gutes Team, das sich hinter dem guten alten FBI wahrlich nicht verstecken musste.

»Wenn Mitty die Chance hätte, mit uns Verbindung aufzunehmen, dann würde er das auch tun«, sagte Olivia. »Sein Schweigen ist ein schlechtes Zeichen.«

Derek war nicht so ganz überzeugt davon, dass Mitty wirklich vorhatte, mit jemandem Verbindung aufzunehmen. Wenn Mitty untergetaucht war, dann musste er das jetzt durchziehen, ohne sich bei irgendjemandem zu melden. Das Problem war nur: Wo in New York konnte jemand ein sicheres, ungestörtes Plätzchen finden? Und woher das Geld dafür nehmen? Von A nach B zu kommen war überhaupt kein Problem, Millionen von Zügen, U-Bahnen und Bussen waren täglich unterwegs. Aber wo war B? Und was dann? »Hör auf, Mitty im Hudson zu suchen, Olivia. Wir müssen drüber nachdenken, wo sich Mitty versteckt haben könnte.«

»Du glaubst also wirklich, dass er abgetaucht ist?«

»Würd ich in seiner Situation tun. Würde außerdem Spaß machen. Na ja, Spaß nur, wenn du nicht die Pocken kriegst. Wenn Mitty die Pocken kriegt, dann hört der Spaß für ihn schätzungsweise für immer auf.«

Olivia setzte sich auf eine Bank. Davon gab es an diesem Uferstreifen des Hudson dutzende, die meisten standen im Schutz knorriger Kirschbäume. Egal ob Frühling, Sommer oder Herbst es war immer eine Freude, im Riverside Park zu sein. Aber jetzt im Februar konnte von Freude keine Rede sein. Derek setzte sich neben sie.

»Ich gehe morgen auch nicht in die Schule«, sagte Olivia. »Ich will nicht, dass man mir Fragen stellt. Wenn ich in deiner Gegenwart heule, ist das okay, aber ich will nicht heulen, wenn andere das sehen. Ich will nicht so etwas Blödes machen wie eine Klassenarbeit schreiben. Ich will einfach nur hier sitzen.«

»Und dir einen abfrieren und an Mitty denken?«

»Nein, komm, wir denken drüber nach, was wir tun können. Es wird uns schon was einfallen.« Olivia holte ihr Handy raus, wählte die Nummer der Schule und ließ sich mit dem Direktor verbinden.

»Olivia?«, sagte Dr. Larkin ganz aufgeregt, so als hätte er die ganze Zeit gewusst, dass sie ihm jetzt die wahre Geschichte präsentieren würde.

»Derek und ich werden den Rest der Woche nicht in die Schule kommen.«

»Olivia! Ich weiß nicht genau, was da los ist, aber überlasst die Sache auf jeden Fall dem FBI. Ihr zwei kommt jetzt sofort in die Schule oder ich rufe eure Eltern an.«

»Um ihnen was zu sagen?«, antwortete Olivia prompt. »Haben Sie vergessen, dass wir mit niemandem über die Angelegenheit sprechen dürfen? Derek und ich werden schon nichts versäumen, was wir nicht nachholen können. Bitte teilen Sie also der Abwesenheitssekretärin mit, dass wir für den Rest des Tages und für Donnerstag und Freitag entschuldigt sind.«

Wirklich irre, dachte Derek, dass Mitty ausgerechnet auf dieses Mädchen flog. Mitty war cool und gut drauf, regte sich nie auf und war für jeden Spaß zu haben. Olivia war uncool, alles andere als ein Charmebolzen und ihre Definition von Spaß war: Bildung.

Olivia beendete das Gespräch. »Hat irgendwie was, Dr. Larkin Anweisungen geben zu können. Aber im Ernst: Ich hab Angst, Derek. Diese Männer im Büro und Dr. Graham – die schienen keine Angst zu haben. Warum haben die keine Angst?«

»Ich glaube, die sind einfach nur gute Schauspieler. Aber vielleicht wissen sie auch mehr, als sie zugeben. Oder sie finden die Sache einfach viel zu spannend, um Angst zu haben. Ich fand es spannend, was über die Anthrax-Geschichte rauszukriegen. Du fandest die Typhusstory spannend. Das hier aber passiert wirklich. Vielleicht finden sie es viel zu spannend, mitten in einem Fall von Bioterrorismus zu stecken, um Angst zu haben. Aber egal, klar hast du recht. Wir müssen was *tun.*«

»Mir fällt nichts Schlaueres ein, als jede Straße in jedem Viertel von New York City rauf- und runterzulaufen und nach einem Faden von Mittys Pullover zu suchen«, sagte Olivia mürrisch.

»Nicht jedes Viertel, ich bin mir sicher, dass er nicht in Manhattan ist«, sagte Derek. »Für ein geheimes Versteck sind die Mieten in Manhattan ein bisschen zu hoch. Wenn Leute sich ihn geschnappt haben, dann haben sie ihn in irgendeinen abgedichteten Lagerraum in irgendeinem heruntergekommenen Gebäude in einer Slumgegend gesteckt. Da kann Mitty noch so laut schreien, da hört ihn keiner.«

Sie blickten aufs Wasser hinaus. Keine Leiche. Aber auch keine Leute, die danach suchten.

Derek hielt es nicht mehr aus. Er schleppte Olivia mit zur Zweiundsiebzigsten Straße, wo sie den Park verließen und am Denkmal von Eleanor Roosevelt vorbei Richtung Mittys Wohnung gingen.

»Ich finde es einfach nur merkwürdig«, sagte Olivia, »dass uns diese Leute alles erzählen und damit das Risiko eingehen, dass wir hochbrisante Nachrichten verbreiten. Pockennachrichten.«

Risiko?, dachte Derek. Das Risiko spielte doch immer mit. Man hatte immer nur Vermutungen. Ein Stückchen Wissen hier, ein Bröckchen Information dort. Du kannst nur die Karten ausspielen, die du hast.

Und Mitty, was hatte der?

Hatte der überhaupt eine Karte zu spielen?

Mrs Blake fiel es schwer, die Fassung zu bewahren. Es kostete sie viel Kraft, mit den Freunden ihres vermissten Sohnes ein Gespräch zu führen. »Wenn ich das gewusst hätte, dass mein Sohn eine so hübsche Freundin hat«, sagte sie und versuchte zu lächeln.

»Freundin ist vielleicht zu viel gesagt«, antwortete Olivia ehrlich. »Ich wollte es sehr, aber Mitty hatte zuletzt andere Dinge im Kopf.«

Mrs Blake begann wieder zu weinen. Ihrem Gesicht war anzusehen, dass sie das in den vergangenen Stunden häufig getan hatte. »Ihm gingen Tod und Krankheit im Kopf herum. Ich hatte keine Ahnung, dass Mitty Geheimnisse vor mir hat.«

Derek war sich sehr sicher, dass fast alle sechzehnjährigen Jungen dieser Welt Geheimnisse vor ihren Müttern haben. Aber um Mittys willen war er netter, als er zu seiner eigenen

Mutter gewesen wäre. »Keine Geheimnisse, Mrs Blake. Das waren alles nur Dinge, die er noch nicht richtig durchdacht hatte. Der ganze Brief ist nur ein Versuch, sich über Probleme klar zu werden.«

Er sah ihr an, dass sie ihm nicht glaubte, dass sie den Brief ziemlich logisch fand. Sie wandte sich von Derek ab und blickte in die Augen des Mädchens, das ihr Sohn so sehr mochte. »Glaubst du, Mitty hat sich umgebracht?«

»Nein«, antwortete Olivia ruhig.

Respekt, Olivia, dachte Derek. Und er erzählte Mrs Blake von Mittys Aufsatz über den Selbstmord.

Mr Blake stand nur stumm da. Derek wollte gar nicht zu Mittys Vater rüberschauen. Mittys Mutter schien noch Hoffnungen zu haben, sein Vater aber, so schien es Derek, rechnete mit dem Schlimmsten.

Mrs Blake hatte die Hände vor den Mund gepresst, aber dann nahm sie sie weg, und es kamen Worte, die sie lieber nicht ausgesprochen hätte. »Was haltet ihr von der Theorie des FBI, dass also, wie soll ich das sagen, irgendwelche *Leute* Mitty in ihre Gewalt gebracht haben?« Sorgsam vermied sie das Wort *Terroristen.* »Was, wenn er irgendwo da draußen ist, gefangen von Leuten, die Pockenviren von seinem Körper ernten wollen?«

»Ernten?«, antwortete Derek.

»Genau dieses Wort hat das CDC benutzt. Als wäre das Getreide. Als ob Mitty ein Feld wäre. Und wenn dann diese Pusteln ausbrechen –«

Schnell wechselte Derek das Thema. »Wussten Sie von dem Schorf?«, fragte er Mr Blake.

»Nein. Die Männer haben sein Zimmer durchsucht, aber obwohl Mitty in seiner Bibliografie vier alte Bücher erwähnt hatte, waren nur drei unter seinem Bett zu finden. Kein Umschlag. Aber sein Rucksack ist weg. Vielleicht hat er das Buch und den Schorf dabei.«

»Dürfen wir uns mal umschauen?«, fragte Derek.

»Natürlich gern, aber das FBI war sehr gründlich.« Mr Blake führte sie in Mittys Zimmer.

Erschrocken blieb Olivia an der Zimmertür stehen. Sie wollte noch nicht einmal eintreten. Jemand konnte so *leben?* Jemand, den sie *sehr mochte,* konnte so leben?

»Was ist genau passiert? Sie riefen die Polizei und die wandte sich dann an das FBI und das CDC?«, fragte Derek.

»Soweit wir informiert sind, wurden Mittys Mails ans FBI und das CDC weitergeleitet. Beide waren schon nahe dran gewesen, uns ausfindig zu machen, als wir die Polizei anriefen. Das CDC kam mitten in der Nacht in der Hoffnung, den Schorf zu finden. Das FBI nahm Fingerabdrücke in der Annahme, dass sie sich Mitty vielleicht hier geschnappt hätten.«

Das bezweifelte Derek. Für Fremde war es nicht einfach, an Portier und Empfang vorbei ungesehen ins Haus zu kommen. Und selbst wenn es ihnen gelungen war, hier reinzuschlüpfen, selbst wenn sie die richtige Wohnung gekannt hatten, selbst wenn sie es in den achten Stock geschafft hatten, selbst wenn Mitty ihnen geöffnet hatte und sie ihn in ihre Gewalt hatten bringen können – wie sollten sie es geschafft haben, ihn in einem dieser engen Fahrstühle rauszubringen, die von Bewohnern von nicht weniger als sechsundzwanzig

Stockwerken benutzt wurden? Hätte denn da wirklich keiner den bewusstlosen oder sich wild wehrenden Jungen bemerkt?

Sie gingen zurück in das edle Wohnzimmer mit seinen wertvollen Gemälden und der großzügigen Möblierung. Riesige Fenster vom Boden bis zur Decke gaben den Blick frei auf den Spielplatz einer Schule und die traurigen dürren Äste von Bäumen im Winter. Dahinter erhoben sich Wohnhäuser, schmal und hoch wie Kinderzeichnungen von Wolkenkratzern.

Olivia fragte: »Weiß Mittys Schwester Bescheid?«

»Wir haben Emily in der Universität erreicht«, sagte Mrs Blake. »Ihr Flugzeug landet in einer Stunde. Wir wollen hier nicht vom Telefon weg für den Fall, dass Mitty anruft. Mein Bruder holt sie ab.«

Wenn Mitty anrufen würde, könnte er auch die Handynummern wählen; sie mussten nicht notwendig in dem Zimmer mit dem Festnetzanschluss warten. Aber vielleicht würden die Blakes ihrer Angst nicht mehr Herr werden können, sobald sie die Sicherheit ihrer Wohnung verließen. Und es gab viele Gründe, um Angst zu haben. Diese Kidnapper, dachte Derek, konnten unmöglich wollen, dass Mitty überlebt, das wäre viel zu riskant für sie, vielleicht könnte er sie später identifizieren. Selbst wenn Mitty noch nicht an den Pocken gestorben war oder ertrunken oder was auch immer – am Ende würde er tot sein.

Mittys Vater musste schon vor Derek zu dieser Schlussfolgerung gekommen sein; deshalb war er so still, er wusste, dass die Dinge kein gutes Ende nehmen würden.

Mrs Blake und Olivia waren voller Hoffnung und überzeugt, dass alles gut ausgehen würde.

Vergesst es, dachte Derek nur.

Mitty hörte das Radio nur ganz schwach. Der Ton kam durch das Loch in der Decke, durch das das Fernsehkabel verlaufen war. Er machte an einem schwarzen Eisenrohr einen Klimmzug und konnte besser hören. Der Sender war 1010 WINS.

Das Feldbett war nicht stabil und hoch genug, als dass Mitty darauf hätte stehen können, und es gab auch keinen Stuhl, den er unter die Öffnung schieben konnte. Also brach er den Klimmzug ab, als die Werbung kam, und begann wieder damit, als die Nachrichten anfingen. Nacheinander hörte er den Verkehrsfunk, die Wettervorhersage, Sportnachrichten und die Headlines.

Er war jetzt vierundzwanzig Stunden verschwunden und trotzdem war Mitty Blake noch nicht in den Nachrichten.

Was war da los? Seine Mutter drehte doch schon durch, wenn er eine Schulstunde verpasste. Sie würde das nicht auf die leichte Schulter nehmen, wenn er eine ganze Nacht nicht nach Hause gekommen war. Inzwischen hatte sie wahrscheinlich schon jeden angerufen, den sie je getroffen hatte, und seine Schwester Emily war sicherlich bereits auf dem Weg nach New York. Mrs Blake würde sich nicht damit zufriedengeben, dass sich nur die Polizei von New York City des Falles annahm, sondern erwartete auch das FBI, die CIA und Superman.

Normalerweise würde sich die Polizei wahrscheinlich weigern, sich überhaupt um eine solche Angelegenheit zu kümmern. Einige Sechzehnjährige rannten eben von zu Hause weg und machten irgendwelchen Unsinn, und das war's dann. Aber inzwischen sollte doch eigentlich schon irgendjemand irgendwo nach Mitty suchen.

Tat aber keiner.

Mitty tastete sich vorsichtig durch den ganzen dunklen Raum, berührte jede Wand, sprang hoch, um jeden Trägerbalken anzufassen, ließ seine Finger an elektrischen Leitungen und Rohrverbindungen entlanggleiten und untersuchte mit den Händen jede einzelne Latte. Nichts zu holen außer Splittern. Endlich stieß er auf einen Nagel, der so leicht in das Holz eingeschlagen worden war, dass er ihn mühelos mit der Hand herausziehen konnte. Das war kein großartiger Nagel, eher dünn und etwas länglich, kaum stark genug, um einen Kalender daran aufzuhängen.

Meine Waffe, dachte Mitty.

Dann brachte er sich bei, durch Abzählen der Schritte die Birne zu finden.

Irgendwann schalteten die da oben das Radio aus. Es war schon schlimm genug, dass er hier unten im Dunkeln alleine mit einem Nagel statt einer Kettensäge war. Jetzt aber hatte er auch noch seinen einzigen Freund verloren, die beständige fröhliche Wiederholung der immer gleichen Nachrichten. Wenn er das hier überleben sollte, so schwor er sich, würde er mit Sicherheit treuer Kunde von allen werden, die Werbung in WINS machten, offensichtlich die einzigen Leute weit und breit, die an ihn dachten und wollten, dass er am Leben war.

Über ihm klingelte ein Handy. Die Erkennungsmelodie war »Old McDonald«. Mitty hatte sich schon gedacht, dass es sich bei diesen Typen nicht um Amerikaner handeln konnte. Als damals die Flugzeuge in die Türme des World Trade Centers gekracht waren, sagte jeder Pilot, der von Fernsehsendern interviewt wurde: »Kein Amerikaner würde so etwas tun.« Jetzt war er sich ganz sicher, dass seine Kidnapper keine Amerikaner waren. Nur Außerirdische würden diese Melodie nicht erkennen. Jeder Amerikaner würde sie sofort ändern.

Vielleicht kam der Anruf von demjenigen, der für den nächsten Schritt ihres Plans verantwortlich war. Mitty konnte sich einfach nicht vorstellen, dass sie ihr Unternehmen wirklich von diesem Keller aus realisieren würden.

Als er gerade beschlossen hatte, sich auf die oberste Treppenstufe zu setzen und dem Telefongespräch zu lauschen, wurde plötzlich die Tür geöffnet.

Vierzehn Stufen über Mitty erschien ein Mann in einer roten Skimaske, Jeans und einem karierten Wollhemd. Dahinter konnte Mitty Küchenschränke erkennen. Die Zeit war viel zu kurz, als dass Mitty mit einem Satz die Treppe hätte hochspringen können, um einen Fuß in die Tür zu bekommen. Der Typ warf Mitty eine McDonald's-Tüte zu, trat schnell zurück und schlug die Tür zu.

Im Keller war es wieder stockdunkel, aber Mitty war Fast-Food-Fan. Durch Tasten und Riechen bekam er schnell heraus: zwei Hamburger, große Portion Pommes, Schokoshake und Apfeltasche. Es war wie Weihnachten. Mitty schlang alles herunter. Als er fertig war, hatte er immer noch Hunger und leckte das Papier nach restlichem Fett und Salz ab. Dann faltete er die Tüte zusammen und legte sie ans Ende des Feldbettes, die Papierserviette und die leeren Pommes- und Apfeltaschenboxen faltete er flach auf. Seine Werkzeugkiste. Er hatte Angst, den Nagel nicht wiederzufinden, wenn er ihn irgendwo ablegte, also steckte er ihn sorgfältig in die Hosentasche.

Durch das Essen hörten seine Magenschmerzen auf. Jetzt hatte er nur noch dieses Loch in der Backe und dieses Pochen in seinem Schädel.

Und Angst. Jede Menge Angst.

Mitty wurde jetzt klar, dass er sein bisheriges Leben in einem hübschen sauberen Teich verbracht hatte, durch den er unbeschwert und doof wie eine Ente gepaddelt war. Plötzlich war das Wasser tief und trüb, seine Füße steckten im Schlamm.

Zum ersten Mal in seinem Leben störte ihn Musik beim Nachdenken. Er legte den iPod zur Seite.

Es war unbegreiflich, dass wirklich kein einziger Amerikaner auch nur einen Schimmer davon hatte, was die Pocken eigentlich waren. Nicht einer der dreihundert Millionen. Dabei waren die Pocken nichts anderes als das, was in den betreffenden Veröffentlichungen stand: Die Nummer 1 in der Hitliste der gefährlichsten biologischen Kampfmittel.

Was Bioterrorismus so verrückt macht, ist der Umstand, dass die Sache ohne einen Wissenschaftler, der die Krankheit in aller Heimlichkeit aus einem Labor herausschmuggelt, nicht geht. Wer wäre dazu bereit, sein eigenes Leben, das seiner Familie, das seiner Kollegen – im Endeffekt aller Menschen in seinem Land – zu riskieren? Selbst wenn dieser Wissenschaftler Amerika mit jeder Faser seines Herzens hasste, musste dieser Hass doch das Gegenteil von einer Liebe zu etwas anderem sein, oder? Liebe zu seinem Land oder Volk oder seiner Religion. Und er würde doch nicht sein eigenes Leben riskieren – oder doch? Also würde Bioterrorismus zwar eine ständige Bedrohung sein, aber nie praktisch angewendet werden.

Zumindest bis er, Mitty Blake, den Terroristen die einmalige Chance bot, eine Stufe zu überspringen. Er war jetzt derjenige, der den Virus beschafft hatte – und das außerdem noch genau dort, wo es am interessantesten war.

Mitty hatte sich nie besonders angestrengt, intelligenter zu werden oder seine Intelligenz zu zeigen.

Jetzt war der Zeitpunkt gekommen.

Um an mehr Informationen zu kommen, war es jetzt zu spät. All seine intelligenten Schlussfolgerungen beruhten notgedrungen auf Vermutungen. Aber vielleicht bestand Intelligenz ja vor allem aus Vermutungen.

Wie wollten sie Mitty am besten benutzen? Hofften sie, ein Gas herstellen zu können, das sie irgendwo in der Stadt versprühen würden? Das schien technisch ein bisschen zu anspruchsvoll für Leute zu sein, die ihn in einem Keller mit einer verrosteten Toilette gefangen hielten. Diesen Typen blieb eigentlich nur die Möglichkeit, Mitty selbst als Infektionsherd zu benutzen, so, wie Derek das beschrieben hatte.

Aber selbst in New York mussten zwei vermummte, maskierte Kerle mit Handschuhen, die einen hustenden und stöhnenden Scheintoten in einem Rollstuhl durch, zum Beispiel, Penn Station schoben, ganz einfach viel zu schnell auffallen. Und selbst wenn die normalen Passagiere die Augen abwenden würden – die Bahnhöfe wimmelten nur so von Sicherheitsbeamten. Also mussten sich die Burschen ganz normal anziehen und damit in Kauf nehmen, dass sie wahrscheinlich auch die Pocken kriegen würden. Aber egal für welche Bekleidung sie sich schließlich entscheiden würden – normal waren sie nicht. Menschen, die Massenmorde begehen wollen, sind nicht normal.

Würden sie also, unauffällig angezogen, Mitty mit Tape im Rollstuhl fesseln und mit ihm losmarschieren? Einerseits sollte Mitty ihrem Willen nach kräftig husten und atmen, aber er durfte nicht so stark sein, dass er um Hilfe rufen konnte. Es würde ihren ganzen Plan versauen, wenn ihre menschliche Zeitbombe plötzlich schrie: »Rufen Sie die Polizei!«

Sie hatten ein Zeitfenster von maximal zehn Minuten, in denen ihr Plan überhaupt funktionieren konnte, spätestens dann würde Mitty, vom Schmerz übermannt und voller schwarzer Blasen, laut seine Qualen herausschreien und die Sicherheitskräfte kämen angerannt.

So etwas passierte eben, wenn man seinen Terrorismus aus dem Moment heraus starten musste. Pannen gehörten dann einfach dazu.

Nachdem Mitty die Dinge so durchdacht hatte, kam er zu exakt zwei Schlussfolgerungen:

1. Die Typen oben waren nicht ganz normal.

2. Er war in riesigen Schwierigkeiten.

Klar, das konnten auch ganz weichherzige Kidnapper sein. Er würde keinen Ausschlag bekommen, er würde überhaupt nicht krank werden, sie wiederum würden ihren Virus nicht bekommen, und in ungefähr einer Woche würden sie sagen: »Pech gehabt«, und sich still und leise verdrücken, wobei sie die Türe offen ließen, sodass Mitty nach Hause gehen konnte.

Da gab es noch eine Panne, von der sie allerdings nichts wussten: das Loch in der Decke, wo er das Fernsehkabel rausgerissen hatte. Er erinnerte sich an eine ziemlich schaurige Geschichte über eine Frau in einem englischen Labor in einem der Bücher, die er gelesen hatte. In einem anderen Labor, nicht auf ihrem Stockwerk, wurde mit Pocken experimentiert. Durch ein geöffnetes Fenster, durch das eigentlich Frischluft reinkommen sollte, gelangte der Virus nach draußen, ein Windstoß blies ihn um das Gebäude herum nach oben direkt durch das offene Fenster in ihren Raum. Sie starb.

Aus Angst, dass Mitty sie nochmals berühren würde, waren diese zwei Männer aus dem Keller gestürzt wie Kaninchen, hinter denen der Fuchs her ist. Falls sie gegen die Pocken geimpft worden waren, wären sie dann nicht noch ein bisschen geblieben, um ihn so richtig zusammenzuschlagen? Bis auf diese Papierschichten auf ihrem Körper waren sie also schutzlos. Und außerdem: Wenn er mit seiner Vermutung wegen der raschelnden Geräusche oben recht hatte, dann zogen sie ihre Schutzkleidung aus Papier aus, sobald sie den Keller verlassen hatten.

Ihr hättet besser recherchieren sollen, sagte er im Stillen zu seinen Wächtern. *Mein Virus weht schon durch eure Lungen.*

Stunden später zog Mitty an der Glühlampenkette. Nach so langer Zeit in der Dunkelheit leuchtete die 25-Watt-Birne hell wie die Julisonne. Mitty überprüfte kurz den Zustand seiner Haut und ging dann mit seinem Nagel locker die Treppe hoch.

Die Glühbirne war da oben zu weit entfernt und zu schwach, um genügend Licht auf die Tür zu werfen, also arbeitete er da oben praktisch im Dunkeln. Er tastete um den Türknopf herum und fand schließlich das Schlüsselloch.

Zeit, um das Knacken von Schlössern zu lernen.

Wie sich herausstellte, war das nicht lautlos zu machen. Die Typen oben mussten entweder tief schlafen oder das Haus verlassen haben, denn sosehr Mitty auch mit seinem Nagel herumkratzte, stocherte, rein- und rausstach oder sonst wie rummachte, es kam niemand, um ihn daran zu hindern. Und er erreichte mit seinem Nagel gar nichts. Schließlich rammte er ihn tief in das Loch, rutschte aber ab und der Nagel blieb tief im Schlüsselloch stecken.

Mitty seufzte. Er ging die Treppe hinunter, zog an der Kette und war wieder im Dunkeln.

Seine ursprüngliche Absicht war zu sterben, bevor er die Krankheit bekam, damit sie gar nicht erst existieren konnte.

Wie aber starb man mit Absicht, wenn man gar keine Waffen hatte? Auf Dauer gesehen konnte man natürlich aufhören zu trinken. Wenn man keine Flüssigkeit zu sich nahm, dachte Mitty, ging das sogar ziemlich schnell. Länger als achtundvierzig Stunden hielt man ohne Wasser nicht aus, oder? Vielleicht wäre das Doppelte machbar. Aber dann könnte er schon jemanden anstecken.

Mitty wollte nicht wirklich sterben. Er hatte eine Million Pläne. Er wollte jede Minute seines Lebens wirklich erleben und in seiner Familie wurden alle sehr alt. Sein Großvater lief mit seinen achtundachtzig Jahren immer noch Marathons. Na ja, nie bis zum Ende.

Keine schlechten Gene also für Mitty.

Außerdem hatten seine Verwandten natürlich die Regel Nummer 1 für ein langes Leben beachtet: Keine Pocken bekommen.

Regel Nummer 2 wäre: Nie die falschen E-Mails beantworten.

Wenn er doch nur mehr Informationen hätte. Wenn die Kerle reden würden, könnte er zumindest Vermutungen anstellen, sich zusammenreimen, wer sie waren, wofür sie eintraten. Wenn er sie nur auf seine Seite ziehen könnte, sie in eine Falle locken oder ihnen einen sanfteren, freundlicheren Lebensstil vermitteln!

Aber im Gegenteil: Dieses Abenteuer würde sie nicht sanfter oder freundlicher machen, sondern eher ihren Appetit wecken. Sicher träumten sie auch von Pocken – aber in diesen Träumen schrien und litten die Einwohner von New York, waren zutiefst verängstigt und starben.

Und Mitty wurde plötzlich klar, dass es gar nicht wichtig war, wer diese Typen waren oder woher sie kamen. Dass es nicht wichtig war, ob er die Pocken bekam oder nicht, und dass es auch nicht wichtig war, ob die da oben die Pocken bekamen.

Wirklich wichtig war: Wenn das mit Mitty als Waffe für einen Bioterroranschlag nicht klappte, dann würden sie eben anders weitermachen. Dann würden sie einen anderen Terrorangriff mit anderen Mitteln planen.

Mitty war entschlossen, das mit aller Kraft zu verhindern, auch wenn er sich dabei selbst in Gefahr brachte. Die Welt brauchte diese Terrortypen nicht. Auch wenn Derek zu Recht darauf hingewiesen hatte, dass man damit den Kopf, der hinter alldem steckte, sowieso nicht erwischen würde. Der saß sicher irgendwo in den Bergen oder sonst wo. Aber irgendwo in den Bergen oder sonst wo konnte Mitty gar nichts erreichen, also wollte er hier in diesem Keller etwas erreichen.

Gas, Feuer, Wasser, Strom.

Stadtbewohner hatten gewöhnlich wenig Ahnung von ihren Kellern, und wenn sie in einem riesigen Wohnhaus wie Mittys Familie wohnten, waren sie dort wahrscheinlich auch noch nie gewesen, denn um all das da unten kümmerten sich die Hausmeister. Mittys Familie hatte aber ein Haus auf dem Land, und in dem Haus war über die Jahre all das mal kaputtgegangen, was kaputtgehen kann.

Sein Vater hatte alles mindestens einmal reparieren müssen. Wenn er Handwerker für besonders knifflige Jobs brauchte, zum Beispiel als sie eine Klimaanlage für das ganze Haus eingebaut hatten, fuhr er ständig nach Roxbury raus, um eine Menge Fragen zu stellen und sich die Sache aus der

Nähe anzuschauen. Aber wann immer möglich, erledigte er alles selbst an den Wochenenden.

Deshalb wusste Mitty mehr über Keller als andere Kids in Manhattan.

Eine Möglichkeit war, das Hauptwasserrohr abzubrechen, sodass die Wasserversorgung nicht mehr abgedreht werden konnte. Hier unten gab es keine Bilgenpumpe, die automatisch Wasser nach draußen gepumpt hätte. Er hatte keine Ahnung, wie lange es dauern würde, bis der Keller vollgelaufen wäre. Wahrscheinlich eher Stunden als Tage, und es war auch gar nicht nötig, dass das Wasser bis zur Decke stieg. Es musste nur die Höhe des Sicherungskastens erreichen. In dem Moment wäre er sowieso Toast.

Mitty versuchte sich vorzustellen, wie er langsam dastand, das Wasser an seiner Brust hochsteigen fühlte und nur darauf wartete, einen tödlichen Stromschlag zu bekommen. Nein, so bestimmt nicht. Wahrscheinlich würde er mit den Zehennägeln an den Balken hängen, um ja nicht mit dem Wasser in Berührung zu kommen.

Er konnte den ganzen Laden in die Luft jagen. Der Gasofen hatte bestimmt ein Sicherheitsventil, das sich automatisch schloss, um das Ausströmen von Gas zu verhindern, sobald die Flamme ausging. Mitty brauchte nur das Ventil offen zu halten, die Flamme zu löschen, abzuwarten und dann einen Funken zu zünden.

Aber aus Sicherheitsgründen wurde Gas immer ein stark riechender Bestandteil beigemischt: Die Typen da oben würden bald schnallen, was Sache ist. Und es würde ihnen ausreichend Zeit bleiben, Mitty aus dem Keller zu holen, ihn in das gute alte Tape zu wickeln, in einen Wagen zu schmeißen und es sich an einem anderen Plätzchen gemütlich zu machen.

Und er dachte über eine dritte Möglichkeit nach. An die hatte er seit der ersten Nacht hier immer wieder gedacht, denn die Idee dazu war ihm gekommen, als er den Gasofen zum ersten Mal gesehen hatte.

Mitty betete. *Lieber Gott, dazu brauche ich verdammt viel Mut. Lass mich bloß nicht kneifen. Ich hasse Leute, die kneifen. Lass mich nicht den Mut verlieren. Ich hab keine Zeit für so etwas. Lass mich keinen Mist bauen. Auch dafür habe ich einfach keine Zeit mehr.*

Und New York auch nicht.

K.15

Der Donnerstag ging vorbei.

Die Stunden des Freitag verrannen langsam.

Ab und zu warfen sie ihm Hamburger die Treppe hinunter. Mitty musste sich sehr zusammenreißen, um nicht sofort aufzuspringen, die Tüte zu packen, sie aufzureißen und jeden Hamburger mit zwei Bissen herunterzuschlingen. Die Wärme des Essens, sein Geruch, sein Geschmack, allein schon dieses winzige bisschen Action waren eine wunderbare Ablenkung von der Dunkelheit, der Monotonie und der Furcht.

Manchmal ließ Mitty das Licht an und manchmal drehten sie es von oben aus.

Das Feldbett hing wegen Mittys Gewicht noch mehr durch. Manchmal faltete er sein T-Shirt zu einem armseligen kleinen Kopfkissen zusammen, und manchmal machte er es nass und benutzte es als Eispackung für seine Backe, die inzwischen heiß und geschwollen war. Er hatte wieder Kopfschmerzen, aber andere: Sie saßen tief in seiner Schädelbasis und machten es ihm schwer, klar zu denken.

Manchmal hörte er Gemurmel und Stimmengewirr von oben, konnte aber nie einzelne Wörter verstehen. Mehrmals roch er Kaffee.

Er versuchte, einen Plan zu machen. Nachdem er jede lächerliche oder chancenlose oder sinnlose Idee verworfen hatte, blieb nicht mehr viel übrig. Keiner der Pläne würde funktionieren, wenn die Typen oben nicht freiwillig mitmachten, und das zu hoffen war einfach dumm.

Ab und zu machte er einen Klimmzug, um besser Radio hören zu können. Die Harlem Globetrotters traten im Madison Square Garden auf. Es waren drei Grad plus. Die U-Bahn-Station am World Trade Center war wiedereröffnet worden und mit täglich dreißigtausend Fahrgästen auch sofort wieder der meistbenutzte Bahnhof der Linie.

Immer noch keine Erwähnung eines vermissten Teenagers von der Upper West Side.

Freitagabend. Jetzt fuhren die Blakes normalerweise aufs Land. Mitty wollte sich gar nicht vorstellen, wie seine Eltern wohl mit der Situation fertigwurden. Jetzt gab es keine Möglichkeit mehr, den Brief auf dem Laptop rückgängig zu machen, aber vielleicht war das auch nicht so schlimm. Der Inhalt des Briefes war wirklicher geworden, als er sich das vorher vorgestellt hatte.

Jeder Terrorismusexperte, von dem Mitty etwas gelesen hatte, war davon überzeugt, dass der nächste Anschlag kurz bevorstand und noch schlimmer sein würde. Mitty war der Einzige, der dafür sorgen konnte, dass zumindest diese

Terrorgruppe ihre Pläne nicht verwirklichen würde. *Für New York,* so dachte er gerne, *würde ich alles tun.*

Aber was? Was konnte er wirklich tun?

Irgendwann kontrollierte er zum letzten Mal sorgfältig seine Haut.

Dann versank er wieder in Schlaf. Es war ein tiefer, fester Schlaf, als ob sein Körper wusste, dass das seine letzte Chance war.

Er wachte nicht auf, als sich die Tür am oberen Treppenabsatz öffnete.

Er wachte nicht auf, als jemand die Treppe halb herunterkam.

Er wachte nicht auf, als dieser Jemand sich anders entschied, die Treppe wieder hochging und die Tür offen ließ.

Was Mitty später aufweckte, war der Geruch von Hamburgern und Pommes.

Aber trotz des Geruchs konnte er sich nicht aus seinem Schlaf befreien.

Der Wärter warf die Tüte nicht. Diesmal kam er die Treppe ganz herunter.

Langsam drehte Mitty den Kopf. Er sah eine Art blaues Papier und die rote Skimütze, aber er konnte seine Augen nicht lange genug offen halten, um zu erkennen, ob das ein Traum oder die Wirklichkeit war. Ihm war kalt. Er hatte sein T-Shirt nicht an. Er hatte es wohl an den Heizkessel zum Trocknen gehängt. Der Kunststoff auf seiner Liege juckte auf seiner Haut.

Der Wächter hatte ein kleines, schwarzes Rohr in der Hand. *Er wird mich erschießen,* dachte Mitty und es war ihm merkwürdig egal. Aber es war bloß eine Taschenlampe. Der Wächter ließ den Lichtstrahl über Mittys nackte Brust, Arme und sein Gesicht wandern. Dann trat er zurück und rief aufgeregt nach seinem Partner, der heruntergerannt kam und sich Mitty anschaute. Sie schrien sich in einer für Mitty unverständlichen Sprache an, dann rannte der zweite Typ wieder nach oben und stieg in seine raschelnde Schutzkleidung.

Mitty wusste, was sie gesehen hatten.

Hautflecken.

In diesem Stadium immer noch flach wie Sommersprossen. Kleine Grüppchen von Tüpfelchen auf seiner Brust und seinen Armen, dicker auf seinen Handrücken und wahrscheinlich am dicksten dort, wo es am wichtigsten war und wo Mitty sie nicht sehen konnte: auf seinem Gesicht.

Mitty hatte sie letzte Nacht gesehen, als er sich zu einer letzten Kontrolle unter die Glühbirne gestellt hatte.

Die Männer kamen vorsichtig näher, beugten sich vor und starrten Mitty an, als ob die zu treffende Entscheidung nun Mückenspray oder Rattengift hieße.

Dann richtete sich der erste Typ auf. Mit geballter Faust streckte er den Arm nach oben, als hielte er ein Gewehr. »Du wirst sterben«, sagte er zu Mitty. Es war der erste laute Satz, den er sagte. Er hatte den gleichen Akzent wie die Frau in Braun. »Du wirst sterben«, wiederholte er und lachte jetzt dabei, »und dann sterben deine Leute. Wir«, sagte er zu Mitty, »wir werden in euren Straßen tanzen.«

Die Männer gingen rückwärts die Treppe hoch, als ob der Virus Menschen verschonen würde, die so mutig waren, ihm in die Augen zu sehen. Dann traten sie die Kellertür zu.

Meine Straßen?, dachte Mitty Blake. *Mein Broadway? Meine Columbus? Meine Amsterdam?*

Nein.

Ihr werdet nicht in meinen Straßen tanzen.

Sie hatten eine Tüte mit Hamburgern und Pommes an der Treppe unten liegen gelassen, unterhalb der Glühbirne, gut zehn Schritte von Mitty entfernt. Der Geruch war widerlich. Mitty wollte nicht, aber er musste sich übergeben.

Er warf sich auf seiner schlüpfrigen Kunststoffunterlage hin und her. Es war einfach unerträglich, dass er es sich nie mehr bequem machen konnte. Endlich setzte er sich mühsam auf. Die Knie benutzte er als praktische Stütze für seinen Kopf, den er nicht mehr aus eigener Kraft hochhalten konnte.

Er versuchte aufzustehen, schaffte es aber nicht. Er verschnaufte eine Zeit lang, ließ sich dann auf seine Knie nieder und kroch zu einem gammeligen Pfeiler, der einen Balken stützte. Er zog sich an dem Pfosten aus Metall hoch, bis er auf seinen Füßen stand. Gehen war schwieriger, als er erwartet hatte. Schon das Gleichgewicht zu halten war nicht einfach. Der Weg zur Toilette war weit. Als er die Schüssel erreichte, beugte er sich darüber, hielt sich an den Rändern fest und begann zu würgen. Minutenlang würgte und würgte er vergeblich, den Rücken gekrümmt, der Bauch hart wie ein Stein, und dann passierte es endlich. Er übergab sich. Die Säure brannte in seinem Hals und Mund.

Er versuchte, den Wasserhahn aufzudrehen, schien aber nicht die Kraft dazu zu haben. Als er es endlich wenigstens bis zu einem armseligen Tröpfeln schaffte, tat es weh, sich runterzubeugen, tat es weh, seinen Mund hinzuhalten, tat es weh zu schlucken. Und dann schaffte er es nicht, den Hahn wieder zu schließen.

Er kroch zurück zur Liege. Dort musste er sich wieder übergeben und spuckte dünne Strahlen von saurem Erbrochenen genau dorthin, wo er liegen wollte. Aber das machte ihm jetzt auch schon nichts mehr aus. Als er sich auf das Bett fallen ließ, brach es unter seinem Gewicht zusammen. Mitty schrie vor lauter Verzweiflung, kniete neben seiner zerstörten Liege und rollte sich dann daneben zusammen, den Kopf auf die gefalteten Hände gelegt.

Mitty Blake vergoss selten Tränen. Und auch jetzt weinte er nicht. Er wimmerte nur leise, wie ein Hund, dessen Pfote überfahren worden war.

Vielleicht war er danach eingeschlafen. Vielleicht auch nicht. Er wusste nur, dass er zu Gott betete, alles möglichst schnell vorbeigehen zu lassen. Das alles war unerträglich. Aber Mitty hatte jetzt keine Wahl mehr. Er *musste* es ertragen.

Nachdem viel Zeit vergangen war, hörte Mitty, wie er das Wort benutzte, das er in einer Situation wie dieser als allerletztes benutzen wollte. Er hatte es nicht vorgehabt, er wollte es nicht, er konnte es nicht verhindern. *Bitte,* dachte er. Und als ihm klar wurde, dass sie seine Gedanken nicht hören konnten, nahm er all seine Kraft zusammen und rief laut: »Bitte!«

Nichts geschah.

Endlich schlief er auf dem Boden ein.

Die Kellertür wurde geöffnet und er wurde halb wach; er erinnerte sich mehr oder weniger, wo er war und was hier los war.

Beide kamen runter. Vielleicht wollten sie sich um ihn kümmern. Ihm vielleicht zu trinken geben. Er versuchte, seine Lippen zu befeuchten, aber nichts geschah. Er formte das Wort in seinem Mund, fand aber nicht den Ton dazu. *Wasser?*, bettelte er lautlos.

Mitty war völlig verdreckt: vom Rotz aus seiner Nase, seinem Erbrochenen und inzwischen auch von seinem Urin. Seine Wächter machten in ihrer Sprache Witze über ihn und lachten ihn aus, aber Mitty fiel wieder in tiefen Schlaf.

Als er das nächste Mal aufwachte – zehn Sekunden später? Zehn Minuten? Am nächsten Tag? –, sah er, dass sie ein billiges zusammenfaltbares Gästebett mitgebracht hatten, eins dieser Dinger aus Leichtmetall mit blau gestreifter Matratze auf einer Unterlage aus Drahtgeflecht. Es war alles andere als neu und sah aus, als ob es in irgendeinem Krankenhaus oder Ähnlichem verwendet worden war – so als ob Typhus-Mary es gerade erst verlassen hätte. An den Pfosten waren kleine Räder, vielleicht um die Leiche einfacher aus dem Zimmer bringen zu können.

Ihm war klar, dass sie das Bett nicht gebracht hatten, um es ihm bequemer zu machen. Sie wollten sich einfach nicht runter bis zum Boden bücken, wenn sie sich an Mitty zu schaffen machten. Und ihn bis zum richtigen Moment am Leben halten zu können, erforderte einfach ein Mindestmaß an Krankenpflege.

Jetzt verschränkten sie die Arme vor der Brust. Sie hatten

sonst nichts in ihren Händen, da sie das Klappbett zusammen heruntergetragen hatten. Sie warteten ab, offensichtlich erwarteten sie, dass er aus eigener Kraft in sein Totenbett klettern würde. Mitty wollte es ja. Nichts wollte er mehr, als endlich seinen Kopf auf etwas Weiches zu legen. Aber er konnte sich nicht bewegen. Dafür weinte er, und diesmal kamen echte Tränen, heiß wie das, was da wohl in ihm kochte.

Sie stellten sich auf beide Seiten neben ihn, ihr Papierschutz kratzte auf seiner wunden Haut. Mittys Körper war schlaff und schwer. Er prallte gegen den Rand des Klappbetts, das durch den Stoß ein Stück in die Dunkelheit rollte.

Einer der Wächter ging los, um es zurückzuholen, der andere versuchte, Mitty auf den Beinen zu halten. Mitty warf sich mit all der Kraft, die er noch besaß, zur Seite und sie fielen beide gleichzeitig zu Boden. Mitty packte den Kopf des Typen mit beiden Händen und schmetterte ihn auf den Fußboden. Sofort rollte er zur Seite um dem Fußtritt des anderen Wärters zu entgehen. Er rollte bis hinter die Säule und zog sich daran hoch. Die behandschuhte Faust des zweiten Wärters traf ihn an der Backe und riss die alte Wunde wieder auf, aber Mitty angelte sich mit einem Fuß das Bett und stieß es ihnen mit aller Kraft in den Körper. Damit hatte er für einen Moment eine Barriere zwischen sich und den beiden geschaffen – und Zeit genug gewonnen, die Treppe hochzuspringen.

Sie hatten die Tür offen gelassen. Das taten sie immer.

Mitty kletterte auf die Tür zu, die zwei unten schrien vor Wut und hechteten hinter ihm her. Kräftige Finger packten seine Knöchel. Sie würden ihn hier nie rauslassen.

Aber Mitty wollte gar nicht raus.

Er knallte die Tür zu und das Schloss rastete automatisch ein.

Mit seinen Händen verschmierte er die kleinen Flecken aus Kohlenstaub, die er so sorgfältig überall auf seiner Haut verteilt hatte. Er blickte auf die Masken seiner Kidnapper.

»Hab euch schön reingelegt, oder?«, sagte er grinsend.

N.17

Sie zerrten ihn an den Füßen die Treppe herunter. Seine nackte Brust und seine verwundete Backe krachten gegen jede Stufe. Dann traten sie ihn einfach zur Seite, um sich auf die Tür stürzen zu können. Sie traten Mitty genau dort gegen den Kiefer, wo er schon zwei Schläge eingesteckt hatte.

Einer der Typen schlug wie wild auf die Tür ein und fluchte laut auf Englisch. Kein Problem, die zwei jetzt so zu provozieren, dass sie eine wilde Schlägerei beginnen würden.

Aber Mitty wollte immer noch Dinge tun, Orte sehen, Menschen treffen. Er trat hinter den Heizkessel.

Plötzlich beruhigte sich einer der Kerle. Er begann zu lachen. Er hob seinen Papieranzug ein Stück hoch, griff in eine Hosentasche und holte einen dicken, rasselnden Schlüsselbund heraus. Er hielt ihn hoch, um ihn Mitty zu zeigen.

Mitty nahm kaum Notiz davon. Er musste gegen Übelkeit ankämpfen. Damit hatte er nicht gerechnet.

Er hatte ihnen vorgespielt, krank zu sein. Zwei lange, leere, langweilige Tage und Nächte hatte er nichts anderes getan, als darüber nachzudenken, wie er die zwei da oben davon überzeugen konnte, zusammen hier runterzukommen. Und er musste immer weitermachen und ein bescheuertes Symptom nach dem anderen faken, bis er schließlich gedacht hatte, er würde noch durchdrehen, bevor die Kerle da oben mal in die Gänge kämen.

Um seine Show durchzuziehen, hatte er begonnen, sich selbst was vorzumachen, Stunden über Stunden – und jetzt wusste er nicht mehr, ob das wirklich nur Show gewesen war. Hatte er sich nicht selbst dazu gezwungen, zu würgen, zu wimmern und zu jammern? Oder wäre das alles sowieso passiert? Hatte er sich nur vorgemacht, dass er hier aus einem sehr guten Grund schauspielerte?

Wenn er jetzt zum Ausruhen seinen Kopf auf die Knie legte, würde er ihn nie wieder hochheben.

Weil mein Kiefer gebrochen ist, redete er sich ein. *Nicht, weil ich die Pocken habe.*

Warum ihm das unter diesen Umständen so wichtig war, kapierte er selbst nicht.

Am oberen Treppenabsatz erreichten die Typen mit ihren Schlüsseln gar nichts. Mit ihren Körpern standen sie sich selbst in dem bisschen Licht von der Glühlampe. Wahrscheinlich schrien sie sich jetzt deshalb an, weil keiner von ihnen daran gedacht hatte, die Taschenlampe mit in den Keller zu nehmen.

Der Kerl mit dem Schlüsselbund kam die Treppe runter, hielt seine Schlüssel gegen das Licht, wählte sorgsam den richtigen und ging zurück, um es erneut zu versuchen. Keine

Chance. Er verfluchte die Schlüssel, verfluchte das Schloss, verfluchte seinen Kumpel. Dann probierte er jeden einzelnen Schlüssel aus.

Gib's auf, dachte Mitty. *Ich hab das Loch zugenagelt.* In seinem Kiefer explodierte der Schmerz. Er spuckte einen Zahn in seine Hand. Und das nach der teuren Zahnspange!

Die beiden oben in ihren blauen Papieranzügen und roten Masken starrten bewegungslos auf Mitty herunter. Und plötzlich war »Here comes the bride« zu hören.

Mitty war davon ausgegangen, dass die dumpfen Geräusche oben, bevor die beiden runterkamen, immer bedeutet hatten, dass sie ihre Taschen leerten: Schlüsselbund, Handy, was auch immer. Er hatte sich getäuscht. Sie hatten die Schlüssel und ihr Handy dabei. Jetzt mussten sie nur noch Verstärkung anfordern.

Aber das Handy klingelte weiter, und die Männer hörten nicht auf, gegen die Tür zu trommeln. Sie hatten es wirklich in der Küche gelassen.

Dumm war nur, dass Hilfe für die beiden auch dann kommen würde, wenn sie den Anruf nicht beantworteten. Wer immer da anrief, wollte wissen, wie die Dinge liefen. Und wenn niemand antwortete, auch nach dem zweiten oder dritten Versuch, würde jemand kommen und nachsehen.

Die Sache ist hoffnungslos. Mein Plan funktioniert nicht.

Er verzog sich in eine dunkle Ecke des Kellers, wo sie ihn von ihrem Standort oben am Treppenabsatz aus nicht sehen konnten. Aber sie gingen einfach ein paar Stufen tiefer und hatten ihn wieder im Blick.

»Ich habe wirklich die Pocken«, erklärte er ihnen gelassen.

»Die Pusteln habe ich vorgetäuscht, aber alles andere stimmt. Heute ist der vierzehnte Tag und ich bin ansteckend. Papieranzüge halten *variola major* doch nicht von ihrer Arbeit ab. Ihr seid schon so gut wie tot.«

Er ging rüber zum Wasserhahn. Dort spritzte er kaltes Wasser um seinen Mund und spuckte Blut aus. Dann trank er.

Hätte er doch in Geschichte oder Englisch besser aufgepasst, dachte er sich. Wenn er wirklich Shakespeare oder Homer richtig gelesen hätte, wenn er wirklich Bescheid wüsste über den Unabhängigkeitskrieg oder die Weltkriege, dann könnte er sich alle diese Geschichten hier noch einmal selbst erzählen und sich einreden, wie ein wahrer Kämpfer zu sterben.

Das tat er aber nicht.

Einer der Wächter setzte sich auf die zweitunterste Treppenstufe, der andere mehrere Stufen höher. Inzwischen hatte sich Mitty an die Skimasken gewöhnt. Er war froh, dass er ihre Gesichter nie sehen würde. Das machte ihm die Sache viel leichter. Er hatte sich nicht in die Nähe des Wasserhahns gesetzt, weil er sich dachte, dass einer der beiden vielleicht mal etwas trinken musste. In diesem engen Raum wollte er eine eigene kleine Ecke für sich.

Dann ging er Richtung Gasofen. Er blickte nicht auf sein Ziel. Das war wie Basketball: Man schaute auf den Mann, der einen abblocken soll, nicht auf den Mitspieler, zu dem man den Pass spielen will. Er war seinen Kidnappern jetzt sehr nahe. Nur das Treppengeländer war zwischen ihnen, aber das war eher eine optische Barriere als ein wirkliches Hindernis.

Er machte einen weiteren Schritt nach vorn.

Die Männer schienen keine Ahnung zu haben, was gleich passieren würde.

Rasch reichte Mitty mit beiden Händen nach oben, machte eine klatschende Bewegung und zerbrach dabei die Glühbirne zwischen seinen Handflächen.

Glassplitter schlitzten seine Handinnenflächen auf, aber verglichen mit den Schmerzen in seinem Kiefer war das unerheblich. Mitty bewegte sich schnell und geschickt im Dunkeln. Diese Kerle wussten zwar, dass sie sich auf der Treppe befanden, würden sich im dunklen Keller aber nie zurechtfinden.

Während sie sinnlos herumfluchten, schlüpfte Mitty hinter den Ofen und schnappte sich sein T-Shirt, das er dort deponiert hatte.

Das war ein Gasofen. Mitty wusste, dass Gas zusammen mit Sauerstoff sauber zu farblosem, geruchlosem, geschmacksIosem Kohlendioxid verbrennt, das über ein Metallrohr in den Kamin und dann ins Freie geleitet wird. Wenn der Zugang zum Kamin aber versperrt ist, dann können die Abgase das Zimmer nicht verlassen und ersetzen nach und nach den Sauerstoff dort. Und der Anteil an Sauerstoff in dem verbrennenden Gasgemisch wird immer geringer: Dann verbrennt es zu farblosem, geruchlosen, geschmackslosen und hochgiftigem Kohlen*monoxid.*

Der Gasofen in diesem Keller war alt. Er war seit Jahren nicht gewartet worden. Mitty überlegte, ob er sich vielleicht deshalb so saumäßig fühlte, weil das Abzugsrohr schon etwas leck war und er während der letzten vier Tage schon eine bestimmte Menge an Kohlenmonoxid eingeatmet hatte. Aber im Endeffekt würde das wenig ändern. Denn das war ohnehin das Ende.

Ohne auf die Splitter in seinen Händen zu achten, tastete Mitty das metallene Abzugsrohr ab. Er fand das Ventil mit der kleinen Drehscheibe, schob das T-Shirt in das Rohr und verstopfte es.

Am nächsten Morgen würden sie alle für immer schlafen.

Schnell ging Mitty zur Waschschüssel zurück, seine Socken machten auf dem Zementfußboden keinerlei Geräusch. Um ihnen zu zeigen, dass er auf dieser Seite des Raumes war, drehte er den Hahn an. Er erwartete, dass sie ihn augenblicklich aufmischen würden, aber sie blieben sitzen, wo sie waren. Vielleicht glaubten sie immer noch, keine Pocken zu bekommen, wenn sie ihn nicht anfassten. Vielleicht hatten sie Angst vor Spinnen? Wie sollte er das wissen?

Mitty betete still, aber es kamen die falschen Gebete. Er begann mit Gott zu handeln. *Lass mich leben und ich werde schlau, fleißig, hilfsbereit und großzügig sein. Abgemacht? Ich werde der beste Schüler der Welt sein. Der beste Sohn. Der beste was auch immer.*

Die Blakes gingen vielleicht an vier oder fünf Sonntagen im Jahr in die Kirche. Mitty konnte sich an mehrere dieser Sonntage im Einzelnen erinnern. Es waren unterschiedliche Kirchen mit unterschiedlichen Priestern in verschiedenen Staaten gewesen, aber Mitty hatte immer dasselbe gefühlt: halb dazugehörig, halb als Außenstehender. »Bittet Gott nicht um Hilfe in Notsituationen«, hatte einer der Priester gesagt, »wenn ihr euch nicht auch darum kümmert, ihm in guten Zeiten zu danken.«

Plötzlich wusste Mitty, dass er letztendlich doch dazugehörte. *Ich habe mich nicht gekümmert,* sagte Mitty zu Gott. *Aber zum Glück bist du es und du kümmerst dich immer. Also, hier bin ich, wir sehen uns bald.*

Die Zeit schlich vorbei.

Hin und wieder klingelte in der Küche das Telefon.

Den Kerlen war kalt geworden. Mitty hatte sich hier unten inzwischen daran gewöhnen können, sie nicht. Sie stellten das Bett nahe an den Gasofen. Im Licht des Brenners konnte Mitty sie nur schemenhaft erkennen. Sie hatten sich nicht hingelegt, sondern Rücken an Rücken aufs Bett gesetzt, um sich gegenseitig zu stützen, hübsch nah an der Kohlenmonoxid-Quelle.

Einer der Terroristen hatte eine Armbanduhr, deren Zifferblatt aufleuchtete, wenn er einen kleinen Knopf an der Seite drückte. Er drückte wieder und wieder. Mitty schaute auf seine eigene Uhr. Samstagnacht, 14. Februar. Der letztmögliche Zeitpunkt, die Pocken zu bekommen.

Er strich langsam über seine Haut, doch da die ersten Hautverfärbungen sichtbar, aber nicht fühlbar sind, würde er es nie erfahren. Wenn er jedoch zuerst an Kohlenmonoxid sterben würde, dann würde sich seine Gesichtsfarbe in kirschrot verändert haben, dem äußeren Anzeichen dieser Vergiftung.

Er fühlte sich schrecklich. Er würde vor ihnen wegdämmern. Das wäre so unheimlich ätzend, wenn die das hier überlebten und er nicht. Wenn er doch nur noch am Leben bliebe, um dafür zu sorgen, dass sein Plan aufging.

Mitty musste seinen Kopf auf irgendetwas legen. Papier raschelte, als sich die Männer umdrehten, um ihn zu beobachten, aber sie standen nicht auf. Mitty rollte sich am Fuß der Treppe zusammen. Mit seinem Kopf auf der untersten Stufe fühlte er sich ein bisschen weniger schrecklich.

Vielleicht hatte er nicht viel dafür getan, New York zu retten, aber immerhin hatte er etwas getan.

Er dachte an Olivia. Das war nicht der Valentinstag, den sie sich vorgestellt hatte.

Er entschuldigte sich bei seinen Eltern. *Ihr habt mir gute Gene gegeben und gute Regeln und gute Liebe. Tut mir leid, dass das so schlimm für euch werden wird.*

Bei Gott bedankte er sich. *Du hast mir großartige Eltern geschenkt und ein prima Leben, aber ich hab nicht drauf geachtet. Dank dir für die wenigen Tage, in denen ich doch drauf geachtet habe.*

Mittys Augen schlossen sich.

Er sackte in sich zusammen.

Wenig später fiel sein Kopf auf den Fußboden und sein Körper blockierte die Treppe.

Am Valentinstag ging die Sonne unter.

Wie schon am Mittwoch, Donnerstag und Freitag spazierten Derek und Olivia durch den Riverside Park. Sie gingen Richtung Norden mit dem Hudson River zu ihrer Linken und einer Baumreihe, Tennisplätzen und hübschen kleinen Häusern aus Stein zu ihrer Rechten. Es wurde allmählich kälter und auch schon dunkel, aber der Gehweg war immer noch voller Liebespärchen. Einige der Pärchen waren alt, andere jung, einige sahen merkwürdig aus, andere sehr nett.

Olivia und Mitty waren nahe dran gewesen, ein Pärchen zu werden. Aber es hatte nicht sollen sein.

Olivia starrte in den Fluss. Sie konnte sich überhaupt nicht vorstellen, wie das wohl war, wenn man da vom Gehweg runter ins Wasser ging.

Wir werden es nie wissen, sagte sie sich. *Er ist verschwunden, und wir werden nie herausfinden wohin oder ob er von Leuten geschnappt worden ist und was sie mit ihm gemacht haben. Was für eine idiotische Idee von uns, dass wir in seiner ausgedruckten Arbeit über Pocken einen Hinweis darauf finden, wie wir ihm helfen könnten. Natürlich hat uns das gar nichts gebracht – außer der Erkenntnis, dass Mitty ohne mich prima recherchiert hat und dass Pocken wirklich buchstäblich das Letzte sind, was die Welt braucht.*

FBI und CDC waren in ständigem Kontakt mit Mr und Mrs Blake. Aber ob sie was rausgefunden hatten oder irgendwie weitergekommen waren? Jedenfalls sagten sie den Blakes nichts. Alle waren zu langsam, das war das Problem, dachte Olivia. Mitty war schon viele Stunden verschwunden gewesen, bevor die Suche überhaupt losgegangen war. Jede ungewöhnliche Szene auf der Straße war längst vergessen, jeder eventuelle Zeuge, jede Spur am Boden längst verschwunden. Langsame Leute lösen keine Fälle. Und schnelle auch nicht, falls sie zu spät zum Tatort kommen.

Das Pärchen vor ihnen hielt sich an den Händen und wandte sich immer wieder liebevoll einander zu, sodass es fast so aussah, als tanzten sie über den Gehweg. Die Frau hielt viele bunte Luftballons in der freien Hand, der Mann die Leine ihres Hundes. Der Hund war in jeder Beziehung eine richtige Promenadenmischung: klein, struppig und sandgelb. Aber offensichtlich liebten die zwei ihren Hund, Olivia erkannte das an dem schicken Valentinstuch, das sie ihm so lustig um den Hals gebunden hatten. Das Pärchen drehte sich herum und Olivia und Derek konnten ihre Gesichter sehen.

Die beiden waren richtig alt. Voller Falten und grauhaarig, aber sie kicherten verliebt.

Ach Mitty, dachte Olivia, *ich möchte, dass du alt werden kannst. Bitte, bitte, bitte, bitte stirb nicht.*

»Erinnerst du dich an das Antikriegsgedicht, das wir bei Mrs Abrams durchgenommen haben?«, fragte Derek. »Das von Wilfred Owen?«

Im Englischunterricht hüpfte Mrs Abrams von einem Thema zum anderen. Sie machten Zeug aus dem zehnten Jahrhundert, dann kam das neunzehnte, dann schwenkten sie zurück zum sechzehnten, um anschließend Stoff aus dem frühen zwanzigsten Jahrhundert durchzunehmen. Mrs Abrams liebte die Literatur aus der Zeit des Ersten Weltkrieges.

»Tischt euren Kindern nicht diese alte Lüge auf, *Dulce et decorum est pro patria mori*«, schrieb Wilfred Owen, »dass es süß und ehrenhaft sei, fürs Vaterland zu sterben. Weil es das nicht ist. Fürs Vaterland zu sterben heißt nämlich, an Giftgas zu ersticken oder in einem Schützengraben zu verfaulen.«

»Mitty war nicht der Meinung, dass das eine alte Lüge sei«, sagte Derek. »Für ihn war es eine alte Wahrheit: Es ist richtig und angemessen, für sein Land zu sterben. Er respektierte Menschen, die für ihr Land starben. Mitty war kein Pazifist. Er meinte, unsere Lehrer wollen uns nur beibringen, gleich das Handtuch zu werfen und immer den Kopf in den Sand zu stecken. Mitty würde es mit jedem aufnehmen, um seine Stadt zu schützen.«

Im letzten Herbst war Olivia noch nicht in Mitty verliebt gewesen, und da sie außerdem in verschiedenen Englischklassen waren, hatte sie seinen Aufsatz nicht gelesen. Sie erinnerte sich an ihren eigenen Aufsatz, in dem sie eine ganz andere Meinung vertreten hatte.

»Mitty liebte Helden«, sagte Derek.

Was ist ein Held? war ihr nächstes Aufsatzthema gewesen.

»Mitty war der Meinung, dass der ein Held ist«, erzählte Derek, »der in ein brennendes Haus rennt, um ein Baby zu retten.«

»Okay, wenn das Baby gerettet wird«, erwiderte Olivia. »Was aber, wenn du das brennende Haus siehst und das Baby schreien hörst und so schnell rennst, wie du nur kannst, aber einfach zu spät kommst und es nicht mehr durch die Flammen schaffst?«

»Vielleicht stirbst du, aber du hast es versucht. Das ist das Entscheidende.«

»Du wirst nur zum Helden, wenn die Leute über deine Tat Bescheid wissen«, sagte Olivia.

»*Er* würde es wissen«, sagte Derek. »Das würde Mitty reichen, glaube ich.«

Mitty konnte schon nicht mehr die Augenlider oder die Zehen bewegen. Und auch nicht seine Finger, nicht mal seine Zunge. Das Ende war jetzt nahe.

Plötzlich waren da Stimmen, Schritte donnerten die Stufen herab. Er fühlte, wie er umgedreht wurde. Betatscht. Untersucht.

»Nicht genug Licht«, sagte eine deutliche Stimme.

Mitty wurde hochgehievt und wie der schlaffe Sack Fleisch, der er war, die Treppe hochgetragen. Die Person, die voranging, hielt Mitty mit beiden Armen um den Brustkorb gepackt und war stark. Die andere Person, die Mittys Beine hielt, war nicht kräftig und ließ seine Füße über die Stufen holpern.

Man ließ ihn fallen. Sein Schädel knallte auf den Boden. Es gelang ihm, die Augen zu öffnen. Mit der Backe lag er auf geflecktem Linoleumboden. Die Tür nach draußen war offen gelassen worden. Eisiger Wind wehte in die Küche über seiner Gefängniszelle.

Luft. Wunderbare frische Luft.

Aber Sauerstoff bringt keine Kraft. Mitty war nicht in der Lage, seinen Kopf zu heben oder auch nur die Hände unter seinem verdreht daliegenden Körper hervorzuziehen.

Ein Wagen war rückwärts gegen die Küchentür geparkt worden. Alle Wagentüren standen offen. Fertig zur schnellen Abfahrt zum nächsten Zielort. Und wahrscheinlich ein Zielort, der Mitty nicht wesentlich besser gefallen würde als dieser hier.

Er hatte gehofft, seine Entführer mit ihren eigenen Waffen besiegen zu können.

Nun, das hatte nicht geklappt.

Die Leute, die jetzt an ihm herummachten, trugen Straßenkleidung. Er erkannte die Frau in Braun an ihren Stiefeln. Aber sie sagte nichts.

Da Mitty seinen Kopf nicht heben konnte, kniete sich die andere Person neben ihn. Hände in Handschuhen betatschten sein Gesicht und diese Hände schoben seine Lider gewaltsam nach oben. Hinter seiner Maske, diesmal einer Operationsmaske, weiß und sauber, sagte ein Mann: »Na also. Du hast sie, die Pocken.«

Hättest besser recherchieren sollen, dachte Mitty.

»Ich bin beeindruckt, dass du deine Wärter austricksen konntest, aber das war's für dich dann auch. Du wirst deine eigenen Leute für uns umbringen und wir werden in deinen Straßen tanzen.« Er stand auf. Er lachte.

Die Frau in Braun und der Mann mit der Maske gingen in den Keller hinunter, um nach den Wärtern zu schauen.

Nein, dachte Mitty Blake.

Ihr werdet nicht in meinen Straßen tanzen.

Mitty Blake rollte sich herum.

Er trat gegen die Kellertür.

Sie fiel ins Schloss.

Der Wetterbericht meldete für die Nacht des 14. Februar und den frühen Morgen des 15. Februar eine Temperatur von minus zehn Grad in New York City.

Der Junge ohne Hemd schlief in einer offenen Tür, das Gift in seinem Körper wurde mit jedem Atemzug weniger.

Sein Notruf wurde am Sonntag, dem 15. Februar, um 14.22 Uhr angenommen.

Später wurde bekannt, dass der Unglücksfall, der zum Tod von vier unbekannten Ausländern durch Kohlenmonoxid geführt hatte, auf einen schadhaften Heizkessel zurückzuführen war.

Die Stadtpolizei von New York beschlagnahmte zwei Laptops sowie drei Handys. Ermittlungen ergaben Spuren zu Bankkonten, zu schriftlichen Beweisen und Verbindungen zu Terrorgruppen. Da sie eine Panik befürchteten, hielten die Behörden jegliche Information unter Verschluss. Das CDC veränderte seine Website dahingehend, dass unmissverständlich klargemacht wurde, dass man sich an altem Pockenschorf nicht infizieren kann und dass beim Fund solch alten Schorfes keine lebensfähigen Viren aus dem Material gewonnen werden können.

Mitty Blake bekam keine Pocken.

Allerdings machten seine Verletzungen einen stationären Krankenhausaufenthalt nötig. Nur wenige Personen erhielten eine Besuchserlaubnis. Und diese wenigen waren erschüttert, als sie feststellen mussten, dass Uniformierte vor und hinter Mittys Zimmertür Wache hielten, dass sie ihre Ausweise vorzeigen und den Inhalt ihrer Taschen kontrollieren lassen mussten. Natürlich erkundigten sich viele Menschen nach Mitty – Klassenkameraden und Nachbarn und Freunde aus dem Haus und dem Fitness-Studio und von woher auch immer. Den meisten erzählten Mittys Eltern, dass er einen Autounfall gehabt habe, dass es ihm bald wieder gut gehen würde, allerdings benötige er jetzt vor allem Ruhe.

Was Mitty selbst anging, so hatte er mit Ruhe gar nichts am Hut, sondern war hocherfreut, dass er dauernd das FBI und die Polizei von New York City und seine Eltern und seine Schwester, die ihn alle ständig ausfragten, um sich hatte.

Alle wollten jedes Detail wissen. Es gab aber ein paar, die Mitty nicht preisgeben würde. Und er war sich ziemlich sicher, dass sein Vater das wusste, seine Mutter aber keine Ahnung davon hatte.

Seine Schwester Emily war von der Uni nach Hause geflogen und hatte vierundzwanzig Stunden am Tag damit verbracht, ihren Eltern zu versprechen, dass Mitty lebend aufgefunden werden würde. Aber als sie ihn dann sah, sagte sie nur: »Mitty Blake, wie hast du es nur hingekriegt, so viele blödsinnige Entscheidungen hintereinander zu treffen?«

Seine Eltern schliefen abwechselnd in dem Stuhl an Mittys Bett und verließen nur nach unmissverständlichen Aufforderungen seiner Schwester oder des FBI den Raum. Aber seine Mutter nahm vorher noch die Wärter ordentlich in die

Mangel, um ihnen einzubläuen, während ihrer Abwesenheit auch ja gut auf Mitty aufzupassen.

Am dritten Tag erhielten dann auch Derek und Olivia eine Besuchserlaubnis. Weil aber Mittys Mutter und Vater und Schwester und ein Wärter und zufällig auch jemand vom CDC da waren, fiel die Begrüßung eher steif aus und die Unterhaltung war irgendwie peinlich. Schließlich nahm Emily die Dinge in die Hand und scheuchte alle anderen aus dem Zimmer.

Kaum hatte sich die Tür geschlossen, kam Derek sofort zur Sache: »Deine Birne hat also was abgekriegt, oder? Ich hab im Internet was über Kohlenmonoxid-Vergiftung gefunden. Tickst du jetzt noch richtig oder bist du schon Gemüse?«

»Ich ticke auf einem so hohen Niveau«, antwortete Mitty und schleuderte sein Essenstablett in Richtung Derek, »davon kannst du nur träumen.«

Derek fing das Tablett wie eine Frisbeescheibe, schleuderte es zurück und schlug dann mit der Heizdecke nach Mitty. Dabei verstreute er leider dutzende von Karten mit Genesungswünschen über den ganzen Boden. Mitty griff nach einer schweren Blumenvase.

»Hör auf damit, Mitty«, kommandierte Olivia, »oder in diesem Krankenzimmer sieht es bald so schlimm aus wie in deinem Schlafzimmer.«

»Du warst in meinem Schlafzimmer?«, fragte Mitty und musste trotz seines verdrahteten Kiefers grinsen. »Was hab ich da verpasst?«

»Mich«, sagte Olivia. »Mich hast du verpasst.«

An diesem Abend half ihm sein Vater dabei, sich zum Schlafen fertig zu machen. Und seine Mutter willigte wirklich ein, die Nacht nicht auf dem Stuhl zu verbringen, sondern nach Hause zu gehen und erst am nächsten Morgen wiederzukommen. Mitty wusste, wie viel Mut sie dafür aufbringen musste, ihn allein lassen zu können. Und er wusste, dass seine Schwester hart daran gearbeitet hatte.

Er musste Emily nicht sagen, wie viel er ihr verdankte, und sie musste ihm nicht sagen, dass das schon alles so in Ordnung war. Sie meinte nur kurz: »Frühstück morgen ohne mich, Mitty. Ich muss zurück in die Uni.«

Seine Augen wurden feucht, eines dieser vielen unangenehmen Dinge, wenn man krank ist.

Alle umarmten sich, wünschten sich, ohne große Worte zu machen, alles Gute, außer seiner Mutter natürlich, die nie so ganz sprachlos war, und schließlich war Mitty allein.

Mitty setzte sich im Bett auf und schaute aus dem Fenster auf New York City.

Viel konnte er nicht sehen. Die Aussicht war sogar ziemlich langweilig. Das da draußen hätte auch jede andere Stadt sein können.

Aber es ist meine Stadt, dachte Mitty. *Und keine miesen Typen werden in meinen Straßen tanzen.*

Anmerkungen der Autorin

Viele Freunde halfen mir bei Code Orange. Ich möchte ihnen allen danken.

Jeanne D. Breen, Doktorin der Medizin und Spezialistin für Infektionskrankheiten, schickte mir einen Artikel von der Homepage der Internationalen Gesellschaft für Infektionskrankheiten (International Society for Infectious Disease), dem ein Artikel in der *Washington Post* vom 26. Dezember 2003 zugrunde lag. Eine Bibliothekarin in Santa Fe fand Pockenschorf in einem Buch und hatte augenblicklich das FBI vor der Tür. Was für eine Geschichte! Jeanne hat mir nicht nur diese großartige Idee geliefert, sie hat außerdem das Manuskript Korrektur gelesen und ist eine Basketball-Expertin.

Mein Schwiegersohn Mark Zanardi hat sich ein paar Möglichkeiten ausgedacht, wie man Leute in Kellern ausschalten kann, und half mir mit technischem Wissen.

Peter Smith hat ein paar Gasofendetails hinzugefügt.

Lee M. David erklärte mir, wie Schlösser funktionieren.

David Slivinski half mir bei der Onlinerecherche und schlug ein paar Rockbands vor.

Lynn Blevins, Doktorin der Medizin und Epidemiologin, fand einige Fehler und beseitigte sie.

Widespread Panic war die Lieblingsband meines Neffen Ben Bruce zu einer Zeit, als er den Job hatte, den Mitty will: Musikkritiker.

Außerdem danke ich Eileen Monroes Schülern in der Eastern Middle School und Kathie Cietannos Schülern in der

East Lyme Middle School für ihre Hilfe bei iPod- und SMS-Fragen.

Ottilie Lundgren gab es wirklich, sie war das Opfer des immer noch unbekannten Anthrax-Mörders. Alle Beschreibungen stammen aus Zeitungsartikeln.

Einige der hier zitierten Fakten über Typhus-Mary können in Kenneth Jacksons herausragender *Encyclopedia of New York City* nachgeschlagen werden.

Die Nachricht, dass es in neun afrikanischen Ländern Fälle von Kinderlähmung gibt, stammt aus der *Washington Post* vom 16. Juni 2004. Es ist also etwas, wovon Mittys Mitschüler im Februar noch nichts wissen konnten, aber ich wollte die Wichtigkeit von Impfungen möglichst deutlich darstellen.

Die Statistiken über die Google-Treffer stammen von Google selbst.

Ain't Life Grand ist ein Album von Widespread Panic; das Songzitat stammt aus dem Lied »Heroes«.

Das Bibelzitat, an das Mitty sich erinnert, stammt von Judas.

Die vielen hundert Briefe von Lady Mary Wortley Montagu (1689–1762) sind in verschiedenen Ausgaben erschienen.

Es gibt keine Schule St. Raphael's in Manhattan.

Den größten Teil der Recherche habe ich in der Medizinischen Bibliothek der Columbia University und in der Lehman Social Services Library gemacht.

Ursprünglich wollte ich direkt aus alten medizinischen Fachbüchern zitieren, aber die komplexen Satzstrukturen, die sehr langen Sätze und die veralteten Fachbegriffe machten dies schwierig. Schließlich gab ich Mitty fiktive Texte zur Hand. Seine Bücher sind den echten Werken, aus denen ich meine Informationen bezog, so ähnlich wie möglich.

Die Internetquellen sind in der Geschichte selbst angegeben. Einige medizinische Homepages habe ich mir ausgedacht.

Es folgt eine unvollständige Literaturliste:

1. Committee on the Assessment of Future Needs for Live Variola Virus, Board on Global Health: *Assessment of Future Scientific Needs for Live Variola Virus.* National Academies Press, Washington, D.C., 1999.

2. Christie, A. B.: *Infectious Diseases.* London: Faber and Faber, 1946.

3. Fenn, Elizabeth A.: *Pox Americana: The Great Smallpox Epidemic of 1775–82.* New York: Hill and Wang, 2001.

4. Henderson, Donald A.: »Smallpox as a Biological Weapon«, in *Bioterrorism: Guidelines for Medical and Public Health Management,* ed. Donald A. Henderson et al. Chicago: American Medical Association, 2002. Ursprünglich erschienen im *Journal of the American Medical Association* 22 (9. Juni 1999), S. 2127–2137.

5. Hopkins, Donald R.: *Princes and Peasants: Smallpox in History.* Chicago: University of Chicago Press, 1983.

6. Ker, Claude: *Infectious Diseases, a Practical Textbook.* London: Oxford University Press, 1909. (Mittys Diagramm über die prozentuale Verteilung der Symptome und das Wissen, dass der Virus zu dieser Zeit noch nicht entdeckt war, stammen aus diesem Buch.)

7. Koplow, David A.: *Smallpox: The Fight to Eradicate a Global Scourge.* Berkeley: University of California Press, 2003.

8. Mack, T. M.: »Smallpox in Europe«, *Journal of Infectious Disease:* 125 (1972), S. 161–69.

9. MacKenzie-Carey, Heather: *Bioterrorism and Biological Emergencies: A Handbook for Emergency Medical Responders.* Toronto: Prentice-Hall, 2003.

10. Osler, William, Sir: *The Evolution of Modern Medicine.* New Haven: Yale University Press, 1921.

11. Preston, Richard: *The Demon in the Freezer.* New York: Random House, 2002. Das Buch liegt in deutscher Übersetzung vor: *Superpox. Tödliche Viren aus den Geheimlabors.* Berlin: Ullstein Verlag, 2004.

12. Tucker, Jonathan B.: *Scourge: The Once and Future Threat of Smallpox.* New York: Grove Press, 2002.

13. Welch, William M. und Jay F. Schamberg: *Acute Contagious Diseases.* Philadelphia und New York: Lea Brothers & Co., 1905. (Das Zitat von Macaulay ist in voller Länge auf Seite 147 nachzulesen; in diesem Text sind außerdem die Sterblichkeitsraten und andere Statistiken der Epidemien von 1901 bis 1904 in New York, Philadelphia und Boston enthalten.)

Wir danken Frau Dr. Maria Zettner, Korschenbroich, die die *Beowulf*-Passagen auf den Seiten 45 und 65 ins Deutsche übertragen hat. *Beowulf* ist ein episches Heldengedicht in angelsächsischen Stabreimen, das wahrscheinlich in der ersten Hälfte des 8. Jahrhunderts erschienen ist. Es gibt verschiedene spätwestsächsische und englische Ausgaben und verschiedene deutsche Übersetzungen.

© Jane Feldmann

Caroline B. Cooney

Caroline B. Cooney hat bereits über sechzig Bücher, vor allem im Jugendbuchbereich, veröffentlicht, darunter Thriller, Horror und Mystery. Viele ihrer Werke wurden mit Preisen ausgezeichnet. Sie lebt in Madison, Connecticut und New York City.